窈窕文丛

丹青手

周李立 著

译林出版社

窈窕文丛：爱情一息尚存

贾梦玮

“窈窕文丛”，顾名思义，作者都是女性，是女作家，而且这次基本都是八〇后九〇后的青年女作家。关于女作家，关于女性书写，有“女权主义”的说辞，也有女性文学为文学提供了细腻与抒情风格的说法。这两点都有它的理由，但也都可以不管。或者说，“窈窕文丛”的年轻女作家们所提供的，远远不止这些。

我相信，女性所体验的世界一定不同于男性所体验的世界，这是由男女不同的身心所决定的。因此，女性作者一定会为文学共同体提供新的东西。“窈窕文丛”不仅是女性文学，而且要为文学提供新质。就拿经典的女性文学形象来说，目前我所知道的大多为男性作家所创造；但我更愿意信任女作家们所塑造的女性形象。因为，那不是“他者”，而是她们“自己”。“窈窕文丛”为文学世界提供的女性文学形象，如纪米萍、夏肖丹、丁霞、刘晋芳、商小燕、娜娜、云惠、阮依琴、唐小糖、芸溪、静川、梅林、汪薇……还有好多个“我”与“她”，那些鲜活的女性形象，只有她们才能创造，“她们”身心的千疮百孔，只有她们才能感同身受。阅读“窈窕文丛”，我一次又一次被震撼，我对于“她”的阅读体验，不是同情、怜惜、悲悯等等词汇所能概括的。常常，我觉得我就是“她”，就是“她们”，我居然也可以感同身受。这是文学的魅力，也是文学的命运。

让我这个男性读者觉得遗憾和汗颜的是，“窈窕文丛”中所塑造的男性形象，或萎缩，或无能，或逃避，或不忠，或模糊不清、不负责任，或外强中干、金玉其外败絮其中，伊甸园至少有一半有坍塌的危险。女人都那样了，男人就没有责任？还有幸福可言？男人都这样了，女人的幸福又从哪儿来？男人的命运和女人的命运如此紧密地联系在一起。异性环境颓败了，无论男女，他们和她们情将何堪？免不了的，每个人的心上都会有一道或一道道伤口。我们都是伤心之人。文学，某种程度上就是疗伤的艺术。

但是，“窈窕文丛”中所有的故事也都在告诉我：爱情至少一息尚存。“窈窕文丛”的每部作品中，有一万条否定爱情的理由，可是爱情还是在那儿，无法否认。倘若本体意义上的爱情已经死亡，“窈窕文丛”中的那些女性，也就不可能有那样的深创与剧痛。爱情似乎是痛苦之源，但也只有爱才能创造奇迹。

广义上的“爱”和“情”是世界的本源。“窈窕文丛”中的作品，也有不以两性关系为描写中心的，而是更多关注底层人物粗砺、绝望的人生，像冰冷的石头和灰扑扑的尘土一样的命运。

“任何人在写作时想到自己的性别都是不幸的。”弗吉尼亚·伍尔夫的话颇堪玩味。她还说：“心灵要有男女的通力协作才能完成艺术的创造，必须使一些相互对立的因素结成美满的婚姻，整个心房必须大敞四开，才能感觉到作家是在美满地交流他的经验。”弗吉尼亚·伍尔夫被“女权主义”时而认作同道时而认作敌人。我只知道，男人和女人有着更宽广意义上的共同命运。

美貌曰“窈”，美心曰“窕”；美状曰“窈”，善心曰“窕”。“窈窕”形容的是女子仪表心灵兼美的样子，丛书以此命名，编者和出版人的美好愿望可以想见。“窈窕淑女，君子好逑”。说好的“君子”呢？“窈窕文丛”既是给女人的，也是给那些男人的。

给“爱”机会，让“爱”创造。

目录

设　防

一

画家乔远在二〇〇三年春天认识吴勇。为什么是二〇〇三年春天？此后每到春天，乔远都这样问自己。那是特别时期，因为“非典”。口罩和中药的味道成为人们熟悉的东西。北京城空空荡荡，像老妇的乳房。乔远第一次来到艺术区，过程稍显艰难。因为那时他任教的高校已经开始实施管控政策，进出校门都如偷渡客翻越国境。校门口的棕红色电动门终日关闭，一个月没有打开过，除了小汤山医院的救护车开进来拉走需隔离的学生那次。校门传达室改为临时进出通道，装有自动检测体温的装置，很像机场安检通道，但又复杂些，因为进出校门都需要通过校办复杂的审批程序。

吴勇那一年已经是年与时空画廊的老板。乔远后来知道吴勇是山西人，面慈、手软，就像大同石窟里的佛头。画家乔远画国画，尤喜人物，曾去大同石窟造访过那些佛头。乔远看见吴勇一张可以做模特用来画佛像的脸，印象深刻。

吴勇的年与时空画廊在艺术区最西边。应天开车带乔远来艺术区，他们把车停在艺术区外的公路边上。应天说他不担心违章停车，因为现在没人管这些了。

年与时空画廊占用的是一幢公寓楼的一楼和二楼，共两层——也许是后来打通的，中间接上楼梯。公寓楼紧邻艺术区外的公路。这条公路通往首都机场，然后，“通往世界”——应天这样解释。他总是喜欢这样的夸张。他也许该是一名艺术评论家，乔远时常这么想。

画廊的一层，是大厅，可以明显看出改建的痕迹。原来的墙体都拆掉了，连成一间宽阔的、像样的大厅。大厅中央，放着最显眼的作品——是一些鸡蛋，装在金属制的镂空立方体里。六个金属立方体错落着，层叠上去，每一个都半米见方，像坏掉的一堆魔方。鸡蛋都是真的，乔远走近前查看过。他想起鸡蛋的保质期，“非典”让他开始考虑这些问题。

吴勇问，说实话，还不错，是吧？

乔远不太明确他指的是什么。但他笑着答，不错。

乔远这天是翻了学校西门的矮墙，从集中营里溜出来的。这也许才是真正不错的事。学生们那时开始都管校园叫“集中营”。两千多名青春期男女，在集中营里已经待满一个月，又停课了，终日无所事事，谁都难免想要逃逸。毕竟在草坪上晒太阳或者打羽毛球，这些事情，很快会让人厌倦。于是有人开辟了这条出校的秘密通道——矮墙本来也不高，沿着墙根又垒了些砖头，个子不高的女生也能轻松踩着砖头翻墙进出。校方似乎也知道这条通道，因为那些砖头一度被清理过，但不久又有新的砖头出现。学生们心照不宣，谁也不问是谁做了好事。墙外面的北京城，其实也不过是一座大一些的集中营，但他们也乐此不疲。只是乔远翻墙出校，可不是为了像大学生们一样，只为看场电影或者吃顿没味道的麻辣烫。

乔远是被应天叫出来的。乔远的大学同学应天，早住在艺术区，这天打来电话说要解救乔远，去艺术区转转。

应天说，都这样了，还不出来。

这天下午，应天说他已经把车开到西门那处矮墙外了，他已经看见了三三两两的学生翻过矮墙出来。而且那些翻墙的动作熟练、轻巧，“就像做操一样”，应天在电话里说。

后来，乔远也翻了墙。他觉得这感觉很好，像是再也不用回来了。跨站在矮墙上的时候，他认为自己正在做一件了不起的事情。他很久都没做过什么了不起的事情了。

应天开车带乔远来到了艺术区。艺术区在北京城的另外一边。穿越城区的三环路，在乔远看来格外空旷陌生，就像另一座新兴城市的开发区。只不过两个月之前，这还是北京城最拥堵、最繁华的一条路。

那年春天北京的天空，也蓝得离奇的虚伪，酷似丙烯颜料里乔远最不喜欢的那种蓝。乔远打开车窗，摘下口罩，因为应天并没有戴口罩，乔远也不愿让自己显出胆怯。

乔远来到艺术区的第一站，就到了吴勇的年与时空画廊。画廊老板吴勇——应天这么介绍的——说，他在策划一个活动，叫“蓝天不设防”。吴勇找来应天，是为商量这件事。应天又叫来乔远，因为应天总是会在遇上麻烦事的时候叫上乔远。应天向吴勇介绍，说乔远是画家，画写意人物的。但应天没说乔远在城西的高校当老师。乔远心照不宣，于是也没有解释。他们都觉得在艺术区，画家的身份，其实更合适。

“随便看看”，吴勇说。他穿小方格子的衬衣，在衬衣胸前的口袋里，装着一盒 KENT 香烟，透过薄薄的衬衫布，香烟盒清晰可见，于是他左边的胸脯就鼓了出来。那是心脏还是肺的位置呢，乔远不确定。

乔远在艺术区见到的第一个人是吴勇，这难免造成不太合适的印象。其实艺术家们从来都不会在衬衫胸前的口袋里放东西——他们根本也不会穿衬衣这种东西。

吴勇带着乔远、应天去了画廊的二楼。二楼装有落地玻璃窗，墙上挂着抽象表现主义的画。阳光从玻璃窗照进来，室内热得待不住，只有一楼装了空调。他们只看了一眼，又下楼。吴勇说去外面抽支烟。

“都差不多了，跟亦庄那边也说好了，到时候直接去就行。”吴勇跟应天谈着活动的事。他们似乎都知道这是怎么回事。乔远听不明白，但他也没问。

在学校的教师宿舍楼里，乔远已经独自打发了一个月的时间，从四月“非典”疫情公开、学校实行紧急封闭措施的时候开始。这一个月的日子过得很漫长，每天的娱乐，不过是看看新闻通报的“非典”病例和疑似的人数，就像股民每天守着看大盘指数。只是到现在为止，这个大盘的指数都只是在涨，没有跌。到后来，连新闻里的数字也失去了吸引力，因为那毕竟太抽象。有些东西变成数字之后，便显不出什么意义。乔远开始进入一段沉闷的自闭里。没人给他打电话，他也不想跟什么人联系；学校的网络时好时坏，上网成为可有可无的事情；那些画画的东西，毛笔、砚台、宣纸、颜料，都搁置在宿舍一个角落里，发出干燥后的粉尘气息，谁还有心思画画呢；教研的论文，一直在电脑某个文件夹里，没被打开过，自然也毫无进展。乔远每天的活动，是晚饭后在校园内闲逛，看学生们如何花样百出地打发时间，谈恋爱或者发呆，本质上是一回事。有时会碰到认识的学生，他只是远远地点头，连微笑也省略了，反正大家都戴着口罩。他最久有一个星期没有开口说话，沉默到错觉自己会因此顿悟而成为艺术大师。可是他知道，其实自己始终也没能真正平静下来，内心里有个声音，一直很狂躁，他安静不下来——反正，他一点也不想这样过日子了。所以，应天打来电话的时候，乔远几乎立刻答应了——是的，去艺术区看看，翻墙出去。

乔远认识的画廊老板从来不多，他还不知道怎么跟他们打交道。他们是商人，商人总是穿衬衣，是会在胸前的口袋放东西的另一种人。那大概很不一样。乔远一直自认是学院派。学院派艺术，依赖另一种逻辑。这种逻辑的核心是论文成果、教学成绩以及叫好不叫座的赔钱展览。可是，这种逻辑乔远也没能掌握。他当了三年高校的艺术课老师，一直教的是公共选修课，当然没人在乎，所以连副教授也没能评上。这大概很能说明些什么。应天一直在劝他辞职，大概也是意识到乔远在高校的日子难免捉襟见肘，还不如辞了痛快。

乔远慢慢听明白他们的活动内容。他们打算在亦庄开发区的空旷地带，放飞三百只风筝，名为“蓝天不设防”。风筝是在潍坊定做的，潍坊有家风筝厂自愿赞助他们三百只风筝，因为这毕竟是“公益活动”。“抗击‘非典’，团结人心”，电视里都是这么说的。三百只风筝不算什么、微不足道，尤其是比起因此获得的名声来说。

乔远没有问“风筝”和“非典”之间到底有什么关系。他只是默默听他们说话，各种细节，邀请多少人，还有宣传，最好能多去些人，什么人都行，反正所有人现在都没事干——机关不上班了，学校停课了，商场也没生意了，连公交车都空载了，闲人多的是……说实话，没问题的，因为在户外，亦庄那边很开阔的，比天安门广场还开阔，还可以戴口罩，如果还不放心的话，我们做过申请，跟有关方面打过招呼的……三百只风筝可能不够，潍坊那边愿意再提供些……但那不是关键，关键是里面有几只定做的，很大……你猜不出来，那是什么风筝，打死你也猜不出来，这可是出彩的部分呢……是孔子、佛祖、耶稣……上新闻的时候，得说说这个……可能还有别的，我一下想不起来了，反正都是些神仙……说实话，现在不正是该神仙们出场的时候了吗……什么意义？没什么意义。意义是你们艺术家的事，说实话，我是商人，我不操"意义"的心……什么，那可不行，你最好再想点什么意义来……我不知道……我得打几个电话了，再叫一些人，最好有名气的，这几个电话得我来打，说实话，我有这面子……

阳光亮得刺眼，在艺术区空旷的柏油路面上，炙烤出一些气体状的东西。乔远觉得，透过这些气体看眼前的一切，都有种变形的感觉，好像时空穿越，总之是那种非现实的映象。他的心思，并不在吴勇的活动上。他从来也不关心那些被认为是哗众取宠的行为艺术，尤其在这样的时候。

两周前，乔远的一个学生被带走，去了隔离医院。跟他一起被带走的，还有他的宿舍以及左右相邻共八个宿舍的学生。他们还不知道隔离是怎么回事，在上车的时候仍然快乐得像是去春游。有女生朝那些穿着防护服的医护人员喊宇航员叔叔。他们都没见过这样的场面。

后来，有不好的消息在校内网上流传，说起他们的隔离，医院那里早已是人满为患。疑似病例和确诊病例无法彻底分开，最多的时候六个人一间房。再后来，这些消息也没有了，因为那家隔离医院断网了。乔远开始收到一些陌生号码群发的手机短信，都是本校被隔离的学生发出的，收到短信的人又自发扩散这些信息。那些短信，让乔远一点点虚弱下去。此前，没有人会觉得这是生死攸关的事。但现在不一样了，现在，一切都不一样了。一切都虚弱得很，就像乔远一样。

这样的时候，吴勇想做一个抗击“非典”的活动。乔远顾不上他们，他不知道他们是不是也像自己一样，总是想着如果明天感染了“非典”，今天其实做什么也没用。

但也许，他们和乔远又不一样。乔远住在城西的高校，三条地铁在学校大门外交会，那里是“非典”的重灾区；艺术区在城东，疫情没那么严重。北京这么大，乔远与吴勇，曾经是天平两端遥遥相望的砝码，难得遇见。但现在，乔远来艺术区了，见到了画商吴勇，天平就倾斜了，乔远觉得什么东西正在失控。

吴勇并不知道这些。城西是高校区，距离这里毕竟太远了。吴勇拍了拍乔远的后背，并就势把手停在乔远的肩上。

乔远从柏油路上那团诡异的气体里，回过神来。他感受到吴勇粗短的胳膊上发烫的温度，禁不住一哆嗦。乔远已经很久都没有这样的身体接触了，无论男人，还是女人——现在，这都是奢侈的事了。

但乔远的反应，也许不是太礼貌，反正，吴勇迅速收回了手，几乎不着痕迹。吴勇的眼睛，躲在反光的眼镜片后面，乔远暂时看不明白他的神情。乔远宁愿相信，吴勇只是为表示友好而已，搭着肩膀，就像哥们儿一样。乔远想要道歉，为自己刚刚那么惊讶的反应。但他又不知道怎么道歉，因为吴勇把这些动作都做得那么自然，没有刻意的亲密，也没有故意去掩饰难堪——因为他是商人，乔远只能这样想。

吴勇走开了，他“有几个电话要打”。

应天抽完烟，招呼乔远进画廊。他们漫无目的转了两圈，一张一张看着墙上的画，还有画旁边那些小标签上的署名。有的署名旁边，贴着小小的红色圆形贴纸，像古代仕女额头的美人痣，代表这些画已经售出了。

“其实也不是，”应天神秘地说，“有时候还没卖的画，也贴上这个小东西，显得热销。”乔远听过这样的事，艺术市场总是需要各种运作、炒作、营销和策划。这都是画商们的本事。

应天说，你也拿几张画来摆上，摆上又不花钱。

乔远答应着，心里并不喜欢应天的说法。乔远只在研究生毕业的时候卖过几幅画，是他的毕业作品，那时他喜欢抽象表现主义——在当代艺术领域，其实所有人都喜欢抽象表现主义。但那些画从毕业展览上撤下来的时候，乔远很难过。他为此很长时间都看不起自己，也因此认定自己无法靠画画生活了——不过卖了几幅画，竟像卖了器官般痛苦。但这些事，是不是做多了就习惯了呢？在年与时空画廊，乔远这样想着。就像女人卖身，次数多了就没事了，只要是为了生活——这总是一个堂皇的借口。

乔远说起吴勇的活动，问应天那到底是什么，怎么回事？

应天似乎很有兴致，他认为成败在此一举。“现在，后海已经火起来了，为什么？因为‘非典’，三里屯不能去了，人们要到户外，户外是什么地方，就是后海，也是艺术区啊。”应天看这件事的角度，似乎跟吴勇不一样，跟乔远想象中也不一样。艺术区有些偏远，交通并不那么方便。早期，一些美术学院的学生因为学校搬迁、装修，在这里租了厂房，做雕塑，也画画，因为房租便宜。应天也是那时到艺术区的，他被学校开除了，他睡了三年的乔远上铺的那张床位不再属于他，他需要找一处便宜房子。

“到时你来就是了，反正没事。”应天说。

吴勇不知道什么时候也进到画廊来了。他指给他们看那些红色小标签，说行情不错，“尤其是红色题材的，你们知道的，说实话，就是红色题材。”吴勇来回解释，更像是在遮掩什么东西。

吴勇又问乔远画什么题材。乔远说水墨。

“什么内容的？”吴勇认真地问，眼镜片后闪过倏忽而逝的光。

乔远觉得很难回答。人物，或者山水，这该是吴勇的理解。其实乔远更喜欢那些形式主义的实验，但那可能会引发吴勇更多的疑问。

“什么都画一点。”于是乔远含混地说。

“哦，哪天可以去你的工作室看看吧？”吴勇说。

乔远没有工作室。他都在教师宿舍里画画。乔远看了看应天，应天已经替乔远答应下来了：“没问题，哪天我们一起去看看。”

乔远有些疑惑，但应天用眼神制止了他。乔远觉得应天的眼神里有些别的东西，大概在他们谈论的事情之外，但他不确定那是什么。

吴勇说他每天都在画廊里，要乔远没事的时候就过来看看，吴勇住在这幢公寓的九层，“租一、二楼，送第九层。”他补充道。乔远每天都没事，但他并不认为自己会再来这里了，进出校门都得翻墙——这事儿并不那么容易。

“说实话，多走动走动，是吧？”吴勇点燃一支烟，这次他没有到外面去。“非典”让所有人都对户外和户内间的差别敏感起来，乔远也想抽烟，他犹豫着要不要到门外去，并且已经挪到了玻璃大门处，透过大门进入大厅的阳光，像一束追光灯，让他感到自己从这一刻开始，每个动作都很受瞩目。

但应天也说外面太晒，他们开始在大厅抽烟。吴勇手上不知道什么时候多出来一个金属的小雕塑，一条美人鱼，上身赤裸，下身的鱼尾甩进一圈起伏的波浪。乔远看见他们把烟头在那些金属波浪里拧灭。

“最重要的，你知道是什么吗？”许久，应天开口说道。

“什么是什么？”吴勇问，他刚刚在说这里的房租为什么便宜，因为马上会被拆掉，“市政府想把这里改成高新科技园区。”

但应天说的是别的事情，关于吴勇的行为艺术，“蓝天不设防，最重要的，是活动的最后，要让所有人都摘掉口罩。”

“摘口罩，摘口罩……”吴勇嘀咕着，突然把手里的美人鱼重重撂在展台上，“对，就是摘口罩，这就是我想要的，”他之前坐在展台上，两条不长的腿悬在白色展台边上，像没有骨头一样甩来甩去，但现在他猛地跳下来，大概很激动，“牛逼啊，就要这个，摘口罩。口罩？说实话，这玩意儿管用吗？”他从裤兜里竟真的掏出来一只白得耀眼的口罩。而乔远还以为艺术区没有人戴口罩。

“管用吗？谁知道呢，这些人……说什么都管用，现在说什么他们都会信的，说不管用，他们也信。”应天一边说，一边绕着那堆金属格子里的鸡蛋转圈、手舞足蹈着。烟灰于是落在地板上，又被他踩上去，留下一些散淡的痕迹。

乔远也在美人鱼身下的波浪里拧灭烟头，然后又觉得没什么事可做了，于是又点燃一支烟，他很长时间没有抽过这么多烟了，也许应天也是，吴勇也是。

但乔远并不像他们那样激动，他想起自己的裤兜里，也有一只刚刚摘下的口罩。口罩其实并不让人舒服，就像面具。乔远的家乡，就有一种傩戏，人们戴着花花绿绿的面具跳舞，竟然倍增勇气。乔远小时候很喜欢看这种傩戏，都在县政府前的广场上。七岁时，他窜到跳傩戏的队伍里，又被父亲揪出来。那天县政府的主席台上坐着省里管文化工作的头头们，傩戏是专门为他们演的。傩戏队伍早已失散，所以临时又凑了一些人，反正戴着面具、穿上戏服，谁也认不出来谁。但乔远还是在那些临时演员的队伍里，看见了自己的小学老师，他太熟悉那个讲台上的背影。乔远冲进队伍，是希望找那个老师。被揪出表演队伍的男孩乔远，注意力只好落在那些古怪的面具上。是那些面具，让他们变得不一样了。你看，连老师都能四仰八叉地跳舞，就像只青蛙。

“说实话，我没戴过口罩，你看我每天把口罩装裤兜里，但是我从来没戴过。我得说话，还得抽烟，说实话，戴上这东西，我喘不上气。”吴勇举着烟头的手在空中挥来挥去，他好像也忘记要把烟灰弹进那只有美人鱼的烟灰缸里。

“嘿，北京城西，你知道吗？他们都得戴口罩，我不知道他们怎么过日子……”应天用手蒙住嘴，像要呕吐的样子，只留出一双眼睛，假装惊恐地看来看去。

“哈，哥们儿，你说得太对了，”吴勇说，“说实话，蓝天不设防，是个好主意，说实话，我们得庆贺一下。”他一连讲了两个“说实话”。

乔远觉得自己已经被他们看穿，因为他每天戴口罩，跟谁都不来往，像他们嘲笑的那种胆小鬼。

阳光越发倾斜，刺入封闭的玻璃门。室内有空调低沉的轰鸣声，很让人昏昏欲睡。烟雾在这间阔大的画廊里也逐渐明显起来。太阳底下，那些烟雾飘动的情状，如同玻璃上的水迹一般明显。它们在闭幕的空间里，缓慢升腾，并终于凝结成如同抽象表现主义油画上的图案，也像乔远小时候见过的傩戏面具上的花纹。

应天拿过吴勇那只口罩，后来他又从一张展台的后面打开柜子。那是一个极隐蔽的柜子。应天从里面掏出一些东西，是丙烯颜料。他很高兴，说：“我他妈就是天才，你看，我一找，就找到了颜料。”他挤了一点水红色的颜料，在口罩上，用手指快速抹了两下，又单手举起口罩，像举着一条脏掉的白内裤：“看，画点什么东西，怎么样？”

“说实话，你真他妈恶心。”吴勇却是笑着说的。

“乔远，你来画！”应天叫道。乔远几乎没见过应天画画，应天大学肄业，认为画画是一种“灵感偷袭躯体”的事情，而他始终没被灵感偷袭过，所以他没法画画。

乔远在那只口罩上又抹了些蓝色的丙烯颜料——他最不喜欢的那种虚假的蓝色——他回忆起傩戏面具，觉得这也许是个好主意，在口罩上画画，然后让所有人摘下这些面具。

应天继续在他偶然发现的那个隐蔽的柜子里翻找，他竟然找出些别的东西，是大半瓶透明的纯粹伏特加。

“哦，现在喝酒，你不觉得太早了吗？”吴勇斜着眼睛看外面，但已经看得不是太清晰了，烟雾像是让阳光变重了一般。

“吴勇，你还藏了什么好东西，我们不是要庆贺一下吗？都拿出来！我们来庆贺一下。”应天并不客气，反正他贡献出了摘口罩的好点子。

“嘿，都被你小子找出来了，哪有什么好东西。”吴勇看着天花板上一个什么地方出神。

乔远在自己那只口罩上，也画了些东西。他想画一个耶稣，但吴勇没看出来，吴勇说那是星巴克的商标。“不，我们不要星巴克，我们已经有赞助了，潍坊风筝厂。”他说。

乔远戴上那只画有耶稣基督的口罩，耶稣不是他的信仰，但那有什么关系呢，现在这样的时候，信仰有用吗？他们还打算把耶稣的风筝，放到天上去呢，和孔子风筝一起。

两只口罩都画好了，那只被应天弄上颜料的口罩，被乔远改造成了傩戏面具的样子，“我觉得，你可以叫它，钟馗，也许。”乔远这样告诉他们。

应天并不介意这只口罩上是否真的是钟馗，反正他戴上了它。而乔远自己戴上了那只耶稣口罩。他们互相看着对方，大笑起来。但口罩让笑声听起来，有些诡异。

吴勇也希望加入他们，他竟然又掏出一只口罩，也许他的裤兜里还装着更多的口罩，但是他说过，他从来也不戴它们的。

他们把酒瓶传来传去，直接喝掉那半瓶伏特加。

乔远在吴勇的口罩上，画的是一个佛头。他擅长画佛头，慈眉善目、让人想流眼泪的那种。后来吴勇就一直戴着那只佛头口罩。乔远闻到口罩上丙烯颜料的味道，但他觉得那已经没什么关系了，他们抽了太多的烟，又喝了伏特加，对味道可以不在意了。

喷头开始喷水之前，有过警报，但他们都没在意。那警报声不大，就像微波炉完成工作后嘀嘀嘀的提示音。

"还有微波炉？"乔远记得应天这样疑惑地说。"什么微波炉？"吴勇问。口罩让他们的说话声都含混起来。"还有微波炉，我想热个鸡腿吃，天啊，太他妈想吃个鸡腿了！"应天说着酒话。

这时水就下来了。天花板上那个小巧的黑色挂钩一样的东西，就在装有鸡蛋的金属装置的正上方。刚才那微波炉一样的嘀嘀声，就是那个小东西发出来的。但他们忽略了它，所以它开始喷水了。水雾并不大，像春天里雾状的雨。

"靠，什么鬼？"应天被吓得弹开，他摸着自己的头发骂道，他的头发已经湿了，一些水珠在上面闪闪发亮。应天刚才一直倚靠着那些金属格子，现在，水雾垂直笼罩住他。

他们并未完全明白眼前的状况，但天花板四角的地方也开始喷水了，像那种随着节奏喷水的音乐喷泉。

“啊，是烟雾探测器！”吴勇话音刚落，警报声又响起来——这次的声音更大，像很多台微波炉同时完成了工作，一起发出嘀嘀声。

“怎么关掉它？”乔远也被水淋湿了。水雾越来越大，春雨继而转为微雨、中雨。乔远看见应天和吴勇，他们在水雾里走来走去，像是要找到什么东西。

“我们不该在这里抽烟的。”吴勇很无奈地说，看样子他并不知道怎么关掉这个。

“你该说的，这里有个喷泉！靠，真高级，居然有个喷泉。”应天很不满。他们互相看着对方，但又忍不住笑起来。吴勇已经扯下了口罩，在警报声和喷水的声音里，他大声冲应天喊着：“我他妈怎么知道这里有个这玩意儿，烟雾探测器，没人说过这个……”

应天也扯下口罩，那只钟馗已经变形了，在应天嘴上留下一些红色的颜料，像嘴里在出血，又像一处夸张的吻痕。应天用口罩干净的一面擦嘴，但没什么用。“丙烯颜料是擦不掉的。”乔远说。

“你们都有，哈哈！”应天突然大笑起来，乔远看见吴勇的嘴上，也留下一圈黑色的痕迹，那曾经是一个画在口罩上的佛头，现在模糊地印在了吴勇的嘴上。乔远于是也知道了，自己嘴上也有颜料。三个男人似乎反而不在意了。他们看着对方脸上嘴上那些深深浅浅的脏兮兮的颜色，看着对方头发上衣服上不断凝聚起来的水珠，看着这场突如其来的不被设防的烟雾探测器喷射出的人造雨，看着朦胧的落地玻璃门以及门外凛冽的大白天光，竟就这样松弛下来。

乔远想起大学时候，应天还没有被迫退学，他们夜晚在宿舍楼的水房里洗袜子——这是他们都不屑一顾的麻烦事，于是最后会洗成一场惊天动地的水仗。七八个男生在水房里互相用盆泼水——那些年的夏天，他们都用这样的方式洗澡。但现在并不是夏天，只是一个古怪的五月，很长时间都没有结束的五月，永远过不去的五月。

应天碰倒了一个装有鸡蛋的镂空金属格子，鸡蛋砸碎了一些，黄色的、透明的液体，黏在地板上。“我去，你想干吗？”吴勇说着，听上去他并没有生气。吴勇正扯着乔远的衣服，大笑着想把自己脸上的颜料在乔远的衣服上擦干净。乔远躲着他，骂着：“你有病吧。”吴勇止住笑，说：“嘿，哥们儿，你那么紧张干吗？我又没病，我不会传染给你的，你别紧张。”

乔远突然蹲下来，想起了那些孩子，被带去隔离的孩子。他从昨天开始，就没再收到陌生的手机号群发的消息了，不知道他们是不是都会活着回来。学校里有些似是而非的传闻，说校长已经决定把孩子们带回来，在校医院准备拆除的那幢小楼里隔离。但没人能确定这消息的真假，因为人命关天的事情，谁也承担不起。乔远希望他们回来，哪怕两周的隔离期还有整整五天，才会真的过去——他仔细算过。

“哥们儿，你怎么了？起来嗨啊！”吴勇在水雾里东倒西歪地指着乔远。他不明白这些事，乔远想。

“它会自己停掉吗？”乔远问。但他们其实都不确定，烟雾探测器这种东西，最后是不是会自动关掉。

“我不知道，真不知道，它从来没喷过水，抽烟也没喷过，今儿怎么回事？”吴勇说着，一边取下满是水痕的眼镜，露出真实的眼神。乔远第一次看清他的眼神，一种忽明忽暗的光，像那种诡异的、总是会坏掉的日光灯启辉器。“可能这东西坏掉了，靠，我得找他们去……”吴勇又说。

“嘿，你们干吗呢？谁能这么好玩呢，多好玩啊。”应天喊着，他在跳《雨中曲》，他还有这一手。乔远也站了起来，加入应天，开始跳舞。他不太会跳这个，但有什么关系呢。他想起小时候跳傩戏的老师。重要的是，他们遇上了这样的麻烦事，在会喷水的高级房间里被淋得透湿，而他们竟然都没有想要暂时离开这里，到外面去。其实很多人都离开了，那些得“非典”死掉的人成为新闻里的数字，还有那些离开北京的人——他们也许会把病毒带到更多的地方。他们三人，都没离开，尽管他们完全可以逃到门外，但他们还是让这些不知来路的、凉丝丝的水冲刷自己。

它突然停掉了。不再有水喷出来，嘀嘀声也没有了。

应天看着天花板上那些小小的黑色的挂钩一样的东西，好像不明白刚刚发生了什么。但乔远知道，这是一场意外的降水，就像这年春天意外发生的疫情一样，它总是会停止的，在某一个不被注意的时刻。

他们互相看着对方，似乎为目睹了对方那场狼狈又失控的表演而难为情——也许这才是需要他们好好想想该怎么去对付的局面。

一切都安静了，碎掉的鸡蛋在地板上又被鞋踩过了，鸡蛋液于是到处都是，像是无法回避的证据或记忆。

“噢……”应天长长地呼出一口气，一下坐在湿淋淋的地板上，像是刚完成一场筋疲力尽的比赛。

“我们太需要这种放松了。”乔远也坐了下来，但他不知道他们是否也这样想。艺术区，这样的地方，也许本就比高校让人放松。他想起自己此刻，这种如释重负的感觉，到底是来自那场降水，还是来自这混乱的艺术区。只有在这样的行将被拆除然后建成高新科技园区的地方，才没有自动体温检测装置，进出没人找你要复杂的审批手续，也没有需要翻越的院墙，你也才会遇到这样的怪事——坏掉的烟雾探测器。

“可不是吗，所以吴勇，你那个放风筝的活动，会管用的。”应天总是比他们反应更快些，现在，他马上可以一本正经地谈论他们的正事了。

“我想也是的，说实话，我不怕，”吴勇说，“他们让我别在这儿开画廊，说会被拆掉的，但是我不怕；他们也让我别搞这么大的活动，说眼下人多的地方都没人去了，但是我也不怕。我是下煤井挖过煤的人，我还怕什么？”

“你还借过高利贷，也放过高利贷，结过婚，也离过婚，被人害过，也坑过人，打过架，也被打过。你那些光荣事迹，我都知道。”应天说。

他们真的已经不在意了——那些光荣的却终将成为笑谈的事，乔远想。人们总是会彼此原谅的，尤其在这些特别的日子里。

乔远承诺道："我一定得去你那个放风筝的活动，就算翻墙也要去。"他很珍惜这样的时刻和经历，他知道这并不经常发生。

"翻墙？"吴勇不明白。

"是的，学校已经戒严了，我是翻墙出来的。"乔远说。

应天似乎意识到什么，他急忙说："没事儿，他们学校，没大事儿。"

"哪个学校？"吴勇认真起来。

乔远告诉了他。

"真的？你真的在那个学校？"吴勇似乎紧张起来，他掏出手机看了看，手机上也有水。他在屏幕上来回抹，一边呢喃着："上周有学生被隔离的那个？"

"其中一个，是我的学生……希望他没事，我想。"乔远不知道这件事已经传到了艺术区，但这也不奇怪，所有的手机报都会传送高校区的病情，与隔离和疑似人数的那些数字一起。

"你不早说？你不是画家吗？"吴勇站起来，他从地上捡起纯粹伏特加的空瓶子，大概他想起了他们三人，刚才轮流对着瓶口喝酒。他又去摸衬衫上口袋里的烟，但烟也已经湿了。

"你也没问啊，我是画画……"乔远突然明白过来，吴勇在害怕什么，就像刚刚他对吴勇搭在自己肩上的手臂感到不自在一样。

"算了，算了，没事，没事……"吴勇似乎意识到自己的失态。他推开玻璃门，一股沸腾过的暑气扑面而来。地上的水迹漫延到门外的台阶上。吴勇回头，对他们说："我得去找找他们，来检查一下烟雾探测器。"

"他怕你传染给他，所以我刚才没告诉他，你在高校区住。"吴勇走后，应天满不在乎地说。

"我以为，他不怕这个呢。"乔远并不觉得自己被吴勇突然的警惕伤害了，他明白，眼下人人都在自保，都在设防——只是一种本能，没必要被责怪。

"他？他怕死了。"应天说。

"他随身带了两个口罩。"乔远又想起来，吴勇可是要做一个"蓝天不设防"的活动的。

"哈哈，口罩，是，两个口罩——他还给这里装了烟雾探测器。"应天说。

乔远问，真是他装的？

"不知道，但怎么不可能呢？是吧。"应天说，"不过，我们没他那种经历，我们可能不会明白，他在煤井里被埋过一次，惜命得很……"

吴勇没再回画廊来，他去找修烟雾探测器的人了，但谁来为烟雾探测器负责呢？没人知道这个。也许那根本就没坏，只是他们自己做错了，不应该在有烟雾探测器的地方抽烟。他们都得为自己负责。

应天和乔远离开艺术区的时候，将玻璃门随手关上了。之前，他们花了很长时间来打扫一片狼藉的画廊。清理工作难度最大的部分，是那些碎掉的鸡蛋，黏腻的蛋液里掺进了烟灰，如同这世界上所有那些不堪忍受的肮脏面目。

“我们要做这些吗？”应天问。

“不知道。”乔远说。但如果就这么走掉，他还是感到过意不去。

“别往心里去，”在回学校的路上，应天开着车，这样说，“其实他这人，很多时候是不错的。这次活动，阻力还挺大的。”

“我知道。”乔远说。他的确知道，所有人都没错，但为什么所有人都在承受这些。这些隔离的日子，简直让人疯掉了。“你说，后天他那个‘蓝天不设防’，我还要去吗？”乔远担心自己会再次让吴勇难堪。

“哦，‘蓝天不设防’？你去不去，这，可能还真是个问题。”应天紧皱起眉头说，“你刚说你会去的。”

“你刚说，什么阻力还很大？”乔远问。

“大型集会啊，现在，你知道的，特殊时期，到处都很紧张。”

“应该是，但是，他说已经没问题了。”乔远说。

“是没什么问题了，他活动能力还可以。只是为做事，不为别的，所以，我们还是去吧，这也是我们的活动呢！”应天答道。

“我们？”

“嗯，策划人里也有我，吴勇说的，摘口罩的主意是我想出来的。”应天骄傲地说着。

车速越来越快，三环路空旷无人，像没有尽头一般延伸。三环路是条环线，如果应天一直这样开下去，他们只会耗光汽油，也根本到不了尽头——尽头是不存在的。

不过，他们也终究没有在三环路上一圈圈地重复，而是小心地找到了那个恰到好处的出口。乔远已经能远远看见那紧闭的棕红色校门。他想起翻墙而出的那一刻，他曾以为自己终于逃离了戒备森严的校园，可以不必再回来了。可事实上，并没有。但那短暂的不设防的瞬间，也足以让乔远记住这一天——二〇〇三年春天，画家乔远认识了年与时空画廊的老板吴勇。

二

乔远从艺术区回学校以后，再也没有戴过口罩，直到“非典”结束。他的口罩已经被这次意外毁了，但他又不觉得需要再去买新的口罩，何况口罩其实一度是紧俏的东西，到处都脱销了。后来他们可以去校医院领口罩了，还有那些苦得匪夷所思的中药。

那天翻墙回学校的时候，乔远遇到些麻烦事。一个女生央求他“搭把手”。

她长得不算瘦弱，但穿了不利索的绸子连衣裙，似乎低估了穿连衣裙翻墙的难度。她把裙摆紧紧裹在自己大腿上，露出肌肉分明的小腿，上面淡蓝色的血管隐约可见。真是让人心疼的血管，乔远想。

她那时刚好斜身坐在矮墙上，两条腿搭在矮墙外面，在乔远头顶处乱晃。“哦，天啊，我恐高，快，帮我一下。”女孩冲乔远说，好像他们是多年的旧识。

应天也下车来了，正看着乔远诡异地咧嘴笑，他说："美女，我来帮你！"

"滚开！坏人！"女生熟练地骂道。

"还是个小炮弹呢！我就喜欢小炮弹。"应天说，一副满不在乎的样子。他的确不在乎，一个女生而已。

"她要你上！"应天阴阳怪气冲乔远说着。

"乔老师，你不记得我？"女生说话的时候，身体在矮墙上晃了两晃，像是马上要摔下来。不过她又很快把自己稳住了，说："我是牛牛。"

"牛牛？哈，美女，你真的叫牛牛吗？"应天插话。

"关你什么事？"牛牛嗔怪着，"乔老师，我上你的选修课。"

乔远还是没有想起来一个叫牛牛的学生。他的选修课面向全校，一百多人的课堂，只有一半的出勤率，他不可能记得所有学生的样子。但他觉得现在不是讨论选修课的时候，他说："嘿，我们不是要这样聊天吧？"他仰着头，又看看应天，暗示着三人之间这可笑的位置关系——牛牛在墙上挂着，他和应天在墙外仰着头说话。

"帮我一下，我要你，我不要他，他不像好人，嬉皮笑脸的。"牛牛生气地指着应天。

"嘿，牛牛，我是好人啊。"应天解释着，但他马上又说，"你知道你现在在做什么吗？"

"什么？"牛牛戴着口罩，但仍然看出口罩下面噘起的嘴。

"出墙啊，一枝红杏——"应天故弄玄虚地说着。

"出墙你个头啊！"牛牛扔下来半块砖头——她手里怎么会

有半块砖头？应天跳着躲开。但乔远知道，应天很享受这样的事。他擅长惹恼漂亮女孩，擅长在她们的嬉笑怒骂中表现出他最有趣的一面，当然也擅长在她们哭着央求他不要离开她们的时候佯装一副无辜的受到伤害的面孔。

“嘿，人身攻击啊！我饶不了你，小牛牛！”应天谄媚着。

乔远也上了墙，在朝牛牛伸出手的时候，他迟疑了一下，试图回忆起上次牵女孩手的时候。但他没能回忆出来，毕竟太久远了。在这所理工科大学，女孩们跟乔远读书时熟悉的那些美术院校的女孩们都不一样。她们似乎更冷酷，懂得与男人们周旋在一个理性的距离内。但乔远产生这种想法的原因，也许只是因为他自己的身份改变了。现在，他是这里的老师，虽然他知道很多学生并不像对待其他老师一样重视他，他不过是个有些怀才不遇的倒霉的美术课老师而已。他的职责是增加学生的审美素养，或者还有种说法，让这所理工科大学的课程表更好看。没人在乎他的课上得怎么样。美术欣赏这样的课，那跟土木工程、程序设计、流体力学比起来，显而易见算不得重要。

牛牛戴着口罩，看不出是不是漂亮，但眼睛大，很适合她的名字。她似乎并未犹豫，便抓住了乔远的手。也许是在权衡了身体接触和一直困在矮墙上这两件事的利害关系后，她领悟到自己没有太多选择。

应天在他们牵手的那一刻开始大呼小叫，又哼哼出《婚礼奏鸣曲》的调子。

牛牛想扭头去骂应天，但她那时的身体姿势不允许她做出扭头这种破坏平衡感的事情。“我恐高，我恐高。”她像是在安慰自己，而不是做出解释。她一个人，翻墙回到戒严后的学校，没能成功，因此必须求助于年轻的老师，以及他不靠谱的朋友。

“没事，现在你把腿挪到这边来，我扶着你。”乔远小声对牛牛说，一边在手上用力。他觉得这是自己当老师以来，最被学生信任的一次，于是手都开始微微抖动。他看见自己脉搏处的血管鼓了起来，像红红蓝蓝的一团电线，纠结在一起。

牛牛配合着乔远，把两条腿小心翼翼地挪到墙的一侧。然后，她只需再微微用力，脚就可以触到墙边的砖头上了。她的球鞋像两只红色的小鸟，在墙边稍作停留。

“要帮忙吗？我也来帮忙吧！”应天竟然也爬到墙上来了。

牛牛被应天突然的举动吓住了，差点滚下去。她躲着应天，并趁势跌进了乔远的怀里。她不好意思起来，在墙上坐直，稳住自己，松开乔远的手，似乎还是害怕，又立刻抓住了。应天笑起来，他提议他们应该“就坐在墙头，以便好好看看夕阳”。

“看什么夕阳？闲情逸致，我没那工夫。”牛牛对应天凶起来。

“小牛牛，生活需要美和发现美。”应天说。

“你也是画画的吧？”牛牛歪着脑袋问应天。她坐在他们中间。

“是，我也画画，跟乔老师是大学同学。你可以叫我应老师。”

“我不喜欢搞艺术的，弄不懂你们。”牛牛说。乔远知道，她和这所大学的女生们一样，认为艺术家是另一种古怪的生物。

“你可以不喜欢我，你怎么能不喜欢你们乔老师呢？”应天接着打趣。如果没有意外，他可以把这样的话说上一整天。

乔远于是打断他，然后直接把牛牛从墙上抱了下来。她脚上那两只红色的小鸟稳稳站在了那堆砖头上。然后她一本正经地整理着自己淡橘色的连衣裙，好像已经忘记刚才的花容失色了。

“谢谢，乔老师，再见！”她说，像小学生在课堂上说“老师好”一样。

应天还想说什么，但被乔远制止住。“你也该回去了，我们这儿，可是重灾区。”乔远若有深意地说。

“什么重灾区啊，你都没事，我能有事吗？”应天像暴富的纨绔子弟，整天只发愁如何打发时间这样的问题。

“喂，我们帮你‘出墙’了，你不得感谢我们哪？”应天朝牛牛喊。

牛牛转身又回来，大声说：“我说过谢谢了。”她是个一本正经的好学生。

“这样啊，那不客气了，下次再想出墙的时候，记得找我啊！你要不要我的电话？”应天也一本正经地问。

牛牛干脆又走回来，纠正应天道：“我是翻墙，不是出墙。”

牛牛是北京女孩，成绩不好不坏，后来她自己这么说：“如果在外地，我大概大学都考不上。”不过她不认为自己比成绩好的那些同学差。“我觉得我挺全面的，”说完她又迟疑起来，很坦诚地补充着，“我不喜欢艺术，我只上过一节你的课。我选美术欣赏课，是因为别人都说，这课很容易，是送分的。”

“哦，小牛牛，那怎么行呢？你不上课，乔老师是不会给你学分的，是吧？乔远。”应天严肃地说。现在，他们都坐在校园中央的那块草地上。在户外，这让人有安全感，而且还有很多学生，都在他们周围，坐着或者躺着，看上去都昏昏欲睡，像《动物世界》里那些懒惰的海豹。

“因为停课了啊！”牛牛辩解。

“给你一个补课的机会！”应天从来没这么和蔼地跟乔远说过话。

“补课？不嘛！”牛牛当真了。

乔远悄悄笑起来。应天这才说：“跟乔老师去艺术区看画展，现场讲美术欣赏！”

“为什么？”牛牛不高兴地问。

“你问乔老师！”应天也很不高兴地解释。

“我看你先得学习翻墙。”乔远说。

牛牛这天翻墙出校，据她自己当时说，是为了回家。她已经一个月没有回家了，更何况，天气热起来，她必须回家“换裙子”，因为“再不穿裙子，夏天就过去了”。

可是第二天她再次出现的时候，却背了一只毛茸茸的背包，远远看去，乔远还以为她带了只白色皮毛的狗或者猫这种宠物。如果在冬天，这样的包会很不错，但不是现在。

她如约出现在翻墙的地方，没有爽约。这似乎也没什么意外的。

“你分不清季节吗？”后来乔远问她。

“有什么关系啊，谁知道我还能不能活到冬天呢？”牛牛说。

“你太悲观了，小小年纪，不该这么悲观，走，应老师带你去接受下理想主义教育。”应天说。

“你不是老师，乔老师才是。”牛牛总是很认真，“不是美术欣赏教育吗？怎么又改成政治课了！”

“哦，小牛牛，我就喜欢认真的孩子，你这样的。”应天说。

他们又翻了一次墙，牛牛还是觉得很难。“我身体平衡不好，体育课经常不及格。”

“你美术课也不会及格的！”应天吓唬她。她被吓住了，一紧张，一只脚又从墙上滑了下来，好在这天她没有穿裙子，动作终于可以舒展一些了。

“我不跟你说话了！”牛牛对应天说。她又为自己解释起来：“我答应跟你们去什么艺术区，只是因为这里无聊死了。我不喜欢艺术，也不要看什么画展。”

乔远再一次把牛牛从墙头抱了下来，这一次，他感觉她其实沉甸甸的，像那种没发开的馒头，但也许只是因为她开始信任他，才把体重放心地交在他手上。

乔远又去了艺术区，这一次是因为应天喜欢这女孩。

在三环路上，应天开始给牛牛讲那个“蓝天不设防”的行为艺术。

“可是，放风筝，这有什么意义呢？我不理解。”牛牛问。

“乔老师给讲讲！”应天帅气地转了一下方向盘。

“牛牛，行为艺术你知道吗？”乔远说，“意义，这东西对每个参与者都是不一样的，没有唯一的意义，你觉得这个活动的意义在哪里，它就在哪里。”

“我只觉得，希望那些被带去隔离的男生快回来，一个也不少。”牛牛坐在后排，慢慢地说着。乔远没再说话，他自己也和牛牛一样，正在经历等待中那些无用的环节，比如希望，比如做些不知道因何缘故的无谓的事，但所有这些，都只是因为，他们必须等待，没有人可以忽略的却是必然而强大的——等待。

“有个男生，我是说，被带走的其中一个男生，他喜欢我，总是在教学楼外面等我下课，但每次我想跟他说话的时候，他又说不出什么来。”牛牛突然说起这些，“他是好学生，绝对不会翻墙的，我其实也是，但是他被隔离了，因为住他旁边宿舍的男生发烧，他就要被隔离，他什么也没做，只是住的宿舍不对，我可能再也见不到他了，因为他被分到了一间倒霉的宿舍。”

“怎么会呢？我说你悲观吧，还不承认。”应天说。

“不，不是悲观，是认清现实。”牛牛说了句颇有哲理的话，“现实就是，不管我们怎么防备、戒严，还有遵守学校的规定，其实都没有用，你可能两年前被分到一间宿舍，然后‘非典’来了，你就得被隔离，谁能预料得到呢？”

“是的。”乔远相信牛牛说得没错。

年与时空画廊一层的玻璃门开着，吴勇在里面独自发呆，看着天花板。他可能还在思考烟雾探测器的问题。他对他们依然热情，那是一种初识般的热情，仿佛昨天的事并没有发生过。他自言自语着，说烟雾探测器还没修，因为谁也不管。“他们只知道收房租，别的，什么事也不管。”

“可不是，现在什么事都得自己来。”应天附和道。

“我现在得自己去开水房打开水了！”牛牛也说。以前有喜欢她的男生帮她做这些事，但现在她得自己去打开水，拎两只沉甸甸的水壶爬上几层楼梯。

乔远对吴勇感到抱歉，为让他不得不再次面对来自高校区的自己，而且，今天跟昨天不一样，今天他们还带了一个同样来自高校区的牛牛——一个计算机自动化工程系的女孩，和艺术没有关系。“我五岁的时候去过中国美术馆，只是因为从我家过去有直达的公交车，然后就再没去过了。这是我第二次看画展哦。”牛牛说。

但吴勇对牛牛还不错。乔远相信吴勇会对所有来画廊的人都态度和善，用一种可以容忍的、不会让人产生黏腻与不适的热情，来取得陌生人的好感。乔远昨天听应天说过，吴勇其实“多不易”，不光是他在山西的煤井里被埋过一次，而且他跟错了人，那是个高官，然后出事了，官商勾结，吴勇被“供了出来”。他本来在山西做得不错，“是文化公司，大概卖字画，主要帮人洗钱”，但出事后不行了，他替人顶罪，赔光了家产。

应天昨天也这样告诉乔远：“他是关键时刻能顶住的人，所以，还不错的。”应天只是想表达这观点，而且吴勇让应天成为“蓝天不设防”的策划人了，如果活动成功，应天的履历表上会多上一条很值得夸耀的经历。

但吴勇昨天为什么会那么紧张？乔远没问。他想，那还是不一样的，钱财和性命——或者再文艺一些的说法，生命。吴勇是商人，相信千金散尽还复来。不是吗？时隔多年，吴勇依然是画廊老板，而当年出事后供出他的那个高官，也许现在只是在边远地区的某监狱，像鼹鼠一般过着日子。只是，这世界总是有“预设前提”的，前提是一句苍老又强大的话，“留得青山在，不怕没柴烧”。怕死，这没什么羞愧的，现在看来，反倒是一种勇气。

所以乔远这天第二次见到吴勇的时候，对吴勇似乎又多了一种不一样的认识。他想起吴勇在北京如何从头再来，如何开办年与时空画廊，在城东这片区域——曾经是国营电子厂，厂房废弃了，留下方方正正、棋盘一般的“城中城”。听说日本和爱尔兰的知名画廊，也即将在这里开张，因为这是世纪之初，这是中国，这是北京……而这些概念，似乎都在预示着一种莫名的前景，这种前景，与市政府规划中的“高新科技园区”无关。当然，如果不是因为疫情，一切会更迅速而完美，就像一场一拍即合的爱情。即便如此，也足够证明吴勇的眼光，他不需要帮贪官洗钱，也能在当代艺术领域成事。

吴勇告诉他们，三百只风筝已经送到亦庄了。言下之意，万事俱备，只等明天。“希望是个顺风的好天气。”他淡淡地说。

“放风筝应该是逆风天。”牛牛纠正道。

他们都奇怪地看着她。乔远想，她只是太认真而已，不知道顺风和逆风，有时只是一种说辞，就像这世界总是需要借助一大堆无关紧要的废话，才能保持运转一样。

“我不知道计算机自动化系统这种专业，还学习放风筝的事情啊？”应天没有见识过太多牛牛这样的女孩——他认识的女孩都是艺术学院的那种，永远不会说起“风速”“风向”这种东西。

“不，不学风筝，但就是这样的，逆风放风筝。”牛牛没有听出应天话里的意思，“而且，我还是没明白，为什么要放风筝？你们不能做些有用的事吗？”

“什么是有用的事？”

“那些快死的，还有不知道自己会不会死的人，那些人，他们会在乎你们放了多少只风筝吗？”牛牛义正词严地说着，“难道你们放了三百只风筝，他们就不死了吗？”她看上去很激动，像在广场上发表演说。

“可是，话不该这么说。”乔远朝她走过去，轻声说，“我们活着的人，我们怎么办呢？”然后，他被自己的话吓住了。

牛牛先是不说话，然后又突然说：“乔老师，我昨天去医院了，他们不让我去。在很远的地方，他们就把路封锁了，我进不去……”她直直地看着乔远，如果不是她说的这些话，也许乔远会把她抱住。

但她现在需要的不是拥抱，她只是没能接受自己什么也做不了的事实。她真的什么也做不了，她只不过一直在房间里走来走去。这房间里还挂满了她弄不懂有什么意义的画作。

三个男人都没有抽烟，烟雾探测器仍让他们心有余悸。或者所谓“余悸”，也并不是因为烟雾探测器。吴勇看上去很没精神，他之前说过，昨天因为烟雾探测器的事情，折腾到很晚，他没睡好，还有明天的活动，千头万绪，他不可能再去安慰一个女孩的情绪。应天依然精神矍铄，他任何时候都是抖擞的，可是在应天的抖擞里，却有一些乔远无法形容的感觉，像是濒临绝境的人反而会肆无忌惮挥霍的那种感觉。应天一直在艺术区做各种“临时工”，他自己不这么说，他说那是“提供咨询”，或者

“策划，靠脑子赚钱”，但“非典”让一切都放慢了节奏，像忘记时间的钟，他们都减速运转。应天也许很长时间都没法“靠脑子赚钱”了。那应天是如何应付艺术区的房租和生活开销的？乔远也不知道。应天也是不会让别人知道这一切的。他终究还是懂得如何应付女孩们小情绪的那个应天。

“小牛牛，你怎么这么傻呢？你去小汤山看他，就会改变什么吗？”应天说。

牛牛却突然抱住应天，喉咙里发出呜呜的声音，不知道是不是在哭。她昨天还认为应天“是坏人”，在翻墙的时候拒绝他的帮助。

应天狡黠地看着乔远和吴勇，像是在自证清白。乔远当然可以推测出来，牛牛去小汤山，是想去看望那个男生。但牛牛抱住的，只是应天。应天拍着牛牛的背，像最慈祥的长者。他说：“没事了，没事了，你看，这些没什么意义的事，你不也做了吗？”

“那是因为我不知道还能做什么。”牛牛说。

“我们也是，不知道还能做什么，所以我们明天去放风筝。”应天说。

牛牛抹着眼睛，东张西望着，说要去洗手间。

吴勇仍然站在门口的地方，给她指了指洗手间的方向。吴勇看上去心事重重，他这天的沉默跟前一天很不一样。乔远听说那都是因为“一些关键人物不能出席明天的活动”了，因为“现在不是合适的时候”。吴勇没有显得沮丧，他认为，“箭在弦上，不得不发”。他刚刚和应天又嘀咕了一阵，为了“解决一些问题”。应天看上去并不紧张，他还能前后晃动着身体，显得格外松弛。后来吴勇似乎终于释然，大概是被应天的情绪影响。

牛牛在洗手间里，制造出很大的动静。三个男人对视一番，谁也没说该不该问问洗手间里的女孩是否出了状况。他们沉默着，似乎她不在场，便失掉了话题。昨天那场醉饮和烟雾探测器的事情，他们谁都没忘，但也许正是因为谁都没忘，眼前的一切才显得不同寻常——就像宿醉狂欢之后看见镜子里自己浮肿的眼袋，也像一场尽兴的性爱之后莫名其妙又无处不在的空虚。

后来，洗手间里安静下来。是应天最先开口，他说："不错的女孩，只是，太认真。"

乔远低声说："你不是就喜欢认真的女孩吗？"

"我就那么一说。"

"你别碰她，她是我学生。"

"哟，乔老师——别紧张，她说了，她不喜欢搞艺术的。"应天说。只是一个女孩，他不觉得值得再说下去。

"你为什么要抱她？"乔远问，他也不知道自己希望得到什么样的答案。

"她要抱我啊！"应天委屈地解释着。

"那你可以不抱啊！"乔远不知道自己的怒气从何而来，他觉得这是毫无必要的，为一个刚认识的女孩，跟应天争执？可是，话已经出口，箭在弦上，不得不发。这是一个让人焦虑的天气，无风无雨，连日光也停滞不动。

"嘿，乔远，你至于吗？"应天嬉皮笑脸着，一脸自信，他知道自己说得没错——乔远不至于。

"你他妈的至于吗？一个女孩！"乔远声音大起来，他担心牛牛会在拐角处的洗手间里听见，可是，他忍不住，嗓门就像踩下油门的车，自行呼啸而去了。

“乔远，你丫没病吧？吃错药了？”应天声音也大了。他话音刚落，乔远的拳头就正中在他鼻子上，这是猝不及防的一拳，也是乔远唯一占上风的一拳。

乔远很清楚，应天来自河南，小时候上过少林寺，至今也会散打表演，但也主要用来在喝酒后取悦女孩了。但应天依然可以轻松制服乔远，乔远是瘦弱的南方男人，成长的地方太过潮湿，稀释了那些肌肉里应该积聚的力量。乔远明明知道这些，但他还是出拳了，就像那些没来由的话一样，他的拳头也自行其是。他没有喝酒，这天，他甚至连一支烟都没抽过。他只是想打一架，也许从昨天、从上个月疫情开始，从很久以前，他就想打一架了。

应天果断地回击一拳，打在乔远的右脸上。乔远没站稳，踉跄了几步，差点又碰到那些金属格子里装的鸡蛋。吴勇这时发话了：“嘿，嘿，干什么呢？”但他一点儿也没有要劝他们的意思。乔远东倒西歪的时候，看见吴勇站在门口，把两手都放进了裤兜，摆出事不关己的样子。

应天又补了一拳，在肚子上。乔远也回击，用脚，但乱七八糟踢得不成章法，几乎都被应天躲了过去。

应天吼着：“够了，够了，你发什么神经呢？打我？打我？”

乔远倒在地上，脸和肚子一样疼，像辣椒在油锅里乱蹦。

乔远安静下来，应天也没再出手——不过是一场没来由的打斗。乔远知道，应天没有下重手。应天的鼻子右翼上，青了一块，像昨天的颜料没有洗干净的样子。只是青掉的那块瘀伤，根本是洗不掉的。

乔远说着抱歉。他知道自己是真的抱歉。这不是他的本意，甚至牛牛都不是他的本意。他和应天是大学三年的同学，直到应天被学校劝退，他们都睡在一张床的上下铺。他们打过很多次架，当真的、不当真的，但都有明确的缘由，只有今天是无缘无故的，还当着吴勇的面。也许洗手间里的牛牛也听见了外面的响动，被吓得不敢走出来。

“爽吗？”吴勇怪声怪调地表达责备，用力摇着头，有种恨铁不成钢的意思。他走过来把乔远扶起来，隔着衣服袖子，用了狠力。“走，我带你去外面转一圈，消消气，不过哥们儿，你这生的到底是哪门子气啊？”吴勇问。

应天说：“他就是闲得不耐烦了，找揍嘛。”

吴勇带着乔远，沿着画廊门口的路，向东走。只是一条普通的两车道柏油路，没什么特别，“但很快就会不一样了”，吴勇说，他指给乔远看几间破破烂烂的厂房，介绍说它们即将成为画廊、工作室和咖啡馆。乔远趴在黑乎乎的窗玻璃上往里看，什么也看不清楚——眼前的一切，还有他们面临的未来，都像在黑玻璃后面混沌一片的房间，似乎是那种立体主义的画，通通成为平面而棱角尖锐的几何体。七九七，七九八，七九九，他们依次走过这些数字编号代表的区域，一直到路东的尽头，又折向南。拐角处，几个穿着深蓝色工作服的工人，麻木地像看外星人一样盯着他们。乔远猜想自己脸上肯定还有打斗的痕迹。他觉得不好意思，说："我们又在你的画廊闹出事来了。"

"我也想找人打一架，可是，打架解决问题吗？"吴勇说，"都是'非典'闹的，脑子都不清楚了。"

乔远不知道吴勇是不是指的自己，他倒是很长时间都脑子不清楚。"我想，我只是憋坏了。你知道学校现在的情况吗？连打架都找不到人了。"

"情况很严重。"

"这不是关键，关键是，所有人都不知道自己怎么了，我们都没被感染，可是我们还是不一样了。牛牛昨天还说应天不是好人，今天他们就抱着哭在一起，什么世道？"

"什么意思？又跟我玩'意义'那一套？"吴勇问。

"说真的，吴勇，我知道你昨天还担心被我传染，你不用不承认，你没错。我也没错，但我们都不一样了，因为这奇怪的病。不骗你说，我昨天真的感觉很好，被水淋过以后，可后来，又不对了。"

"可能，是这样的。"

"所以还是打一架吧，不然怎么释放呢？"乔远辩解着。

"不是为女人？"

"不是。"乔远肯定地说，"如果是为了女人，我就不会把她和应天留在那里，我自己倒跟你出来闲逛……"他觉得自己说得并不真诚，因为他还是依稀想知道，他们此刻在画廊里，会做些什么，聊些什么。

"其实也不是闲逛，我是想带你看看这里，虽然这里会被规划成高新科技园区，但至少这几年，这里主要是艺术家们在活动。我觉得你真的可以考虑搬过来，应天说过那个学校的职位，其实……不适合你。”

为什么又是应天说？这个该死的应天，总是比乔远更善于预见将来。他总以为自己更有远见吗？什么后海会火、艺术区会火，什么让所有人都摘口罩，女人们又总是主动对他投怀送抱……那种无名的情绪，不知从何而来，似乎正在这燥热起来的世界里膨胀。

他们又转了一个弯，往来时的方向走回去。废弃的墨绿色的大型机器，堆置在路边，散发出铁锈的苦涩气息。乔远没有说话，他希望吴勇会以为他只是在沉默地思考着刚刚的提议——到艺术区来。

这里的空间是开放的，工业时代遗留下的废墟，像老朽的寡妇在等待涅槃重生。它不是封闭的、规整的，就像巨大的休息日的游乐场，只有粗犷的建筑与机器静静地等待着新一场狂欢。苏荷区、布鲁克林、塞纳河左岸、蓬皮杜……这些世界现当代艺术圣地的基因，也许真的会在这里落地、生长。

蓝天之上，云朵虚假地停滞着，像一个玻璃罩子将世界笼罩起来，身处其中的每个人，其实都想砸碎那让人窒息的玻璃罩，乔远想。

还没有走进年与时空画廊，先听见牛牛的哭声。她又哭了。女人们的状况，永远这般层出不穷。但这一次哭，牛牛明显放肆起来，几乎已是号啕。

他们快步走进画廊，看见应天还在洗手间门口。他无奈地摊开手，又耸耸肩，略带委屈地说着："我可什么也没干。"

"怎么回事？"吴勇问应天。

应天悄声说："来例假了，没准备……"乔远几乎是从他的口型上艰难判断出语义。

"什么？"乔远话音刚出，应天又嘘了一声，暗示乔远声音小一点儿。洗手间里的哭声却减弱了，像是长跑者进入最拖沓疲乏的时期。

"乔老师？"

"牛牛，你先开门。"乔远大声说。

她很听话，开了门，乔远见她用那只毛茸茸的背包挡在身后，又紧贴着墙挪出来。眼睛红红的，胸口起伏着，是还在啜泣。

"哭什么啊？"乔远假装轻松地问。

牛牛激动起来，突然蹲在地上说："我受不了了，乔老师。什么事我都遇上了。"

乔远轻拍着她的背说："不就是例假吗？没什么大不了。"他想莫非还有别的事？

"真丢人，我没有准备，我不知道它会突然来，我总是这样，什么都没准备好，事情就突然发生了。他被隔离了，我都来不及跟他说句话，他就被隔离了。我已经大三了，可是我学分不够，没有实习过，家里没钱，我没什么背景，我什么都比不过别人，可我不想这样……"

"哦，我也不想这样。"乔远不太会哄女孩。

乔远去艺术区外的便利店，帮牛牛买了卫生巾，因为她自己没法去。她后来又躲回洗手间了，自行隔离起来。三个男人都不愿意去做这件事——买卫生巾。况且便利店离他们还有一段不远的距离。应天不愿负责任，他说："乔老师的学生，该乔老师去。"吴勇大概也是这么想的。

乔远第一次买卫生巾。他拿不准该选什么品牌，最后选了粉红色包装的，他是画家，画家对色彩永远比对价格更敏感。他本来以为这会很难堪，但竟然没有。他坦然地结账，甚至还有些自豪。

收银员戴着口罩，露出的两只眼睛里，也没有显出任何反常的怪异情绪。乔远相信，这或许是一种对于责任感的暗示——无论如何，在便利店买卫生巾的男人，他的生活里，一定有个需要他照顾和负责任的，而且多半还是一个爱撒娇的女孩子。这当然是不错的事。

他拎着塑料袋回到画廊，一种英雄救美的自豪感让他心情也开始好起来。这不算什么大事，但这些天里，他们已经经历太多大事了。

牛牛倒是很快便让自己平静下来了。她收拾好自己，可能在洗手间里还偷偷洗了洗裤子上的血迹，又用干手机烘干，很是忙碌了一阵。她再次开门出来的时候，看上去容光焕发，真是奇迹。她主动招呼着乔远和应天："该回去了！"她到底是个乐观开朗的女孩，乔远想。

再次翻墙回学校的时候，牛牛没有再让他们帮忙，她费力地蹬上矮墙，表情严肃而坚决。应天兴致也不是太高，他没再说那些挑逗或打趣的话。他们相约明天还在这里见，一起去亦庄参加“蓝天不设防”的活动。谁也没问为什么得去。也许是因为，他们都意识到，今天的一切，都暂未了结。所以，他们还有明天。明天，又是不一样的一天了。牛牛还说，也许她会再多叫几个同学去，他们可以坐公交车，如果应天的车坐不下的话。

乔远跟在牛牛后面，也翻上了那处矮墙。他希望这是最后一次了——但他没对此毫无信心：下一次，他们就可以不必费力地从学校大门进出了吗？带着那种平静的、倦怠的，当然更可能是无所畏惧的，笑容。

三

乔远在这天早上的电话里问牛牛：“你那边几只？”学生们把男生都称“头”，女生都叫“只”，他们喜欢这样“两头”“三只”地叫来叫去。

“只有我一头。”牛牛的声音听上去很沮丧。

“你一只。”乔远纠正她，她是女孩，女孩不论“头”。

“我一头，因为我是牛牛。”她说。

牛牛说她们都不去，因为“觉得这事儿没什么用”。放风筝？学校里也可以放风筝嘛，为什么要斜穿整个北京城，跑到亦庄去呢？

“跟她们解释不清楚。”牛牛很愤怒。

亦庄开发区在北京东南角，这里的一切都簇新得像是电脑里的效果图。这样的时候，路上更是见不到人，零星跑过一辆汽车，也惊慌地像被追赶着。出了城区，他们驶向更开阔的地带。国道边开始出现一些大红色的标语，不知道这些标语要给谁看？再往前走，远远能看见白色幕布，上面有蓝色的字母。只是那些幕布，被风刮得一刻也不能停息，完全看不明白那些字母表示的含义。他们的目的地，是一片不知作何用途的砂石地，可能是未待开发的地产用地，平整、宽阔，有两个足球场大。杂草一丛一丛的。已经零散到了一些人，都是开车来的。汽车就散乱停放在边缘区域。

走到中央，看见一些装置、影像作品已经布置起来。在一只巨大的追光灯前面，他们找到了吴勇。他换了纯白色衬衣，白色裤子，很容易被发现。“不能被抢了风头。”吴勇笑着解释起自己为何穿了一身白色。但他并不愿意对此再深究了，所以他说：“来了两百多人。”似乎很满意。可是看上去，并没有那么多人，也许是这里太空旷。乔远想。

那些风筝都整齐码放在不远的地方，一大块塑料布上面，花花绿绿的，很喜庆，让乔远再想起家乡的傩戏。一些无所事事的人，三五成群站着说话，其中一些人还戴着口罩，气氛沉闷。还有音乐，是交响乐，乔远不知道是不是《命运交响曲》。

牛牛觉得那些装置很好玩，金属制的巨大水滴，肥胖的大力水手，还有一些奇怪的木头做的东西，看不出是什么。地面也被艺术家做了手脚，一些三维立体画，从特定位置看过去，像是地面绽裂开来，形成一道幽深的沟壑。牛牛走到那个位置，抬起脚又收回来，摇摇晃晃。

“不虚此行吗？”乔远问她。应天已经不知到什么地方去了，很多人似乎都认识应天，他们在艺术区早有来往。

“还说不好，只是，挺好玩儿的。”牛牛谨慎地回答。

“你昨天为什么跟他打架？”她突然问乔远。

“不为什么，闹着玩儿。”

“哦。”她似懂非懂地点头，“是不是好多了？”

乔远惊讶地看着她，他相信她的话不是对他讲的，她只是需要这样问问自己，是不是好多了，这世界。

“他们很快就结束隔离了，也许明天，也许后天，快回来了。”牛牛说。

“不会有事的。”乔远说的，是内心的愿望，但他知道牛牛会相信他。虽然来的路上，牛牛刚给他看过短信，简单几个字：“生不如死，在这儿。”牛牛觉得难过，乔远想象着发短信的男生，腼腆、内向，在夜深的时候仔细聆听自己身体发出的讯号，想念着她，然后在电量所余无多的手机里，按出这样的句子，生不如死。

可是，所有人都是要生还的，不是吗？他们临别前，这样彼此承诺过。

乔远和牛牛，他们漫无目的地又走了走。到下午一点，音乐声停止，一些穿着黑色T恤的年轻人，开始分发那些风筝。他们的T恤背面，都写着白色的字“我们能战胜”。一个黄头发的年轻人把一只不大的黄色风筝交给乔远的时候，也这样说，我们能战胜。乔远在他的眼睛里，看出一种熟悉的东西，但是他说不好——那是一种什么东西。

乔远和牛牛分到的风筝，是一只蜜蜂。“哈，竟然是只蜜蜂。”牛牛觉得这也很好玩。他们打开那只风筝，发现那只蜜蜂戴了一只口罩！

“今天是顺风还是逆风？”牛牛问乔远。

乔远也不知道，但他答道：“如果顺风，我们就逆着飞。”

牛牛笑起来，乔远发现这是两天来第一次听见她这么大声笑出来，像昨天她放声大哭一样，都是一些不被隐藏和设防的悲喜。

没有人宣布活动开始，也没有人讲话和发言，没有烦琐的程序，拿到风筝的人就自行放起来，先是一只孙悟空飞了起来，孙猴子戴着一只大口罩，后来，耶稣、佛祖也飞起来了，还有机器猫、蝴蝶、燕子、小熊……它们都有一只口罩。

但人们的心思并不在口罩上，为了在风势并不完美的天气里，让这些大大小小、五颜六色的风筝飞起来，人们必须快速跑动，尽力避开地上偶然出现的一丛丛的杂草。有人被砖石绊倒了，嘻嘻哈哈地爬起来，拎开缠绕在身上的风筝线，再接着跑。有人跑的时候又撞到了其他人，但只要那些细细的透明的风筝线没有纠缠到一起，其实都没什么关系。

他们的蜜蜂也飞起来了。牛牛不愿意跑，她想暗示乔远，她还在生理期。乔远先跑起来，牛牛站在另一头，端着那只蜜蜂。乔远看见蜜蜂贴在牛牛的胸前，让她看起来，就像一只肥滚滚的大黄蜂。她不会知道。因为她的目光都在天上。依然是纯蓝的天，但这天没有一片扰乱视线的云朵飘来。这里是偏远而空阔的亦庄开发区，连云朵都不愿意前来。

天空却热闹起来，那些风筝，渐渐地越来越高，一只一只，都像要远离地面、直升而去。它们欢快地招展着各自的小翅膀，似乎告诉地面的人群，它们会就这样离开，不再回来。

乔远跑起来，喊了声“放”。牛牛松了手。蜜蜂呼啦啦贴着地面滚了两下，终于也挣扎着，飞起来了。乔远不敢停下，一手拉着风筝线，拼命地跑。

牛牛大叫起来，很多人都在莫名其妙地大叫。

放风筝并不难，你需要的，不过是抓住那根隐约的线，以及一直这样跑下去。乔远感到手上传来沉重的力量，那是风的力量，风把风筝们送上蓝天，也通过风筝，把它的力量，传递给放风筝的每一个人。

乔远发现自己其实不必再跑了。蜜蜂已经可以稳稳当当地飞在半空，和蝴蝶、耶稣还有牛魔王，并排在一起——不是最高的那只，也不是最低的。

乔远停下来，控制着那根线，仿佛那根看起来不怎么结实的线，才是他此刻能握住的最紧要的东西。线勒在毫无防备措施的手心，有种尖锐的痛感，像握着一把小刀。但他会一直咬着牙、保持这种仰头向上的姿态，然后坚持下去，等待一切结束的那一刻——因为这，其实已经是人们所能做的全部。

傍晚，乔远和牛牛随吴勇的车一起回城。应天被一些扎着皮带、穿着黑色警服的警察带走了，理由是“组织非法集会”。

可是，应天又不是组织者——那些带走应天的人似乎并不喜欢这样的解释。

“我们有证据，你们自己写的责任书，带走领头的就行。”他们办事讲究，向应天礼貌地出示过墨绿色封皮的小证件。其中一个警察，照一张纸上读着一些什么东西。乔远只是远远地看着，并不能听清。那警察的口罩下，嘴唇迅速地嚅动，像里面有只小肉虫在爬。他们彬彬有礼地请应天跟他们走。但警车没有停在旁边，于是他们凭空指向刚才来时的方向，似乎他们把警车停在一个十分遥远的地方了。

“只是放风筝，有什么问题啊？”所有人都面面相觑，相互询问，或试图解释，是的，只是放风筝，没什么问题。

“要我再念一次吗？现在特殊时期，不允许组织任何大型集会。超过两百人，就算大型集会。”领头的警察一边把那张纸慢悠悠叠起来，一边大声嚷道。

应天倒是一脸无所谓的模样，他看上去还有些享受这样的时刻。在众目睽睽下，像被出卖的革命者一样被押送，多么与众不同的离场——所有人都将因为这个时刻而记住或者感激他，毕竟是应天，在为他们所有人的行为付出代价。事实上，应天的表情是凝重的，但乔远却看出了那凝重里的欢快。他不知道他们会把应天怎么样。非法集会？特殊时期？未经审批？大型活动？这些关键词，就像一块块砖头，不知道终将垒出一座什么样的建筑？

“像电影一样……”牛牛惊魂未定地说。她还说刚才注意到那些警察给应天戴口罩了。而警察们也是全副武装的，连手套、脚套也是齐全的。乔远希望告诉他们，“蓝天不设防”活动的最后，所有人可都是要摘掉口罩的。而提出这个好点子的应天，现在戴上了口罩。

“真不敢相信。”牛牛在吴勇的奔驰越野车后座上，被冷气吹得瑟瑟发抖。

吴勇开着车，一句话也没有说。

乔远想起下午活动开始前，一袭白衣的吴勇，像蓝天之下一个虚幻的鬼影。

“为什么带应天走？”乔远终于没能忍住，他希望自己的语气里没有太多的怨恨及责备——这不是容易的事。但现在也不是该他怨恨的时候。吴勇的越野车，在傍晚时分的高速公路上慢悠悠缓行，像小心翼翼地拨开云层的鸟，忐忑、迟疑着，在天色近晚、街灯未明的薄暮里，惊恐不已地寻找方向。

“是应天在责任书上签的字。”吴勇答道。

“责任书？”牛牛问。

“是的，责任书。我们搞这样的事，总要有个人负责任的。”吴勇张望着，他似乎不知道眼前的高速出口是否正确，干脆踩了刹车，但很快又加速了——他们就这样离开了那个似是而非的高速出口。

“为什么是应天签字？这不是你的活动吗？”牛牛困惑地问吴勇。听起来她已经疲惫不堪了，这终究是漫长的一天。

“不知道。他喜欢当老大，这样行吗？”吴勇大声说，“我只是想做点有影响的事，我现在——说实话——我还需要什么呢？只是想做点事，但应天不一样，他还需要这样的名分，只是，说实话，不知道为什么又不允许我们搞活动了，明明说好的，那些人又反悔了。”

乔远还想问什么，但牛牛在后排座位上按住了他摊在自己膝盖上的那只手，暗示他别再问下去了。

牛牛感叹着：“现在，做什么事都不容易。如果他们都像吴勇你这么想，就好了。”

乔远问：“应天会不会有事？”

吴勇摇头：“不清楚，但应该不会有大事的，原来艺术节的时候，也来过警察带了人走，不过关两天，批评教育一下，没大事的。”

乔远希望他说的是真的，而不仅仅是一种美好的愿望。他很长时间，都把愿望当成事实对待了，但它们终究不一样。事实会永远存在，而愿望，并不一定。

乔远也不难想象，那些发生在吴勇和应天之间的对话，或许就在昨天，心事重重的吴勇与毫不在意的应天的那些谈话——如果他们真的有过交谈的话。但也许，那些对话也是不必要的。他们彼此理解，心照不宣，达成共识。应天成为名义上的组织者，他需要这样的名义，就像应天需要靠“策划”、靠脑子赚钱的生活一样——一种虚幻的、如同风筝一样高蹈晴空却又是摇摇欲坠的象征。而事实上的组织者吴勇，打电话找来两百人，并没有留下任何文字记录。他清白地脱身了，成为一袭白衣的隐者。人们会记住他的年与时空画廊——艺术区最早一家由民间资本开办的画廊。他们各取所需，像人们通常做的那些事。

只是应天被带走了，这是唯一的意外。年与时空画廊作为活动的支持方，也许会受些影响，也许并不会，毕竟活动的场地，远在亦庄。但现在谁也不知道究竟会如何——那该是明天的事了。

“我本来是想帮应天的，他需要一次这样的经历，他得组织过大型行为艺术的活动，然后，他才能在这圈子里待下去啊。”吴勇沉默了一会儿，才说。

吴勇的电话响了，他看了一眼，没去理会。

电话铃声刚落，成排的路灯突然亮了起来，微弱的金黄光芒，像这天下午他们一起放飞的那些风筝，悬浮在头顶之上。而它与人们之间的那段距离，似乎触手可及，但又遥不可及。

四

乔远再见到牛牛的时候，已经是盛夏。八月，北京的高校开始复课。“非典”和这个春天一样，成为短暂又深刻的那种记忆。学生们从各地陆续返校。他们带着简单的行李，不再需要翻墙进入校园。学校朝南开的棕红色大铁门，仍然没有开放。门卫处检测体温的安检装置还在。他们一个个，带着模糊的歉意，通过那会“哔哔”作响的机器——在检测出高温的时候。

人多了起来，只是夹竹桃粉红色的花朵已经不见了，他们都错过了这一年的花期。当然，他们同样错过的，还有这大半个学期的课程，于是他们需要在八月里，把落下的课程补回来。这似乎是合理的事。只是天气炎热，老师和学生们，都像劫后余生的幸存者，带着一种随时会爆发的怨念。教室里没有空调，电风扇呼啦啦吹动的声音，反而让一切更为寂静。谁都没有说出那种话："谁让你们当时要离开的？看，现在还得把课都补回来，这是八月，本该是暑假。"——所有人心里都在这么想。

乔远的美术欣赏选修课，本就无所谓。那天乔远走进一百人的大教室，一个烈日灼人的天气。十几个学生，疏落落地坐开，彼此远离着。

乔远那天讲了讲"所谓行为艺术"的历史。他希望这会是比较有意思的话题。但学生们和他一样，兴味索然。他们都还有更复杂的功课——比如英语、政治——需要应付。于是一堂课倒更像是一次"行为艺术"的表演——师生共同完成，还有电风扇参与其中——显露出荒诞以及发人深思的古怪。

下课后，乔远在教室外的走廊里碰见了牛牛。他不知道她是否专门来这里等他下课的——不太像。她"非典"期间还在学校，所以，她不需要补课，她可以名正言顺地放暑假，在八月的北京。

乔远觉得她看上去长高了一些——尽管这也是不太可能的事情，或许是她的眼神让他有了这种错觉。她看上去有些疲惫，不再大呼小叫地对乔远讲话。她只是点头、微笑，似乎这已经足够表达他们这几个月里所积淀的那些情绪。

他们一起去食堂吃饭。乔远想起这大概是他们第一次一起吃饭。在"蓝天不设防"的活动之后，应天被警察带走，两天之后放出来了。因为剧情改变了——没人知道为什么。因为警察的出现，媒体开始大规模报道这次活动，但报道中并没人提起"警察""非法集会"这样的词，他们只说，这是很好的活动。随后有更多的消息源源不断传来：放风筝的活动会继续下去，在八达岭长城、前门、平安大街……在北京各个地方轮流开展。更多的风筝从山东潍坊运来北京。运风筝的车还可以走专门的绿色通道。危机的时刻里，人们释放出如此的善意。

牛牛知道这些，但她还知道更多。

她说吴勇上了电视，而乔远从来不看电视。她说，"他成了名人"。那语气听起来有点怪。

乔远想起那天在吴勇的奔驰车后座上，受了惊吓的牛牛的那些感慨："现在，做什么事都不容易。如果他们都像吴勇你这么想，就好了。"吴勇只是想做艺术，可是人们并不都是这么想的。

但牛牛说："不是的，真的不是的。"

食堂很吵，饭菜依然无味，好在他们可以坦然坐在这里吃饭，不必担心那些看不见的病毒。"非典"得到控制，逐渐淡去，像一场肆虐并让人面目全非的青春痘——终是会逐渐淡去的。

乔远问及牛牛的那个男孩。她很乐于谈及他："他没事，我们都没事，多好，我们下午会一起去图书馆。"然后，她又说，那个男孩才是她现在珍惜的东西，而不是吴勇。

"跟吴勇有什么关系？"乔远并不理解，他在那次活动之后又见过吴勇两次，应天都在场。他们看上去没什么芥蒂，或许只是乔远没有发现他们的芥蒂而已。应天被警察带走的那两天，网络上有一些零星的消息，谈论着艺术家们抗击"非典"的活动是否应被算成"非法集会"。这些议论也许有用，因为更多人知道了这件事，并形成一种压力——应天认为这决定了事情后来的发展走向，“蓝天不设防”会继续下去，风筝会在北京城东南西北的天空中，陆续起飞。这让应天得意，于是他可以忽略掉那两天在派出所临时被看管的经历。

但牛牛说：“整个事情，都是吴勇故意的。是他故意找来了警察。因为他知道，这样才有用，警察都来了，事情闹大了，然后越来越大，然后，他就成功了。”

“你为什么这样说？”现在，乔远对所有的事情都不再轻易相信了——这是一种获得，还是失去？说不好。

“我就是知道。”牛牛很肯定，“我还知道，那些风筝，让吴勇大赚了一笔。”

“什么？不是风筝厂赞助的吗？”

“一开始是，但后来量太大，政府就出钱买了，你也知道的，这事儿闹大了。”

“吴勇为什么能赚钱？”

“风筝厂感谢他吧，我想，可是一笔不小的钱。”

乔远开始相信她的话，凭着一种直觉。

吴勇的事并没有让他惊讶，乔远惊讶的，只是告诉自己这些事的，是牛牛。

牛牛说她看错了吴勇，他不是艺术家。

她一度是年与时空画廊的常客，在六月、七月的那段时间里——乔远只知道这么多。

她没再说下去。但是她的神情却足以令她自圆其说。她一度和吴勇亲密过，只有亲密之后的人们，才会感受到幻灭。是的，幻灭。这使她看起来和从前不太一样，更成熟，也更疲倦而无所谓，那个在洗手间忘记带卫生巾的女孩，和现在坐在乔远面前，一边胡乱划拉着盘子里的几棵青菜，一边解释着“吴勇如何获利”的姑娘，她们是如此不同——乔远这么理解。

牛牛说起这个夏天，她其实可以不再留在学校的，但她还在这里，因为她想“陪他上课”。隔离的事情已经过去了，现在，他们正在度过这个属于彼此的夏天。

只有乔远，仍然面对着这个疲乏的世界，但转机仍然存在。他计划月底的时候去一次敦煌——这是一个酝酿多年却终未成形的计划。八月底九月初的时候，他会有大半个月的闲暇。他没有告诉牛牛去敦煌的事，因为这只是他自己的事，他吝啬地希望可以不与别人分享，也或许，只是因为他对自己缺乏信心，他不知道自己是否真的会站在那些洞窟上的佛像前，低眉凝视。那些慈悲的神的面庞，他曾经在画册上无数次抚摸过的面庞，是否终将如自己所愿那般给予他启示或力量，令他可以面对随之而来的全部——毕竟，这世上的一切都从未停止过运转，从未凝滞不动。

回　旋

一

乔远的登机口在楼下。他让拉杆箱换了方向才顺利通过扶梯口两根短柱间的狭窄缝隙。踏上电梯的时候，一个女人的声音从他脚底下冒出来。一失神，他踩在两个台阶中间的黄线上，踉跄着差点顺电梯滚下去。站稳后，他骂了句脏话，英文的。那个女人居然说的是“请紧握扶手，小心脚下”。这时，他终于看见楼下候机厅里排成S形的队伍。

飞机总是让乔远不适。他很多年都不怎么乘飞机。娜娜说他贪生怕死，又说飞机其实是最安全的交通方式。她曾经和几个女孩去泰国旅行。乔远送她去机场，看她耀武扬威地展示此中乐趣。糖果色的拉杆箱已是她身体的一部分。她带着这不可分割的一部分，在柜台、安检处、洗手间、问讯台还有咖啡店之间穿行旋转，像挟着花朵的轻巧蝴蝶。她不是机场常客，但看起来她的确很擅长让高跟鞋在这里发亮的地板上踩出最合适的节奏。这很像一种天赋。乔远觉得自己大概缺少在离地万米的高空从容应对世界的天赋，比如假装耳朵并没有在起飞降落时产生尖锐的不适，或者让自己相信空姐的微笑真的会带来一天的美好心情，在狭窄的座位上愁眉紧锁读完过期的旧报纸，仿佛着迷于那些重大的世界性难题……这处狭小空间于是更像幽闭的舞台。

这天乔远不过希望一次平静的飞行，从深圳到北京。但墨菲定律让简单的愿望变得不简单。那些小概率事件不只是在小说中才会发生。他还没走到自己座位的时候，就认出了小薇，心里便是这么想的。她很多年以前的确叫小薇。

他的座位离她有两排的距离。他觉得自己往后排座位走时，留下的目光可能太久了，这产生了两个结果：一是他确认她是小薇，没错的；二是她似乎也注意到他了，但他不确定她有没有认出他来。他倒是看见她举起了报纸。这是个明确的信号，她不希望交流。

但很快，她的报纸又放下来了。因为那个肥胖的女人请求她起身。胖女人的座位在里面靠窗，她紧贴着小薇清瘦的身板，终究还是挤了进去。一阵静电，让小薇的衬衫莫名其妙地支棱开。在她裹紧衬衫下摆之前，乔远还来得及看见牛仔裤腰线之上，一线雪白的皮肤。

小薇比娜娜略白一些，乔远曾经这样区分她们。其实他后来发现，她们之间还存在很多不同，但那时这些都不重要了，他已经和娜娜在一起。

多年前那个画展开幕式上，娜娜费力地搂着他的肩膀，像男人们互相搂肩膀的动作一样。他的肩膀在娜娜的胳臂下被迫倾斜，于是左肩始终比右肩要低很多，所以他需要时刻注意左手高脚酒杯里的七喜汽水，希望那不会被洒出来。事实上，还是洒出来一些。七喜汽水黏在他手上，像手指之间长出了蹼。

他对自己第一次画展的开幕式最深的印象，就是一直想找机会去洗手，但他还不知道怎么开口让娜娜暂时放下她细长却沉甸甸的胳臂，以便让他可以暂时离开她两分钟时间。那时他们只不过刚刚在一起，彼此仍小心翼翼、相敬如宾，像笼子里两只陌生的宠物，在默默研习对方习性。

开幕式上所有来宾都是十位参展画家的朋友或亲戚。人们一直在费力地相互解释，为让对方明白自己为什么出现在这里。乔远和娜娜在人群中勾肩搭背，像是那种桀骜的青年艺术家情侣。人们对此见怪不惊。惊讶的是乔远自己。他三个月前还在大学讲台上，试图让教室里学机械工程的一百多名学生记住顾恺之和八大山人的名字，只是他们对中国古代美术常识这门没有学分的选修课，并不像他们的老师那么在意。现在，他在这里，北京城东北这片新兴的艺术区。他再也不会穿上那件袖口有红圆珠笔印迹的灰夹克。事实上，他已经把同一件黑色皮衣穿满了一个月，他还会接着这么穿下去。他脖子上正吊着一个新认识的长腿姑娘，像甩来甩去怎么也甩不掉的一块膏药。她那双长腿，昨晚夹得他两肋生疼，她用起力来真是毫不留情。他可能也给了她同样的印象。他觉得那些冲刺时的力量，来得有些莫名其妙，仿佛穿上黑色皮衣就变身成了大力水手。他三个月来第一次完整地做爱，效果好得让人不安。于是他希望第二天可以再来一次，以便重新验证。他需要确认自己这巨大的潜力不只是昙花一现的奇迹爆发。他那时未满三十岁，却总是认为自己老得该退休养花去了——如果一直在高校教选修课，便很容易产生这样的想法。他对自己的性爱表现似乎尤为在意，可能因为对此他并不自信。娜娜就像他人生中考出来的第一个满分，他希望可以保持住这样的好成绩。尽管他其实又很清楚，没有人可以永远拿一百分，尤其在这件事情上，那么微妙，于是也更让人着迷。

所以他没有和她在天亮的时候告别。她看起来似乎却有告别的意思。她那时还不满二十岁，不相信一个晚上的激情可以改变人生。她的人生后来一直充满变数，而乔远是其中唯一不变的常数。如果她那时知道这样的结局将会感到惊恐。相濡以沫，这听起来是多么沉闷无趣的一件事。

他留住了她，用的是《天方夜谭》的经典招数，一个夜晚一个夜晚，后来是一个星期又一个星期，一个月又一个月……日后他为此感到过羞耻，觉得这其实并不光彩。这样的时候他通常都会回想起画展开幕式上的窘境，觉得那很像是对他们之间关系的一种暗示。他的左手粘着一只装汽水的红酒杯一直在心慌意乱。他们为什么没有在酒杯里倒上真正的红酒？他记得艺术区的画展开幕式要在那三年以后才会供应香槟之类的低度酒。何况那有什么关系呢？人们只不过需要一个杯子，里面装一点什么，以便在站着交谈的时候无须为“手放哪里”这种问题困扰。

而他心慌意乱的原因，很久以后他觉得自己才幡然醒悟——他一直在端着汽水的人群里，寻找小薇。

后来他终于有机会去洗手间洗手，他满怀对娜娜还他行动自由的感激，觉得这是人生中最幸福的一次洗手。他抬头看见斑驳镜子里的自己，未老先衰的担忧再度来袭。与此同时他更加确信，他需要娜娜在身边，就像一种让他看起来更年轻更有生命力的装饰品。

这种迫切的感觉驱使他迫不及待回到画廊，两手湿漉漉地沿途滴水，像落下一些证据。正在失去的感觉在那一刻从未有过地强烈起来，他从高校辞职的时候都没有这样被那种感觉击中过。

他在人群中寻找熟悉的身影，但娜娜出现在他面前的时候，他仍然保持着瞭望的姿势。在意识到小薇没有出现的时候，他明白了这一整天让他心慌意乱的并不是发黏的手指，而是他得到了娜娜，失去了小薇。这是多么让人惋惜却又是注定的结局，和世界上所有的结局一样，得到一些什么，再失去一些。

二

在机场摆渡车上的时候，乔远产生了一些奇怪的想法——在航站楼和飞机之间运送乘客的这些摆渡车，它们如何在看不出有什么明显参照物的机场辨别方向？

他明白这不过是一个杞人忧天的问题，但他的确感觉到，摆渡车已经连续右转三次了，这可能意味着它又回到了出发时的方向？摆渡车的司机会不会因此而在飞机之间迷路？会不会存心报复社会而将所有乘客带到另一架飞机跟前？这看起来都是很容易的事。

直到摆渡车终于停泊在正确的位置，乔远还是为左右两架飞机各自伸出的悬梯感到不安。为什么会刚好停在两架飞机中间的地方？他们会弄错吗？一个微不足道的疏忽，比如和邻近飞机上的某乘客交换一下登机牌——这更容易，不需要一秒钟就可以办到——他就可能抵达完全不同的地方，从同样的起点。

在系上安全带等待起飞的那段时间，乔远又想起了摆渡车的问题，也更加坚信这一天他和小薇同乘一架飞机，这其实多么不容易——假如摆渡车司机一个疏忽，假如他刚刚在电梯上跌倒，他都有可能错过这班飞机。

他想，等起飞以后去小薇的座位前，跟她打个招呼。他不确定刚才她有没有认出他，不过就算她认出来了，是不是也会装作不认识呢？她会不会还像从前那样，对他视而不见？

他和娜娜的事，是小薇第一个发现的。但她装作什么也没看见，这让他觉得受到了藐视，一度对她心怀憎恨。娜娜倒是不在意，娜娜认为小薇其实就是这样一个贱人。娜娜说小薇是贱人的时候，紧身的黑裙子还没有放下来，裙摆都堆在细腰上。她露出全部的长腿和滚圆的屁股。白色蕾丝内裤挂在一米远处的一具白色三角形雕塑上，像是要永远挂在上面的艺术品。

乔远没有娜娜的从容，他刚刚以最快的速度把自己全部遮挡起来。他希望娜娜也跟他一样，至少穿上内裤、放下裙子，在这样一间层高六米、面积两百平方米的展厅，任何的裸露都需要极大勇气。

娜娜终于不慌不忙捡回内裤穿上，才又放下黑裙子，动作慢得像是对刚刚的性爱意犹未尽。

他们其实都意犹未尽，没有人会对一次被突然打断的性爱感到心满意足，何况打断他们的人是小薇，比娜娜更白净一些的小薇。于是乔远希望这次未完成的工作可以重新开始，但显然时过境迁，他心有余悸。这是他第一次进入娜娜的身体，以一鼓作气的坚挺开始以狼狈的疲软退出，完全不值得纪念，最好永远都不要再提。

这都是因为小薇。她为什么会突然回到画廊第二展厅，在所有人都离开之后？在布展完毕、警戒线已经拉起来、闲杂人等已经清退只等明天开幕的时候。当时乔远觉得这是一个巨大的悬疑，而娜娜说早知道那个贱人，她肯定会进来的。

他们可能都刻意忽略了小薇在那段时间和娜娜形影不离的现实。她回第二展厅来，不过是为了找娜娜，然后她们可以和那之前的每一天一样，一起坐九〇九路公交车回公司宿舍，在公交车上取笑白天见过的那些奇葩艺术家。

但那天第二展厅东面的墙上掉了一幅画，乔远记得那是他画的《听荷图》。画展第二天就要开幕，挂好的画从墙上掉下来这样的事情，无论如何都让人觉得不祥。何况乔远那时还不是后来志得意满的艺术家，他刚刚适应没有组织的生活，正在忐忑学习如何应对未知的每一天。他可能压力过大，已经三个月没有性事，所以，在娜娜弯腰想要从展柜底下掏出那颗掉落的挂画钉时，他从后面进入了她。

很多事可能是同时发生的。比如，她弯腰露出自己饱满的臀部曲线、他感觉到不可遏制的久违冲动、她或者他撩起了裙子褪去内裤、他认出她原来是娜娜……这些事件的开端，其实都是那颗脆弱的挂画钉。艺术区后来的所有画展，都改用挂画线。这是明智的决定，至少艺术家不再担心作品会掉下来，并以这为借口冲策展公司的小姑娘发脾气，然后再上了她，就像乔远曾经对娜娜做过的一样，把她压在展柜上。期间他一直看着对面墙上那幅画，画上肥胖的女人梦想着纤细的高跟鞋和精致的小碟子，就像娜娜轻声的喘息一般，那不过都是些纤薄的东西。

小薇进来，看见他们，停了半秒钟，飞快地转身走了，把他们当成空气。他泄了气，再也不能忘记小薇，像是做了对不起她的事情，尽管他对小薇并没有过承诺。

娜娜那时在寻求发泄，所以她从来没有抗拒过他。她刚刚失恋，认为自己的放纵刚好可以报复某个混蛋。那个混蛋经常来画廊接娜娜下班。一辆黑色帕萨特径直开到画廊门口，一个星期，天天如此。娜娜，有时还有小薇，她们欢快地跑出来，像放学的孩子终于等来父母的汽车，迫不及待地从两边的车门同时钻进去。有一次，他来得早了一些，便进画廊来参观，他穿一件米黄色风衣，还很合时宜地戴了一顶画家帽，但他看起来应该不是画家，也看不出是一个混蛋。他彬彬有礼跟乔远握手的时候，乔远就确认了这一点，因为他的手粗重有力，这样的手，握不了轻巧的画笔。他跟乔远介绍自己，递上名片。那上面显示，他在传媒大学当教授。这刚好是乔远的痛处，于是乔远并不想与他再有什么交谈。刘一南是另外那种教师，刚好跟乔远相反的那种，刘一南也许从来没有教过选修课，乔远想。他刚刚还在跟另外一名画油画的画家说着高更的肺结核，现在又想和乔远探讨宋徽宗是否是同性恋的问题，后来乔远听娜娜说，刘一南其实是研究电视剧的。“电视剧还需要研究吗？”娜娜很不屑。直到乔远终于又找出了刘一南的名片，最上面与此有关的头衔是“大众文学研究学者，教授”。娜娜说，这名片上应该再加一条：“是个混蛋！”她跟刘一南相识时间并不长，多数时候，他都让娜娜想起电视上讲国学的那个名人。娜娜说自己被这种错觉蒙蔽，没想到，这其实是个真正的混蛋，因为他竟然会看上她的朋友，小薇。

娜娜总是会有这样一些荒唐的想法。当天晚上跟乔远回他的工作室的时候，她在出租车上告诉他：“我觉得那个混蛋爱上了小薇，你知道我听见他怎么叫她的吗？小草莓，是的，我就知道了，因为他也是这么叫我的，小草莓。”

“小草莓？”

“别问了，一个恶心的名字。”娜娜把双腿架在他的腿上，裙边滑到了腿根。他们刚刚去艺术区外面的餐馆吃过饭，又在便利店买了半打啤酒边走边喝，直到啤酒喝完才坐上出租车回艺术区。

他对“小草莓”充满好奇，可是娜娜拒绝再对小薇做更多介绍。她认为，小薇就是一个十足的贱人，是她招惹了刘一南。这个年龄的女孩中出产贱人的概率极高，一般五个女孩就会产生一个，而这一个，就是小薇。

“她一直这样，让所有人喜欢她，然后，然后她就可以玩弄他们了！”娜娜喊起来，她的愤怒，直到乔远完美的冲刺表现后，才逐渐平息。

乔远无法再问更多，他相信娜娜也许是对的。那时他发现了娜娜和小薇除皮肤颜色外的另一处不同。在那之前，他都认为她俩很像，几乎如同失散多年的姐妹。现在，他无法想象小薇会如娜娜这样，在马路上和男人喝啤酒、在出租车上把裙子下的双腿高高翘起、大声喊着贱人……小薇不会发疯，尽管天底下的女人其实都是会发疯的，区别只是时机是否已到。

但也许只是因为和他坐出租车回家的人是娜娜，他才认为小薇会有所不同。他想象着身边的人如果是小薇，自己是否会有不同的举动。这不难想象。娜娜那时靠在他身上睡觉的那张脸，和小薇看起来的确也没太多不同。娜娜也许更好动一些，但睡觉正好消弭掉这种差别。

他想，对娜娜来说，这是不容易的一天。筹备多天的画展终于完工，她念念不忘的那个被称作混蛋的男人另有新欢，而那新欢，还很可能是她的朋友，她违心地把自己放纵在一个看不出有什么前途的艺术家怀里……她简直有一万个理由该在这样的凌晨疲倦睡去。

可是，乔远突然有种不甘心的惆怅，他认为这对他来说也不是容易的一天，他的第一个画展将在不到八小时后开幕，也许自他五岁背画板上美术兴趣班的时候开始，就在等待着这一天，而这一天不应该是这样开始的——凌晨两点，他和喝醉的姑娘依偎在出租车上，等待着即将发生的一夜情。

他觉得这件事因为娜娜架在他大腿上的两条腿而显得不堪。如果换作小薇，她也许只是安静地靠在他胸前口袋的位置，耳朵压在某个纽扣上，一动不动。那也许会温馨一些，像是疲倦的贫寒夫妻在一天的忙碌后一起回家。他那时不太能明白为什么会产生这种差别。后来他开始卖画，逐渐不必为存款数目计较的时候，才开始对此有所领悟。他想起那年画展之前，他每天早上醒来都不知道这将是怎样的一天。他自嘲那感觉就像妓女每天睁眼都看见不同的客人。那是不确定的生活，简直惊心动魄，以至于他那时坚信自己随时都可能咽气，而且是以一种非常戏剧化的方式咽气。小有成就后的乔远，很快就忘记了那些想象中的死亡方式，因为他再无衣食之忧，艺术生涯短期内也看不到太多起色，生活无趣起来，意外越来越少，就像他在高校教选修课的那些日子一样——他兜兜转转多年，不过重蹈覆辙。

这是后话，当时他想要的东西，也许很简单。出租车停在工作室门外的时候，他摇醒她，说醒醒我们到家了。娜娜后来说，她对这句话一直记忆深刻，因为她小时候坐在爸爸的自行车后座上，她爸爸也总是这么说。她对他于是有了一种感激，毕竟那是她最脆弱的时候。虽然他一点也不希望娜娜将他和她的父亲混为一谈。他相信小薇更适合这句话，而他只不过出口太快、未及思索。

三

乔远当初离开高校的手续办得很不顺利，简直没完没了到让人觉得他根本就不想走。学校人事部声音粗厚的老太太在第三次见到乔远时，仍然坚定地宣称这里根本没有他的人事档案。“我办过很多接收档案的事，也办过不少转走档案的事，但是你的档案不在我们这里，我不知道该怎么转走。”她从老花镜上面用灰白的眼仁看他，用目光明确表达着对乔远的不信任，就像看一个作弊被抓住的学生。

“你哪一年入职的？”她问。

“三年前吧，大概。”他老老实实回答。

“三年了？”她很生气，“这三年你的个人鉴定在哪里？没有档案，我不知道他们怎么处理你的个人鉴定的！天啊！”她看起来像是头痛发作，说一辈子也没见过现在这么混乱的时候，这么搞这学校肯定会完蛋，如果大家都糊里糊涂的！

乔远觉得很对不起她，因为他无法解释为什么她找不到他的档案这件事。他一辈子也没有见过自己的档案，但现在他需要找到那个一辈子都没见过的东西。

他就这么拖延着，认为这并不影响自己终究会离开的现实，可是所有问题最终都指向那份消失的档案。先是更换到期身份证需要集体户口证明，而这份证明，需要学校人事部根据人事档案开具。之后，是财务部根据校办指示停发了他的工资，因为停发工资，所以他的饭卡、水卡和图书卡也无法使用，但学校图书馆宣称他一年前借过一本书——《量子力学》，除非他还书，否则他们无法退还他的三百元图书卡押金，还会在他的档案里记上一笔。他解释自己只是教美术选修课的老师——他们凭什么认为他会借一本《量子力学》？但他们和人事部老太太的态度出奇一致，相信这个混乱的学校里到处都是他这样的可怜虫——永远弄不清楚状况，不过是让一切更加混乱，而他们都暗中希望，最好永远都不要再遇上他这样的人，也更不可能帮他搞定这些麻烦事。

于是所有问题都没有解决。他重新办了银行卡，用一张临时身份证在艺术区租下工作室，整个过程简单得简直让他意犹未尽。

那段时间，他每周三都会接到学校图书馆催他还书的电话。他逐渐学会把这些电话当作一种提示——他和那所他工作了三年的理工学院间，还存在的微弱联系。虽然他们从来也没有接收过他的档案，而他，还欠他们一本《量子力学》。

他说，你们不要再打电话了，我没有那本书，我也没有借过那本书，押金我不要了。

电话那边总是一些不同的女孩。他知道，她们都是学校的学生，在校图书馆勤工俭学。但她们多数不过是一时兴起，在发现图书馆工作的无聊后就会立刻放弃，何况，她们也根本无法在那里与学机械工程的男生们发生一见钟情式的图书馆恋情。所以，每次都会有一个不同的声音，告诉乔远一个不同的处理方式：

“你可以买一本还回来。”

“这是我的工作，我按照一张表格在打电话，表格上又没有备注不要给你打电话。”

“哦，那下次不打了。”

“你为什么没有这本书？你一年多没还书？你知道现在你的押金根本都不够交滞纳金吗？”

“我知道了，《量子力学》是本很难找的绝版书，你不想还是吧？”

……

有一次，乔远犹豫着是否要接这个星期三的电话，学校图书馆的号码他已经烂熟于心，他知道这不过又是一个无所谓的暗示，但他又想听听这周打电话的女孩会给出一个什么样的解决方式——这件事情已经从无奈的重复中摩擦出乐趣的火花。

小薇这时抱着一摞鞋盒大小的箱子从他身边经过，“帮忙！”她喊。那时距离画展开幕还有两周，他来展厅熟悉场地，希望争取把自己的画挂在显眼一些的位置。他从小薇手里接走大部分纸箱，看见纸箱后面露出一张漂亮的脸的时候，就暂时忽略了那个电话。

中午吃工作餐的时候，小薇问他为什么不接那个电话，又说她有时也不想接电话，因为一个电话就会改变很多事。

他解释说没那么复杂，于是他又不得不向她说明那些与《量子力学》有关的事情。

“啊？怎么会？”她的反应并不显得很意外，“不过，他们也是按程序办事。”

“就是这样的。我不知道哪里出了问题。”他这时想起自己一直认真生活、努力画画，但为什么现在站在这里吃一份冰冷的盒饭？他说：“有时，我真的觉得一定是出了很大的问题。”他把盒饭放在最近的展台上，手心都是冷汗。他刚刚一不留神跟认识不久的女孩说了心里话。她让他叫她小薇。

“哦，我也觉得，我经常想，可能某天上班，我错过了上一班公交车，所以没有遇见某人，或者我遇见了某人，然后，我的生活，就跟现在完全不一样了。可是，又能怎么样呢？我们谁也不可能知道，那到底会怎么样。”小薇接着吃盒饭。她刚刚抱着的那些纸盒子里，装着展厅十几名工作人员的盒饭。

她说得没错，可是，那不是他想表达的意思。她当然还无法理解他那时的想法——像颤巍巍走过跨越河流两岸的钢索。他研究生毕业找工作的那段时间，每天经过校门外的天桥，都很奇怪自己居然没有跳下去，因为那么多单位都不要他。但现在，他似乎又让自己回到了那种状态。虽然他一直对所有人说，他辞职的原因是想“追求自己的艺术”，但他和那些人一样清楚，这不过是一个多么勉强的说辞。每天晚上，他在空荡荡的工作室发呆，脑子里一直在试图复原这些年来的每一天。然而更多的时候，他什么也想不起来，像是诗歌中留下无数行空白。那些空白的日子，就像消失的档案一样，他没有任何记忆，也不确定自己是否真的经历过了。就是这样，没有过去，看起来也没什么未来，唯一的现在是如履薄冰的冒险——他一定出了很大的问题。

他相信那时自己看起来肯定糟糕透了，哭丧着脸，像是被全世界亏欠。那是他最难看的模样。他在讲台上的每一分钟，都在拼命让自己不要流露出那种苦相。

他的父母还不知道他已经辞职。他前不久还收到他们的短信，祝他教师节快乐。他们还在给他安排相亲，虽然他从来不去，但他们还是会骄傲地告诉所有人，儿子是大学老师。他辞职是因为教书的工作让他痛苦，可辞职后他还是痛苦。这想来毫无道理，所以也不值得同情，于是他很早就彻底放弃了希望被理解的愿望，因为连他自己，也无法理解自己。

所以小薇后来的举动很让他意外，让他怀疑自己刚才是不是表现得过于软弱，以至于才会让她像博爱的幼儿园老师一样，满脸怜惜，又伸出两只直直的胳臂，嗲着声音说："哦，小可怜，看你，别发愁了，来，抱抱！"

女孩们喜欢这样，以为拥抱可以解决问题。他心有不屑，可是又控制不住地凑到她两只胳臂中间。她向他倾斜了一个很小的角度，刚好够他们完成这个长久的拥抱。其间，她竟然哄孩子一般地拍拍他的背，反复说着"来，抱抱，抱抱就好了，没事的"。他觉得自己那时没有哭出来真是对她这句话的巨大辜负。他需要安慰，但不是抱抱。

他后来一直对这句话印象深刻，就像娜娜后来对那句"醒醒我们到家了"念念不忘一样。至少画展前的这两个星期，他不再让自己整晚都去徒劳地回想那消失的三年，他开始斟酌小薇说

“来，抱抱”的语气里，是否还有一丝不一样的含义？他知道，在拥抱的那一刻，他留意的并不是她希望给予他的安慰，而是她身体的味道、柔软的胸脯、钻进他耳朵里的她的发丝，还有落在他衣领里的她的呼吸……那都是让快三十岁的男人想入非非的东西。或许这也未尝不是一种安慰，不是吗？在没有暖气的工作室里，那张一米二宽的小床上，如果他无法预知明天，那他至少值得在寒凉的秋夜怀抱另一个温暖的身体，以便让自己能睡个好觉。

后来他们又一起吃过几次工作餐，盒饭。有一次她告诉他，她出生前爸爸就死了，因为她妈妈怀孕的时候突然想吃很酸的葡萄，她爸爸就去买，然后就再没回来，不是车祸，他踩在洒了洗洁精的大理石台阶上，摔了，头撞在花台上。所以，她从小就没吃过一颗葡萄。乔远听完就觉得，他们其实是一样的人，尽管他父母双全，也没有遭遇过如此惨烈的意外。

四

“先生，鸡肉米饭还是牛肉面条？”他看着空姐惨白的脸，要了一份米饭。这都是无关紧要的选择，他不必为此烦恼。

小薇坐在他前面两排紧邻走道的座位上。越过深蓝色地毯上两朵明黄色印花，他就可以走到她面前。她黑色中跟的皮靴正好并排落在地毯上一朵印花中间，鞋跟处皮面有明显的绽裂痕迹，牛仔裤的裤脚也发黑，像是走了很久的路，白色衬衣在机舱里显得单薄。他刚刚听见她用熟练的语气向空姐要咖啡，就像娜娜那样，把“咖啡”两个字稍微连起来轻轻带过，听起来像在说英语。

他想，吃过这份乱七八糟的鸡肉米饭后，应该就可以去跟她打招呼了。他可以装作去上洗手间，经过她身边时惊讶地说：“啊，小薇！怎么是你！”她也许会略沉思片刻，再喊出他的名字，假装刚刚并没认出他来。然后他可以告诉她，这次去深圳是因为深圳大学邀请他去任教（听起来这是很值得骄傲的事情，可是小薇知道他曾经多么厌恶高校教师的身份，他真的希望她把他看作善变又矛盾的那种人吗？），而他对深圳大学的兴趣，其实只限于那位长发长裙的舞蹈教师（他们在北京艺术区相识，可是他这次并没见到她，这让他感到耻辱）。

不，这都不适合让小薇知道。那他只好问问她的生活，还有感情、婚姻甚至还有孩子，她会选择性地告诉他一些东西，在四面有耳的机舱里，让周围的人相信这不过是一次平淡温暖的重逢。可是她真正的生活，他可能还是无法得知，那与开裂的皮靴、磨损的裤腿有关的东西，她会像娜娜一样熟练地把它们掩藏起来。于是他开始迟疑，认为和小薇的贸然相认，或许并不是一个好主意。

可是别傻了，他真的甘心与小薇再一次错过吗？他已经错过一次了，在那次画展开幕前一天。那也是一个星期三，因为他上午接到了学校图书馆的电话。这是最后的电话。一个中年女人的声音在电话里告诉他，他们弄错了，《量子力学》是另外一个叫乔远的学生借走的，现在已经归还，他们为长时间的打扰感到抱歉。他挂上电话，竟然感到失落，为他再也没有理由去追忆那三年的生活了。那三年里值得回忆的东西实在太少。那里巨大的梧桐树下，年轻的女孩戴着眼镜、包着厚围巾，总是行色匆匆，来不及理会树下画画的艺术家。

他很快又接到了校办的电话，说档案问题也解决了。又是另外一个误会。他被告知现在可以按照正常程序办理离职手续，还有身份证。这是他期待的结果，可是他一点也不释然。他甚至想告诉他们："你们再找找，也许我还有别的什么手续不能办？"但这太荒谬，他终于没说出口。他只是终于意识到，现在，所有的障碍都不存在了。他留在那里继续做一名被忽略的选修课老师，或者离开那里在艺术区对每个画廊老板点头哈腰，都不过只是他自己的问题了，他再也不能将这艰难的选择归咎于学校人事部和图书馆混乱的管理。他或许并不能承受这样的选择。

"要知道，这不是一个有主见的孩子，所以，老师很关键……"他刚刚在美术兴趣班学素描的时候，听见父亲在旁边的房间对那位卷发老师这样说。他在南方冬天冰冷的空气里试图找到一支合适的铅笔，可是他刚刚七岁，或者六岁，手上紫色的冻疮让他焦躁，他不知道哪种铅笔才适合用来画一只干瘪的、有着冻疮颜色的茄子。他可能从一开始就不喜欢画茄子，可是，所有人都说，"万事开头难，这是必需的"。父亲是严肃的会计。他永远在意乔远有没有让鞋面保持清洁。哪怕他已经考上了艺术院校，父亲也只是在他寒假回家的时候说："擦擦你的鞋，看看都脏成什么样子了。"

他紧张地擦鞋，就像他一直紧张地做着父亲要求他去做的那些事情。上大学、找工作、对艺术学院里风姿绰约的姑娘们敬而远之，因为“那种姑娘看起来就不安定”。安定，是父亲唯一的希望，但不是他自己的希望。

他的希望只在敦煌的酿皮摊上有过短暂的灵光闪现。他在暑假坐一天一夜的火车去敦煌写生，这几乎是国画专业学生的必修课。晚上，他在敦煌夜市的酿皮摊听腰身滚圆的老板娘用难懂的方言呵斥自己的孩子：“脏兮兮，上哪里野去了？也不知道擦擦你的鞋。”他觉得那孩子的一生都不会快乐了。

他的眼睛还没适应夜市的霓虹，好像又看见了敦煌洞窟阴暗光线里那些昏黄色调的壁画。他放下十元钱离开，走的时候他对皮肤黑红的老板娘说：“能不能不要管鞋子脏不脏，这种事，明明是他自己的事！”

他在老板娘目瞪口呆的眼神护送中离开，觉得自己走得无比像一个真正的男人。他烤了一把大肉串，横在嘴上一路边走边吃，依稀听见远处有人在唱青海“花儿”。在喧闹的夜市，他故意用力地踩在路面湿淋淋的泥水里，扑哧扑哧的脚步声，很让他兴奋。这是他从来没有走过的一条路，但他走得如此理直气壮，像是卓别林在跳《雨中曲》一样欢快。他甚至也很想学着用西北话唱唱那首“花儿”，有什么不可以呢？只是他不知道那内容是否跟爱情有关。

敦煌之行后他决定辞职。是的，有什么不可以呢？至少现在他已经在艺术区的画廊里一本正经地指点工人挂画，而且谁也不会怀疑他是一名真正的艺术家，谁也不会去注意他鞋面上那处存在已久的污渍。

娜娜和小薇在画廊的大门外站着嘀嘀咕咕地交谈。她们都穿着公司那种制服，白色的衬衣，黑色短裙裹出同样优美的曲线，黑色马尾在各自说话的时候以同样角度晃动。她们对艺术家存有敬意，和理工学院里的女生们并不一样。她们会认真地听乔远谈工笔和写意、绢本和纸本、三希堂和“往往醉后”……并在适当的时候咯咯笑出声来。她们和北京秋天的梧桐树一样色彩斑斓，同属于这世上稍纵即逝的那些美好的东西。

他同时还看见大门上这次画展的海报。海报上他的名字被印成橘黄色，“远”字的最后一笔被拉长，像是一张紧紧绷起的足弓，正在酝酿一次疯狂的跳跃，而这一切，也许都是一种明媚的预示。

他带着这样一种亟待跳跃的愿望，回到已经布展完毕的画廊。那幅掉落在地的《听荷图》也没有过多影响他的心情。他试图把它重新挂回墙上，可他没有找到那颗掉落的挂画钉。但他不怎么焦虑。他已经可以画出这样的作品了，也已经很久都不担心找不到一支合适的铅笔了。

很久之后，娜娜进来了。她说听见了响动，进来看看。她那时背对着透过落地窗斜入室内的夕阳，像是可口可乐的瓶身围绕着一圈金色光芒。他或许假装冲她生气了，那不过因为他那时需要一种感觉——不可一世的、趾高气扬的、功成名就的……有什么不可以吗？他并没有去想为什么先走进来的是娜娜而不是小薇这样的问题，尽管在刚刚过去的这些天里，他都认为是小薇而不是娜娜，在向他描绘明媚的未来。他还相信，小薇也是这么认为的。

五

小薇似乎一直在座位上安静地坐着，直到乔远第三次看见她的马尾从椅背后面向走道的方向歪了出来，才确认她其实已经睡着了——在机舱让人烦躁的低沉轰鸣声中，她睡着了。于是他暂时无法走过去打招呼，他想至少要先等她醒来。

他已经想好要跟她说什么了，因为他其实什么也不用说，他们并不需要让对方知道，这些年他们都经历了怎样的变化，因为他们此刻身处的世界，已经全然不同了。乔远当初忧虑的那些东西，现在看来几乎都明确如同航班时刻表——尽管偶有延误，却总是会抵达那个预定的目标。而他们，只需要站在目的地，彼此叫出名字，就像刚刚结识的两个人那样。多年前那个玩笑性质的拥抱，只是对他意义重大而已，而小薇可能根本都不会记得。她也许还没有忘记，他和娜娜在画廊做爱时狼狈的模样，但她当时没有对此做出反应，现在也更不会。她在那之后，再没有在乔远和娜娜的生活里出现过，这很像是故意小心回避掉某种尴尬的场面。

他最初也有意无意向娜娜问起，小薇为什么突然不见了，但一开始娜娜并不能平静地谈起小薇，因为那个让娜娜痛苦的混蛋刘一南，后来被证明真的和小薇“搞到一起”了，果然像娜娜坚信的那样。娜娜说，是小薇主动勾引了刘一南，因为小薇在画展的当天，就坐上了刘一南的帕萨特。那时，娜娜正把腿挂在乔远的肩膀上，因为她已经筋疲力尽了，随时都会倒在地上。

后来的策展公司年会上，他们给小薇颁发了“最具亲和力员工”的奖状。小薇那晚和在场的每个男人都碰杯和拥抱，之后她当着娜娜的面，把奖状卷成一个小卷儿，扔在餐桌上，好像再也不会去碰了。那是她们离开公司前最后一次参加年会，兴高采烈的小薇或许“得意忘形”了——这是娜娜的原话，她说小薇满身酒气，这样对娜娜说：“他们，那些男人，我知道他们都在想什么，但是，没那么容易，关键是，他们还以为我不知道……”娜娜又对乔远说：“那个贱人嘴里都是鬼话，她还说那个混蛋，刘一南，晚上要来接她，问我要不要跟她一起走，她以为我不知道，其实是她主动的，真的，刘一南根本就没有她的电话，她在画展当天就给刘一南打电话了……”

乔远感到害怕，他希望娜娜别再说下去。他知道，接下来自己也许会从娜娜口中听到更多“鬼话”，而那些“鬼话”，会与他和小薇当初那个实实在在的拥抱有关。

到后来娜娜也无从得知小薇的去向，因为她们都离开了那家策展公司，像艺术区很多的娜娜、小薇一样，在画廊前台、咖啡店服务生、艺术书店收银员、舞蹈工作房教练员……种种职业之间神奇地、迅速地转换——她们对这种转换毫无压力，更对比出乔远当初艰难抉择时的虚弱。他被娜娜善变的职业风格影响，也才一点点让自己虚弱的脸颊看起来稍微坚硬了一些，似乎坚硬的表情才更适合艺术家的身份。毕竟在那次画展后，他很快让自己的名字长久留在了画廊的热卖画家目录上，他完全有理由在艺术区大摇大摆走路，更不必在意会不会弄脏鞋子。他多数时候还是穿黑色皮衣，因为那更适合让娜娜光滑的胳臂挽上去。她雪白的皮肤会因此而愈发显得闪亮，就像她耳朵上脖子上挂的那些链子坠子——他可以随意买来，送给她，用来装点两个人的生活。

从北京到深圳三个小时的飞行，似乎比想象中短了很多，因为他已经听见机长广播提示，飞机即将降落。从洗手间出来的乘客正被空姐强行带回座位。小桌板已经收起来，他不得已扣上安全带——这让他在飞机降落前都无法站起来走到小薇面前。他只有等降落以后。也许他会在经过她身边时，轻轻摇醒她，再告诉她，醒醒我们到家了。他为这样的想法感到难过，这突然闪现的念头，想来有些伤感，还有些可怕。

在乘客们着急起身从行李舱中取箱子的忙乱场面中，他感到一些不可避免的事情终究会发生——他无法在这样混乱的局面中应付与小薇的意外重逢。他对意外本就有天然的恐惧，所以他不喜欢飞机这种从来就跟意外分不开的交通工具。

他拎着行李箱顺人群的方向往外走，就像三个小时之前一样，和所有人一起向唯一的出口缓慢挪动，小心翼翼避免被前后的行李箱碰撞，也尽力不让自己的箱子妨碍别人。这其实才是人们真实的状态，跟他们刚刚与空姐微笑对话时那种虚假的礼貌完全不一样的真实状态。

他经过她身边。她仍然在座位上。在他眼角的余光里，她疲倦、虚弱地坐着，安全带仍然没有解开。她身边那个肥胖的女人于是也懒得站起来。

小薇刚刚睡醒，眼神仍然涣散，僵硬的身体像仍然停留于梦中的一些场景。那一定是个漫长的梦，以至于耗费了她太多的体力，让她看起来像马上会哭出来。他不知道她为什么去深圳，也不知道她经历了多么可怕的一个梦，所以他立刻意识到，不能在这样的时候让她看见他，那对她来说，肯定不是容易接受的事情。

他把脸转向另一边，急切盼望这支队伍，可以行进得更快一些、再快一些。他不能再多看她一眼，因为这或许只是一次并不存在的重逢。

“乔远！”这时有人拍他的肩。他转过头去，看见那个混蛋，刘一南，他像突然从空气中变出来一样，已经站在小薇身后了。

“刘一南——”乔远这么说的时候，一直看着小薇，她却看着那个胖女人，好像这只是他们两个男人的重逢，根本与她无关。

“是啊，怎么是你？我刚刚只是觉得背影像，后来看见侧脸，才发现真的是你，太巧了——也是去深圳大学？”刘一南从来都会找到那些合适的话，用来填满教室硕大的空间，或者填满这个不大的机舱，填满他们三人之间相距多年的时间。

乔远点点头，迟疑着叫她：“小薇？”

她没说话，只是对乔远尴尬地笑，看起来并不意外。

刘一南侧身，让里面那个胖女人挤出来，然后他挤进狭窄的座位里，搂住小薇衬衫下、牛仔裤上露出来的，那半寸雪白的腰。“是啊，小薇，我们……还这样……我一直在最后一排，因为，你知道的，我是最后五分钟才赶来办的登机，太忙了，深圳大学的事情，哎，对了，你怎么样？娜娜怎么样？”刘一南这么说的时候，小薇把脸别往另外一边。刘一南又探身去问：“小薇，真巧，不是吗？”他晃动着胳臂，像在哄她。她在赌气。乔远觉得这场景似曾相识，因为娜娜生气的时候，眼里也闪着同样模棱两可的光，而乔远，也是这样，讨好地晃着搂她的那只胳臂。

乔远含混回答着他的问题，觉得小薇一直在避开刘一南的胳臂，就像乔远在那次画展开幕式上，一直想避开娜娜的胳臂一样。

乔远说："还好，你们……"他一时无法找出那个最迫切的问题，他的疑问真的太多，身后又有人不断催促他前行，他只好一边缓慢挪动，一边提高声音，到后来几乎是喊起来："我在外面等你们……"

走出机舱后，他停下来等他们，但他们却一直没有出来。

大概十分钟以后，乔远开始慢慢往出口的方向走，并终于越走越快。刘一南，那个混蛋——他比乔远更善于应付意外，不是吗？乔远想起不知所措的悲伤的小薇，越发确信他们才是同一类人。他希望与小薇再见，但他又不知道该怎么回答刘一南那大段的提问。刘一南还问起了娜娜，乔远多么希望告诉他："娜娜说，你是个混蛋！"

他终于没有再见到他们，他认为这才是小薇和自己共同的愿望。

他想起，原来小薇和娜娜，像双胞胎，或者一朵花的两个花瓣。"你们确定不是失散多年的姐妹？"有一次乔远这样问她们。小薇或者娜娜——他不确定是谁——咬着可乐的吸管说："关你屁事！"他一度相信那是小薇。有时候，在娜娜发脾气的时候、在她对着镜子拔眉毛的时候、在她对乔远吐出一些不耐烦的话的时候，他又觉得那个说"关你屁事"的姑娘应该是娜娜。

这样想的时候，他会觉得幸运，毕竟他们已经在一起那么久了，虽然最开始，他们可能都不是这么希望的。

那一年他们在一起度过了两周时间。乔远在艺术区的第一个展览即将开幕。那只是一个十人联展，但就连这十名画家互相之间，似乎也无法准确叫出别人的名字。娜娜和小薇都是策展公司员工，她们总是一起出现。那段时间乔远很少见她们分开。

“如果当时去捡钉子的人不是我，是小薇，事情会不会不一样？”娜娜有一次这样问他。娜娜在他怀里的时候总是显得个子很小，虽然她和小薇看起来几乎一样高，但抱着小薇的感觉却不一样，小薇的骨骼像坚硬的铁器会让他痛。他认为自己更喜欢抱着娜娜，柔软得像一小块圆面包。他也是这样抱着娜娜，然后告诉她，不要想太多。那是他第一次觉得娜娜是一个足够聪明的姑娘，不只是因为她领悟到其中的偶然，也是因为她再也没有这样问过他。因为他们都知道，如果那天捡钉子的人是小薇，事情一定会不一样。但那都已经没关系了，他现在有了艺术区青年画家的新身份，身边有了新的姑娘娜娜，已经不一样了。

复 访

“其实，我们完全可以今天赶回来的……”乔远这天早上是被娜娜收拾东西的动静吵醒的。后来他在床上又赖了一会儿，并不打算马上起来。从他那时的角度，刚好可以看见卧室永远拉开一半的窗帘，还有窗帘外那些近得像是马上要挤进房间里的高楼的尖顶。他挪了下发晕的脑袋，以便看清楼房之上那三寸天光。真可惜，这只是朴素的一天。他闭上眼睛，试图回想刚才那个梦，但什么也想不起来。

“不，我想住一晚嘛，再说，我已经订好酒店了呀。”娜娜正把脸贴在镜子上，费力地画着眼线。她大概已经洗过澡了，顺便小心翼翼祛除了腋窝新生的毛发，又吹干了头发——电吹风的声音吵醒了乔远。所以，她还需要两个小时的时间，用来处理画眉毛和涂口红这样的事情，然后在试穿过至少五套衣服后再仔细挑选出最妥当的那套。她当然还要准备在外过夜的那些小物件……这一切一如既往让她慌乱，她像是童话里生活不能自理的豌豆公主。这意味着，乔远需要起床准备自己的行李，就像他们的每一次外出一样。

娜娜一周前说她想去怀柔。那时他们在小区门口的水果店收款台前排队，等着结账。乔远拎着两个袋子。左手袋子里是娜娜吃的葡萄，品种是河北巨峰。右手的袋子里，是乔远吃的红提，品种不详。它们看起来很像，但又很不一样。他们总是需要买两种水果。

水果店门口的牌子上，用荧光笔密密麻麻写着一段话：“如何追到男/女朋友？1. 买本店的水果，送给喜欢的人；2. 告诉他/

她，如果水果很甜，我们就在一起；3. 本店的水果肯定甜；4. 如果他/她说不甜，本店附送西红柿一枚，用来砸他/她。”

乔远指给娜娜看，娜娜歪着头看了半天，也不觉得有趣。她做出一个要用什么东西砸他的假动作，然后突然说：“我想去怀柔。”

乔远还在回味关于水果和男女朋友的事情。他觉得左手的袋子略重了一些，是娜娜。她把手伸进袋子，迅速扯下两颗葡萄，塞进自己嘴里。她喜欢这种小恶作剧，就像她喜欢的那些危险刺激的东西一样，比如滑雪啦，赛车啦，表演啦，或者在乔远开车的时候戳他的肋骨啦，当他闪躲着她的手指还必须稳住方向盘的时候，她会一边尖叫一边大笑，再没有什么事情可以让她这么高兴了。

“我们可以去吃虹鳟鱼，你吃过虹鳟鱼吗？”娜娜捂着嘴说，假装不能让周围排队的那些人看出来，她刚刚偷吃了两颗葡萄，于是她的话听起来也含混不清。她看起来倒很像是吃到了很酸的葡萄，长时间地皱着眉。但乔远怀疑，她只是装出来的。她学过表演，这不过是最容易的伎俩。毕竟，深秋季节的巨峰葡萄，早就成熟得过了头。那些糖分在葡萄内部积聚，以至于它们每一个看起来都像是迫不及待想要炸开的小炮弹。

“为什么是怀柔？”乔远问。他有点想去捏她鼓起的脸蛋，两颗葡萄正在她嘴里胡乱滚动，撑起两个调皮的小鼓包。但他的左手右手，那时都拎着沉重的塑料袋，他的前后，都是长长的等候结账的队伍——他发现自己几乎不能动弹，在这样的位置上。

“因为你还没有去过怀柔啊，因为你还没有吃过虹鳟鱼啊……”娜娜故意拖长了那两个“啊……”，意味着她已经咽下了两颗偷吃的葡萄，不知不觉咽下禁果。她吊着他的左臂，让自己围绕着他，晃过来又晃过去。他觉得她很像是这条弯曲狭长的蛇形队伍身上，凸出来的一块多余的东西——一个不安分的包袱，总在你走路的时候吊在你身上，就这么来回拍打着你，不停地甩来甩去。

乔远开车，娜娜在副驾驶座上摆弄手机，她宣称她在设置导航。白郡主在后排座位上。它是乔远的朋友刘一南养的拉布拉多犬，现在暂时寄放在乔远和娜娜家。它已经不是年轻的犬了。它有一阵儿总是把脑袋伸到前排座位中间，左右来回看。大概后来它觉得这样看来看去也没什么意思，才趴回后排座位上，不时眨一下浑浊的大眼睛，像是对这辆不得不缓行的雪佛兰道奇越野车表示出不耐烦的意思。

乔远这时说：“我们不需要导航，沿途都有指示牌的。”

娜娜好像并没有听他在说什么。她其实已经把手机放下来，搁在腿上了，在他们的车驶出拥堵的四环路之后——这也许意味着他们终于走出了北京城区。这总会让人有种特别的感觉，像是冲出云团的鸟。她也许正是这样感觉的。在京承高速的大牌子出现后，她立马放下了车窗。干燥的凉风吹进车里，白郡主打了一个猝不及防的喷嚏。乔远扭头看了看狗，想了想清洗汽车内饰之类的麻烦事，又觉得没必要为这样的事情烦躁，于是终于也没再说什么。

娜娜伸了一只胳臂到窗外，像是年轻姑娘们擅长的那样，假装正享受着一些虚无的东西，比如空气、香味、音乐、爱情甚至心灵感应之类的。他知道，她肯定会半眯起眼睛，嘴角向两端微微上翘到一个刚好合适的角度。她学过表演，那些课程大概就是这么教她的。她的手机里，现在可能已经有了一些沿途拍下的角度刁钻的照片，用来在加过滤光特效后，发布在她的微信朋友圈里。

乔远只用眼角余光看了看娜娜，觉得她有点太做作。他以为这不是那种可以陶醉的美妙时刻：天气并不好。空气干燥，冷得人鼻子疼。深秋初冬交替，世界像是冰柜里的肉，正在冻结缩小、失去水分。他们要去的那个地方，离北京并不太远，开车只需两个小时不到，景物并不会有太多不同，甚至更糟糕。

他想，如果两个星期前，那也许还会大不一样，至少这一路所见的燕山余脉，还可以看见红叶未凋。但现在，他们已经错过了最合适的季节。

乔远上一次去怀柔是五年前。娜娜不知道。她以为他从来没去过怀柔。他也不打算让她知道。

娜娜那时很忙，那其实也是她人生中唯一忙碌的一段时间。后来她说，那让她觉得累，她想改变——尽管在乔远看来，她其实一直都在改变。“善变是女人最大的不变。”他当时是这么回答她的，他想假装自己对她做出的决定一点儿也不在意。

所以说到底，五年前退出表演班的课程，是娜娜自己的决定，就像她此前突然决定要去表演班上课一样。那时她认为“青春短暂，我得抓紧时间学点儿什么”。不知道她为何突然有了这积极的领悟，大概是酒精和大麻淹泡过的大把日子，已经让她厌倦。只是，她想学点儿的东西，是“表演”。这听起来很不实际。在她对朋友们宣布，将要在戏剧学院的暑假表演班上课的时候，他觉得，她很像是那种虚荣的从小镇来的姑娘。那些姑娘，心怀侥幸，做着一些奇怪的、华丽的，要么一夜成名要么不劳而获的梦。他后来觉得应该阻止她，虽然那也不会有什么用。她那时二十二岁，还在习惯性地与全世界作对，那甚至都不需要什么理由。乔远不想成为她的敌人，现在也是这样。尽管她会对自己叛逆的那些东西格外关注，甚至青睐有加。乔远当时寄望于娜娜会主动放弃表演。这不是不可能，她那时不过在一件一件新鲜好玩的事情上浪费时间。她也许很快就会有新的想法，然后把表演的事情当成年轻时的冲动，在喝醉的时候轻轻带过，从此再也不提。

娜娜第一次上课回来，兴奋地说着“解放天性”的时候，他就觉得，这不是个很好的开端。他也从事艺术，那时还住在艺术区的工作室里，卖过一些古怪的人物画，他相信自己应该比那些骗学费的暑期兴趣班的老师更能明白什么是“解放天性”。

“就是忘掉你自己，然后……”娜娜豪放起来的样子总是很可爱，“然后你就可以豁出去了。”她说着，胳臂在空中挥了一下，表示豁出去的意思。

“那你们做了什么？”乔远问。

她咯咯笑起来，说：“男孩们互相钻胯，然后模仿动物。我学了一只狗，可是，老师说不好，说我不够解放天性，我想起了白郡主。后来，我们趴在对方身上，一个叠一个，在地板上，连成一个圆圈，好玩极了！”

“趴在对方身上？”他想起某种邪教仪式，随即又鄙视自己不够专业的态度。他本来还想问的，中间应该有很多的细节，比如娜娜趴在哪个男孩身上？哪个男孩又趴在她身上？他或者她，那些重叠起来的部分身体，是否感受到了对方的温度和压力？有没有产生某些奇异的变化？她是否对那种感觉心存怀念，就像她曾对乔远表示，她很喜欢他从后面抱她的感觉那样……

“你不要多想啊，是要解放天性，学表演的学生都这么做的，不只是戏剧学院，连好莱坞的表演课也是这样啊……”她急急地又说了一些什么，不知道是不是因为兴奋所以才红了脸。她说着可能是第一堂课上刚刚听来的术语，像是极力证明整件事情的学术性质。乔远是从她的解释中开始感到一种真正的不安的。他觉得如果她什么也不说，也许他会觉得不错，像她极力表示的那样，表演课让她感到自己充满潜力。但不幸的是，她说了太多，听起来又似乎只是为了说服她自己。乔远不能再问她了，因为那不过是一些连她自己也不相信的答案。

乔远在第二个加油站停下来，娜娜刚才睡着了，现在她冲下车，要跑去洗手间，跑了一半她转身又回来，打开车门，把在后座上跃跃欲试的白郡主放了出来。然后，她带着狗一块跑远了。她完全知道洗手间的位置，她来过这里。

五年前，上一次去怀柔的时候，乔远也是在这个加油站加油的。他开着借来的车，朋友刘一南的黑色帕萨特，开进来毫无必要地只加了小半缸油，因为油箱已经满了。他没有立刻开走。黑色帕萨特，这也许是最不会引人注意的车了。所以，他相信娜娜不会发现他——他自己的车，那时还是那辆响动很大的白色桑塔纳。何况，娜娜那时在加油站的商店里，低头挑选着什么东西。他希望，那不要是避孕套，但又觉得其实很希望她买的是避孕套。他为自己矛盾的想法几乎感到羞耻，差一点就要打开车门，冲到前面三辆车远的地方停着的那辆银灰色蓝鸟前面，把驾驶座上的那个他从没见过面的小子揪出来，再揍两拳——他活该被打。他想，如果打起来，娜娜会怎么做？他觉得她其实什么也不会做，这太刺激，足够她兴致勃勃地大呼小叫一阵儿了。然后，娜娜就从商店出来了。乔远压了压头上的黑帽子，略低了头，避免被她看见。但娜娜从来都不是一个细心的人，她永远不会发现乔远手机里那些暧昧的信息，或者，她其实只是顾不上。表演课还有那些新认识的漂亮男孩，让她没有一点儿空闲时间。

乔远却总是更细心的那一个。艺术家其实都得先善于观察，然后才是善于表现。他看见娜娜拿在手里的那个东西，一个棕色的塑料盒子，有白色的花纹，是德芙巧克力！她买了巧克力，而不是避孕套。乔远不知道应该为此高兴还是感到不幸。他想，也许只是因为避孕套不适合拿在手里，没准可能已经在她的背包里了。

娜娜上了前面那辆银灰色蓝鸟。他们开走了。

乔远在加油站又停了几秒，就有人来敲他的车窗，用手势示意他赶快腾出车道，他这才让那辆借来的帕萨特，愤怒地疾驰而去。

乔远给雪佛兰道奇加油。这一次，他是真的来加油的。

他下了车，站在车门外，等着娜娜和白郡主。他看见娜娜又进了加油站里的商店。商店看起来跟五年前已经不太一样了，可能又重新装修过。他看见，她在五年前曾出现过的同一个位置，弯下腰来，像在挑选着什么东西，漫不经心地。

他突然有种想法，想马上上车、悄悄把车开走。如果把她还有那只狗，都留在这里，他一个人离开，那么他是否会感觉好一点儿呢?

他为这样的想法感到激动，又害怕。车钥匙在他手心，烫得握不住。这时，他已经上车了。插钥匙、转动、点火、挂挡，在他快要踩下油门的时候，娜娜突然从外面拉开右边的车门，闯了进来。

“我为什么没有锁上车门?”他想。

娜娜大声说：“让白郡主上来!”她探身去打开后面的门。

后来，狗也上来了，一切和出发时，一样完好。

“我看见你去了商店?”乔远问。他看着车速表，那个小圆盘一直显示着一百二十码。

“是的。”娜娜在手提包里摸索着什么，但最后又什么也没拿出来。

“买了什么?”他问。这不过是他五年前想问的问题。无论是巧克力，还是避孕套，那其实都不是他要的答案。

“什么也没买。”她懒懒地答。

“为什么?”他问，然后又觉得自己问得很多余。

“什么为什么?就是没什么好买的。”她看上去不想说话，眼睛看着窗外。乔远希望她不是在想五年前的这条高速、这家加油站和这家商店。尽管看起来，她的确在想一些很遥远的东西。她身上只属于女人的那种做作感觉，现在反而没有了。每当她陷入这样一种状态的时候，她看起来反而更加真实，只是，也离他更远。

“你不要超速！”娜娜突然大声喊起来。他回过神来，意识到刚才走神的那个人，并不是娜娜，而是他自己。他迅速点了刹车，只是无意识的反应。这让娜娜不由得向前倾了一下。她很不满意地发出一声怪叫。

“你知道这里有个加油站？”娜娜问。

他握方向盘的手微微动了动，说：“什么？”

“刚才，我说你该加油了，你说前面还有一个加油站，不急，你说的，就是这个加油站，你怎么知道前面还有一个加油站？你走过这条高速吗？”娜娜说。

她从不这样，要他解释自己说过的每一个字。他其实也一样。在这一点上，他们拥有长久的共识，从那年夏天他在出租车后排座位上吻她的时候开始。她哭得像一次小小的山洪暴发。因为她刚失恋，所以免不了漫长的倾诉。他突然的吻，似乎让她难堪，但她看起来又像是很需要他的吻。他觉得应该安慰她，说：“娜娜，你不要在意，你什么都可以告诉我，你知道的。”她不再哭了，但还是显出难过，她严肃地问他：“这不代表什么，是吗？”

“是的，什么都代表不了。”他十分肯定地说。

后来，他们便一直认为这“什么都代表不了”。这也许一开始就弄错了，于是乔远时常希望，那个最初的时刻可以重新来过，以便让对方真的可以代表一些什么。但现在，很多年过去，那个未满二十岁的失恋的姑娘娜娜，如今已经二十七岁了，马尾已经放下来，胸前那毛茸茸的小熊模样的装饰，已经换成了永远在晃动着的蒂凡尼项链。她再也不会回到那个让她感到难过甚至屈辱的出发地。她已经把中间的时间，一点点地，遗弃在沿途的路上，以便让自己脱胎换骨，就像一次次的蛇蜕，是绝对不可逆的过程。

乔远现在似乎需要为自己解释一番，是啊，他怎么知道这里刚好有个加油站呢？

他当然不会承认，他曾经是一个跟踪者。那很不光彩。至少那足以让她知道，他其实是那么在乎她，以至于不惜借一辆车来作掩护，保持每小时至少八十公里的速度，一路跟她还有她那个情人开到怀柔。他认为，这是最重要的——他可以为她做那些疯狂的事情，而她从来也不会不知道。所以，她一直在他身边，像不设防的孩子总是会回家一样，回他身边。

要掩饰这些，其实不是太难。他把加油站的问题，都归结于高速路两旁的指示牌，那上面清楚写着每个加油站之间的距离。

“我没去过怀柔，没走过这条路，不是吗？”他说。他觉得自己很像那时的娜娜，在极力地自我解释，却反而欲盖弥彰。

但娜娜好像并不怀疑他的说法，至少她再也没问下去。她从来不会问那些不该问的问题，说那些多余的话，这让她成为一个很容易讨男人们喜欢的姑娘。乔远有时会希望她能问一些什么，比如在他一夜不归的时候，比如从他毛衣上理出一根根金色长发的时候，比如他的电话打到两个小时手机没电才不得不中断的时候，比如他邮箱里出现那些让人面红耳赤的照片的时候……但她从来不问，好像她根本不明白这些都意味着什么，或者也不认为这些与她有什么关系，那都是他的事情。于是，他似乎也失去了怀疑的权利，至少他无法让自己理直气壮起来，在很多时候。

五年前，她说要去怀柔过夜。他知道应该反对，可是他又觉得没有这样的权利。她说，是表演班的聚会——虽然其实她中途退出了那个听起来太业余的兴趣班。

那时已是秋天，比现在的季节更早一些，或许正是怀柔红叶最灿烂的时节。一个暑假的表演班即将在秋天聚会，像是人们在秋天收获夏天种下的果实。娜娜会是那诱人的果实吗？她像那时风清云淡的天空一样明净的眼睛，似乎没有任何秘密，但他无法让自己相信，那真的不过就只是一次表演班的聚会。如她所说，他们只是想在温泉酒店热闹一下而已，班里有当老板的同学，会为他们的热闹付账。他猜想，那个慷慨买单的老板，肯定不是她的情人他的情敌，因为娜娜可以坦然地说出他的名字。而那个让她每天抱着手机傻笑的、让她成天外出逛街的、让她坐两小时地铁赶去吃饭的人，娜娜可能永远不会对乔远说起，哪怕只是只言片语，哪怕她到底还是学过几堂表演课——那短暂的学习，可能还不足以让她学会掩饰热恋的蛛丝马迹。

他其实也不知道自己到底要什么。真的去打一架吗？好像没那个必要，不过真打起来，他觉得自己一定不会输，不是吗？出加油站之后，他很快便又追上了他们。那辆银灰色蓝鸟，一路都开得那么慢，几乎从不超车，总是迟疑地并线，他猜想，司机不过是一个软弱的年轻男孩，长得过于干净，也许留着长指甲和仔细修剪过的鬓角，这样的男孩，绝不会有一双愤怒的拳头。可是，在拳头之后呢——他不敢再往下想，他觉得无论怎么想，都不会得到那个想要的结果。

这世界上很多的事情，不过殊途同归。他用前半生来得出这样的结论。五年前，他觉得可以听凭某种冥冥中的暗示，然后他总会知道该怎么办。而事实上，选择总是太有限，连结局都是有限的，比如他们又在一起度过了五年，简直漫长得像一个玩笑。

“我知道有一家的虹鳟鱼，又新鲜又好吃啊。”进入怀柔境内的时候，娜娜来了精神。一些山岭，这时在公路两侧悄悄拱起，像是肉身的欲望曲线，在大地上起伏不止。

“只是，不知道现在还有没有？已经，五年了……”娜娜又说。

他感觉很不好，也许因为她的语气里所表达出的怀念和惋惜。五年前，他在去怀柔的惊心动魄的行程中所经历的那些东西，她完全不了解，所以，她可以坦然地感叹。她没什么错，这更让他难过，因为他觉得自己也没错，但为什么要承受这么多？为什么从来都是他在承受这么多？

他用很无情的声音说：“就去那家吧，你说的那家。”像不耐烦的窗口办事人员甩出来的那种干巴巴的话。

娜娜奇怪地看着他。他觉得自己那时的表情一定很诡异，但他坚持不去看她，甚至还假装问她：“你说的那家，是在哪条路上？”

乔远当然一辈子都会记得，那家卖虹鳟鱼的餐馆在哪条路上。从高速公路怀柔出口一直向雁栖湖的方向走，门口用三根绿色的柱子撑起巨大的红色招牌的那家。

五年前，他就把借来的帕萨特停在最南边的那根柱子后面。后来，餐馆里出来一个穿牛仔衣的服务员，理直气壮地告诉他，如果不吃饭就不要把车停这里。他很想冲服务员喊，为什么不能停这里？但他终于还是屈服了，他怀疑是因为人生地不熟的胆怯，也是因为那会惊动娜娜——她那时正蹲在餐馆门前的水池边，专心看着水池里的鱼。

他倒车，于是又进入了旁边一家餐馆的领地。旁边的餐馆也经营相同的业务，卖烤虹鳟鱼，但是态度和善，并不赶他走，大约因为生意并不好。他于是在这家吃了饭。冷清的店堂，和隔壁餐馆欣欣向荣的生意，反差强烈，结合彼时心境，他觉得那顿饭，吃得很不好。不只是鱼肉干硬，而且他差点咽下一根鱼刺，细细的刺划过喉咙的时候，他觉得一切都完了，没有人知道他在一个偏僻的餐馆，与一根鱼刺作战，这是一个看不见的敌人。后来，鱼刺就这样不见了。可能那细小的刺，已经穿越五脏六腑，成为他体内的一部分。他不再能感觉到那尖锐的痛感，他与它将在此生和平相处。

从银灰色蓝鸟的驾驶座上走出来的，是一个姑娘。乔远在倒车之前，就看见了她。她和娜娜拉着手，进了餐馆，像是两只长腿的小鹿。他迟疑着是否要继续跟踪下去，猜想她们会在餐馆和其他一些漂亮男孩见面。

她们并排蹲在鱼池边，像同样大小的两只小狮子，娜娜是更活泼的那一个，所以她伸出手指，去戳另外那姑娘的肋骨，就像娜娜经常在车上对乔远做的一样。那姑娘留着长长的卷发，笑得快要倒在地上，她手里一柄捞鱼的长勺，不断在空中甩出亮亮的水花。肋骨是所有人的痒处。乔远知道，娜娜每次轻轻地、突然地戳中他肋骨痒处的指尖的力度，总是分寸适当，并不难忍受，但又足够让他在一种假装出来的惊恐中，东倒西歪地放纵。他知道，那是她点石成金的手指，她通过那轻轻地一指，将酥麻、疼痛、欢乐，或许还有一些情谊，就这么传递了。

直到他不得不倒车的时候，在后视镜里，他再一次看见她们，在两个餐馆中间的地方，两面墙隔出一条狭长巷道。娜娜靠着墙，她们似乎在接吻，那姑娘略低了头，长发盖住脸颊。她们的确在接吻，一个漫长热情的吻。

他再也没去看她们，直到终于把车停到那个妥当的位置。他觉得自己听见了她们在笑。笑声穿透车窗玻璃向他扑面而来。他忍不住一哆嗦，像是娜娜又戳中他肋骨的痒处。

他们再也找不到那家餐馆了。从高速公路怀柔出口一直向雁栖湖的方向走，门口用三根绿色的柱子撑起巨大的红色招牌的那家，现在是一家小超市。曾经养鱼的水泥池子，里面放着成捆的干草，没有一点儿水了。

娜娜没有下车，她透过车窗看了一眼小超市俗艳的招牌，取笑着“春华超市”这个名字，看起来毫无心事。“那，我们去温泉酒店好了……”乔远上车的时候，她对他说。

“去酒店吗？不吃虹鳟鱼了？”他问。

“你吃过虹鳟鱼吗？”娜娜突然严肃起来，问道。

“没有。”他想都没想便答道。

他们很久都没有说话。那时，娜娜的手机已经设定到导航模式，她是真的想去酒店了。手机里，一直有一个陌生女人的声音，在告诉乔远应该往哪个方向走。“前方三百米，右转……”她就像仁慈的上帝，给你指路。

快到温泉酒店的时候，他似乎松了一口气，像是五年前他最终不过独自从怀柔回到北京城区一样。

这时，他看见娜娜在流泪。他腾出右手，想去握她的手，但她甩开了他，然后，他听见她说：“你为什么不承认你吃过虹鳟鱼？你为什么什么都不承认？”

“这个……很重要吗？我有没有吃过虹鳟鱼？”

“重要，这是最重要的事。”她满脸委屈。

移　栽

应天在电话里说了很多次，有空聚聚。乔远并不当真，在北京，所有人都这样说，所有人也都不信。在艺术区入住半年以后，乔远还是没见到应天，哪怕应天的住处不过二十分钟的步行距离。没想到这天，应天真的出现了。在乔远工作室院门外，应天站成一颗海星的样子，两手平摊，像要隔着一米多高的矮墙，与乔远来一个久别重逢式的拥抱。

那时的乔远工作室，还不是后来整饬过的样子。矮墙围出长宽各六米的小院，半是泥地、半是水泥。泥地基本荒芜，陈年的草根和垃圾掺在一起，没人有勇气踩进去。水泥地面，刚好够停一辆小汽车，尽管乔远总是把脏兮兮看不出颜色的桑塔纳停在院外的路上。矮墙是上任房主用红砖垒出来的，那个失败的雕塑家根本不屑于砌墙这种事，于是始终有砖块从墙面上拱出来。从任何角度看去，那墙都不是直的，而像调皮的孩子故意歪掉的积木。在艺术区，总是会有这种七拱八翘、让人疑心随时会倒掉的东西，于是所有人也都不以为奇，他们习惯了这种风格，就像习惯艺术区突然冒出来的奇怪雕塑一样：丰乳肥臀的女人，身着性感短裙和高跟鞋的睫毛很长的猪，或者趴在房顶长翅膀的裸体男人，有一年大雪后一夜间出现的雪人长着骷髅的头骨……后来这都不过成为讨好游客的东西。人们搂着性感的猪留影，以为它们是真正的艺术区明星。矮墙正对工作室的位置，留有院门，也只有半人高。门其实是块没有上漆的木板，从不上锁。铁丝弯成简易的门栓，也像随时会掉下来。

“你小子，终于来了！”应天夸张地喊道，热情得像这里的主人，这让乔远觉得自己如不立刻投入他的怀抱，便是对这种热情的辜负。但乔远却迟疑着，无法动身。

在他们同窗的大学四年里（准确说是三年），应天总是语不惊人死不休的那个，他认为乔远很多时候都放不开，“这对你不是好事，你知道，艺术家总需要一点点的，疯狂……”应天曾这样说乔远，他把最后两个字神秘地说出来，像在耳语一些惊人的秘密。乔远始终觉得应天看不起自己，因为在两人所有的合作作品中，那些奇思妙想都是从应天的方脑袋里冒出来的，虽然最终完成那些古怪的行为艺术、玩笑一样的装置作品，或者仅仅是一幅模仿结构主义风格的极简油画的，其实都是乔远。应天相信，这是有成效的合作，就像他们在艺术学院舞会和酒吧里，默契合作以讨好那些学过色彩和搭配的女孩一样。她们基本都是同一类女孩，并不真的漂亮，却令男人们一见难忘。她们把印象派那些理论都实践在自己身上，丝巾从不绑在脖子上而是系在腰上或者头上，戒指永远不会戴在手指上，而是出现在颈上或者耳朵上，还有姑娘把戒指穿在肚脐上，低腰裤往上一寸的地方，总是明晃晃地星星一样闪着光。乔远不太明白她们的生活，也始终没有在她们不同比例的身体上建立起男性的自信，这让他整个大学时代都显得沉闷、惶惑，或者还有一些自卑，因为他身边总有一个应天，作为对照。应天好像总能让她们觉得，男人们的世界是如此有趣，所以要迅速在咖啡厅或者酒吧各种昏暗的灯光里投怀送抱。

“我的天，你这里也太不像样了，我看，我们得弄一下……”应天放下手臂，两手插在裤子口袋里，打量着简陋的院落，看上去有种救世主般的自信。他从前也这样说，在每一个难挨的白天过去的时候，说，“我们得弄一下”，他这样暗示乔远，他们该去找女孩了。应天这样说的时候，总让乔远觉得应天会把所有问题都解决掉，那些麻烦事都会包在他应天身上，然后乔远也有了勇气，可以和那些新来的学妹说一些古怪、肉麻的话。

乔远回过神来，拉开那临时的木板门，让应天进来。“刚搬进来，好多地方没来得及收拾。”乔远说。

应天还是四处打量，像经纪人打量着刚出道的小明星，在心里暗自估量对方是否会有远大的美好前程。这让乔远不安，他不喜欢他评判一切的目光。他们这几年并不常见，于是也失去了学生时代的坦诚，显出客气和生分。应天很早就入住了艺术区，是这里最早的住户。乔远曾经去他的住处看过几次，和普通的单元楼没有太多区别，那也是很久以前的事了。每一次，应天都会嘲笑乔远任职的工科学院，他把理工科男生说成各种笑话和段子的主人公，然后用这样的方式鼓动乔远来艺术区：“来吧，我们得弄一下。”他轻巧地描绘着一种生活，和当年在咖啡厅对那些女孩描绘爱情的语调一样。应天没有工作室，因为他不打算画画。乔远问起缘故，并认为艺术学院美术系的学生在艺术区理所当然应该画画。但当时，应天只是诡异地谈起一些含金量很高的名字，暗示自己正在为那些闪光的艺术而忙碌——他可以把任何事情都说得委婉、神秘，仿佛不可告人的天机，而乔远如果再多问两句，便会显得愚蠢，或者不明事理。

应天大概这时看见了娜娜。乔远回过头，看见娜娜穿着青蓝色的长袍——她喜欢在自己身上披挂各种古怪的衣服，踩在工作室金属的门槛上，懵懂地看着他们。应天冲娜娜喊：“美女！你好！”乔远认为他根本不需要那么大声。

娜娜表情严肃，没有应答。这与她平时不太一样。她面对陌生人时，会有短暂的胆怯，像孩子第一次看见远房亲戚的反应。但乔远知道，她会很快跟所有人熟络起来，她并不真正害怕所有人、所有男人，而初见的严肃，可能也是因为她相信：反正会立刻熟悉，所以怠慢一下又何妨？这也许是她跟乔远真正的区别，那些她擅长的事，也是让乔远紧张的事。

事实也是这样。在三人去草场地村吃饭的路上，娜娜已经会在应天说完每句话后，咯咯大笑，像艺术学院那些女孩一样。她走在他们中间，那么轻松自如，别人会相信他们三人是每天都待在一起的伙伴。

这是一段有年头的路，机场高速建成前，所有车辆都必须从这条两车道的马路慢吞吞等过十几个红绿灯后，才能到机场。但现在，这里不常有汽车经过，除非那些希望躲过高速通行费的农用皮卡。于是他们可以并排而行，在最适宜的北京秋天的黄昏。一公里以后，从五环的桥洞下穿过——那里总会有尿液的臊味，他们会到草场地村。

应天提出，他们应该去草场地吃晚饭。不过隔着一条五环，但草场地和艺术区大不一样，草场地村民的房子都被租出去开了餐馆，在曲折拥挤的小路两旁，他们可以找到全国任何一个省的美食。

乔远一路上都没说什么话，他一直在留意娜娜，希望她不要说出一些外行或者幼稚的话。她现在是他的女孩，尽管他们从没有认真明确过这一点，但应天会这样想，他也许已经在心里有了这样的想法：乔远这小子，终于来了艺术区，但他还有一个姑娘，这太奇怪了，他怎么可以有这样一个活泼的长腿姑娘？而且没有他应天的帮助。

好在他们始终在说一些无关艺术的话，而那些话听来也无关爱情。

“乔远说过你，但是你知道的，他一直说的是，阴天，哈哈，阴天……”这是娜娜在说。

应天说：“我知道。他以前合唱，‘横断山，路难行’，哦，那太难了，麦克风刚好在他嘴边，于是所有人都听成是，‘很段三，路兰信’……”应天唱了出来，模仿乔远的口音。

娜娜笑得更开心了。乔远一边躲过娜娜张牙舞爪的手臂，一边假装这也是件很好笑的事。他希望自己已经对很多年前的那次合唱不在意了，但他发现娜娜的存在让这变得困难。

娜娜抹着眼睛，她可能已经笑出了眼泪，她说：“哦，是的，是的，我一直在想，怎么会有这么奇怪的名字，阴天，我还以为是个艺名，艺术家果然要有不一样的名字，因为他说，你们还有一个同学，叫秦天，阴天，晴天……”

应天大笑起来。一辆皮卡车正好吐着黑烟经过，乔远阴暗地想，应天可以把那黑烟都吞进去，然后他就再也没法揭穿乔远学生时代那些不堪了。这很像一种不好的开始，在他刚刚以为自己要痊愈的时候，那些陈年疮口被揭开，脓液蔓延、再度感染。那是他最害怕的事。他本科毕业又读了研究生，已经让所有同学困惑。那些同学，那时都已如鱼得水般自由翻滚在北京的汪洋里。接着读书，这听起来是最无奈和无趣的事。后来他研究生毕业，在一所理工科学院任教，教美术选修课，所有同学反都不再诧异了。大概他们觉得，这正是乔远这样的人会干的事。他就应该这样，按部就班，过一种被所有人看穿的生活。他们不认为在乔远身上，会发生什么精彩的意外。现在，乔远来了艺术区，这对所有人的预期都是一种伤害。应天可以在艺术区，和艺术家名流们交游，游刃有余地谈论尤伦斯新近的展览或者近期拍卖会的热门拍品，身边围绕着模特身段天使面容的姑娘，手上把玩着泰国的佛珠或者印尼的沉香……但这不应该是乔远的生活。应天当然也会这么理解，他可以理解当初那个在女孩面前手心出汗的乔远，可以理解在艺术学院的舞会上摔倒的可怜虫，但他可能还无法理解在艺术区开画展的乔远。

娜娜不会了解这些。她青蓝色的长袍，被秋风吹动，露出娇小嶙峋的骨骼，就像这条过气的马路两旁那些新栽的树苗，纤细的枝条有固执的造型。更远处那些大树，黄叶已经落下，暗示即将在不久后降临的漫长寒冬。地上星星点点的枯叶，都像是对骄傲的、裸露的树苗一种幸灾乐祸的提醒——它们可能来自顺义或平谷的某温室大棚，它们无从得知自己在外面的世界将要遭遇的那些东西。他们为什么在秋天种树？乔远想。

大概是娜娜和应天其实也无法找到更多共同话题，在草场地村朝鲜餐馆的矮床上，他们盘腿坐下后，应天还是说起了艺术学院的那些事。乔远疑心这才是应天的真正目的。他知道，应天在这个无聊的看起来不会有大事发生的日子，从艺术区最南边的单元楼里出发，步行二十分钟，来到乔远位于艺术区最北侧的工作室。这一路上，应天也许都在得意，因为他终于又可以和当年的“小兄弟”乔远一起，再度上演那些一捧一逗的戏码，哪怕乔远已经在艺术区办过画展——这不是容易的事，但是他仍然只是乔远而已，这永远不会改变。

“乔远，你记得你那个‘年会’吗？”应天翻着菜单，但他根本没看上面的字，他飞快指点着上面那些冷面、烤肉、辣白菜炒五花肉的图片。他身边站着的该是老板娘，细长的眼睛，裙子腰线高到胸脯以上，正飞快地在手中小本上写着什么。

乔远希望应天可以委婉一些，特别是在娜娜这样的女孩面前，至少他可以先说说他们完成的那些惊世骇俗的作品、他们在咖啡厅和酒吧里收获的那些美好记忆、他们同窗的三年时间里消耗掉的那些时光……而不是像锋利的拆骨刀，一刀切中肯綮，如此毫不留情。是的，他们在一起的时间，不过三年。大三学年结束后，学院发现应天百分之六十的课程都没有及格，这意味着他必须在乔远毕业后再在艺术学院停留两年时间，和年级更低的学生们一起，完成他必需的学业，至少要通过百分之八十的考试。但应天无法忍受这样的安排。他潇洒地肄业，就像与那些女孩利落分手一样，迅速消失，挥挥衣袖，不带走一片云彩。大四一年，是乔远最安静的时光——同学们忙于各寻出路，他等待着成为研究生一年级的新生。乔远在这不被注意的一年里，意识到应天如何毁掉了他的大学时代，他希望自己从来也没有和应天住在一间宿舍，希望自己从来没有被应天半夜里在上铺和不同女孩们亲热时的动静而弄得心烦意乱、持续失眠，他希望应天没有利用过他，把他当成工具。应天见证了乔远的失败，像一个明确的证据，而这个证据，现在正活生生地盘腿坐在这里。应天身旁坐着娜娜，乔远认识不久的女孩。她跪坐着，青蓝色长袍盖住膝盖和脚，像日本女人的装扮。她对这朝鲜餐馆的一切都感到惊奇，到处看来看去。她说："这里，就像是他们家的卧室。"他们坐在低矮的床铺上，面前是同样低矮的小桌，身边是大红底色、绿叶图案的被褥……老板夫妇晚上共用的被褥。

乔远也四处打量，装作没有听见应天提到的"年会"。应天已经点完了菜，他一边倒着不锈钢壶里的大麦茶，一边像是自言自语："你的那个'年会'，去年我见到她了。"

娜娜突然问："什么'年会'？"像是刹那发现了比被褥更令她感兴趣的事情。

应天满含深意地笑，并开始倒绿色玻璃瓶里的清酒。乔远飞快地触碰了应天藏在小桌下的腿，尽管他也觉得，这其实没什么用，应天不会理会他的暗示。

"哦，it is a long story（说来话长）……"应天说道，故弄玄虚。

乔远对娜娜说："没什么'年会'，都是没意思的事。"但他不知道这样解释是否有用。

"没意思吗？你原来可觉得那很有意思。说真的，挺有意思。"应天说。

"快说吧！急死我了，你们俩人。"娜娜可能真着急起来，一口喝光了清酒，乔远不知道她喝酒的时候，原来会像口渴的人喝水一样急切。他看着她，不相信她刚刚喝光了一次性纸杯里的酒。她扯着应天的胳膊，要应天说说"年会"。她知道那肯定跟乔远有关，或许是另外一次合唱——就是那种糗事而已，娜娜喜欢这些东西。

“一个女孩。”乔远觉得自己来说，也许更好。

“可不只是一个女孩，是一个‘年会’。”应天总是要重新解释乔远的话，就像错误的路牌，把娜娜引导到相反的方向。

“啊？一个女孩？怎么是‘年会’呢？”娜娜流露出失望的情绪。

“先喝酒，我再说。”应天摆弄着已经端上桌面的装满烤肉、辣白菜的盘子，说道。

乔远先喝。除了喝酒，他觉得其实现在他做不了别的事。放下杯子的时候他朦胧意识到，这不只是一次谁也不当真的“聚聚”。他希望说些别的，那些值得说说的东西，于是他问应天：“最近忙什么？”

应天愣了一下，说：“有些事，你知道的，就是一些事。”

娜娜打断了他们：“说‘年会’！”

乔远搂着娜娜的肩，试图安抚她，但她突然变得性急起来。可能是因为他的胳臂，让跪坐的娜娜歪倒了。这也许令她不自在，她拧巴了一下，挣脱乔远，又给了他一个表示歉意的笑容。乔远猜想，都是因为应天在场，娜娜才拒绝这亲昵的举动。看起来，她正在努力让自己坐直，像倔强的小学生在课堂上的样子。应天两手掌着膝盖，表情坚毅，在考虑着什么重大问题。这是乔远熟悉的表情，预示着马上就会有奇怪的想法从应天的脑袋里诞生。应天长得高大，方形脸泄露他北方人的出处，所以他跟乔远看起来很不一样。

“他最好马上说出来，他要我去做的那又是什么事！”乔远暗想。

“你听说蒋爷现在的事了吗？”应天说，听起来他们终于开始探讨那些成人的事了。

乔远知道那是什么，蒋爷在筹备艺术区年末最大的装置展。蒋爷是艺术区身价最高的明星，应天在帮他做事，很多人都在给蒋爷做事。

应天说：“我想，你别画画了吧！那能有什么前途呢？来帮我做装置吧，你记得的，你总能理解我的想法，我们来弄一下！”

乔远说：“哦，我想，这不合适。”

“有什么不合适呢？”

“我该想想，让我想想。”乔远像自言自语。

事实上乔远不需要想，他不会让自己回到受应天摆布的时光，但是他无法拒绝应天——他其实很少拒绝人，在很多事情上。

应天似乎有些尴尬，他后来一直说着一些无关痛痒的话。窗外暗沉下来，外面的窗台上整齐码放着一瓶瓶的清酒，酒瓶在夜色中有种暗绿色闪光。娜娜始终没说话，大概“装置”或者“架上”，对她来说，都是一样无趣的事。女孩们只关注男人本身，而男人们操心的那些东西，也是让她们厌倦的事情。政治、艺术、经济、股票……看来都是她们的情敌。娜娜昨晚发过脾气，因为她认为洗碗的人不应该总是她。她在艺术区的咖啡厅当服务员，不需要洗碗的那种服务员，所以她和乔远的生活里，她也不需要洗碗。但这不是严重的问题，女孩们的小情绪，不过借题发挥的手段，乔远已经知道怎么应付了。从前他不知道，于是让事情越来越糟糕。最糟糕的，就是那个“年会”。“年会”每年从美国回来一次，他们才能见一面。见面来之不易，却总是不欢而散。她越来越喜怒无常，因为一些琐碎的事，出租车司机绕路、餐馆上菜太慢、商场结账排队，或者乔远手机里名字花里胡哨的女孩们的电话……都足够让她迁怒乔远、大发雷霆。他们跨洋的恋情，于是成为应天津津乐道的笑谈。当时在应天看来，那不过是没什么希望的玩笑，可以不必当真。何况，乔远和她从没上过床。这更像一个玩笑。只有乔远这样的人，才会把玩笑当真。

他们已经把一顿饭，吃了很长时间。清酒的空瓶子在桌上摆成六角形。乔远自己也不理解，为什么还能听应天说这么多话？

应天后来像要哭起来，他撑着额头，脸垂向桌面。乔远看不出他是不是已经流泪，乔远只能从他激动的嗓音判断。可能是酒精作用，清酒度数不高，却很容易让人喝醉。

应天呢喃着，说他其实很累，因为他做不到，蒋爷的要求太高，他大爷的那些人，只知道为难他，让他做不可能做到的事。

娜娜抚摸着应天的背。“她是个心地善良的姑娘，”乔远想，“所以她还不能区分男人们的伎俩。”他们看起来的样子，与事实本身，可以完全不一样。就像昨晚，乔远假装抱怨颈椎的问题，他说长时间作画让他抬不起胳臂，娜娜便忘记了对洗碗的抱怨。他们拥抱着，让对方相信他们彼此相爱，尤其在这样的夜晚。颈椎问题，让这个夜晚显得苦涩、充满磨难，也让洗碗成为最不紧要的事。这样的时候，他们需要相互支持，这样才令人感动。虽然后来还是娜娜愉快地挽起袖子，把他们不多的几只碗通通洗得发亮。

娜娜皱着眉头看乔远，像是在指责乔远的无动于衷，不是吗？乔远最好的同学、大学三年的同窗，现在看起来正在一个最脆弱的时刻，不管那是因为什么，至少他们，在场的所有人，都应该为他做点什么。

乔远无法向娜娜解释。解释意味着揭穿，这是残忍的事，对他、对应天都是。应天希望乔远能去帮他，他断断续续地表达这样的意思，到后来几乎是恳求的语气。这在他们之间是从未有过的。“我们得弄一下”，以前应天只需要这么说，这句话就像一把钥匙，应天拧动这钥匙，乔远便会让自己开动，像汽车载着沉重的负担——乔远这一路走来并不轻松。

乔远不喜欢娜娜拍在应天背上的手。他让娜娜去再点一些吃的东西。这会是一个漫长的夜晚，他们都需要多吃一点东西。

娜娜赌气一般，把手从应天背上拿开，似乎意识到乔远的意图根本不是让她去点菜。应天反而不再抽泣了，大概是意识到这没什么用，无论他说“我们得弄一下”，还是假装恳求，如今，乔远都不再听命于他。这是让人沮丧的转变。

乔远叫来老板娘。现在，这个眉眼细长的少妇看起来已经困倦不堪，她正和一个白净的男人歪在房间另一头看电视。她不情愿地走过来，听见乔远说要菜单的时候，才又来了些精神。

大概意识到他们三人已经是这家不大的家庭餐馆今晚最后的客人，乔远有种想要讨好老板娘的愿望，于是他请她推荐：“你们的招牌菜是？”

“狗肉火锅。”她低着头说，眼睛也没抬，看着手里的小本。那大概是菜单上最贵的菜。

“那就再来一个狗肉火锅。”乔远说，他现在是这里的决策者，这真是一种不错的感觉。

“什么？”娜娜大叫起来。

“狗肉火锅。”乔远不解地看着她，希望她已经忘记洗碗的事、“年会”的事，和所有那些不堪回首的事。

“什么？”

“你干吗？”乔远突然大声起来，刚刚那种做决定的感觉已经被娜娜破坏。他有些恼怒。他们——所有人——为什么都喜欢质疑他？他觉得头晕，大概已经醉了，他想。

“不，不能吃狗肉！”娜娜毫不示弱，她倔强起来的样子也显得可怕。

“我们就点狗肉。”乔远决定不再让步。

“你，太残忍了……你就是一个残忍的人！”娜娜小声说着，一边从矮床上挣扎着要站起来，之前她也已经盘腿而坐。起身的动作太快，她又踉跄着跳下矮床，飞快地穿鞋，在乔远根本没有意识的时候，她已经拉开门，跑了出去。

“哦，乔远，你怎么回事？”应天语气平稳地指责他，完全不像刚刚哭过的样子。

乔远和应天后来在五环的桥洞底下，才追上娜娜。黝黑的桥洞像恐怖电影的片头，零星划过不知何处的汽车灯光。应天一路都在抱怨乔远，他说：“一个女孩都搞不定，你怎么还跟原来一样？”

乔远没心思理会应天的幸灾乐祸。他觉得只要追上娜娜，便可以不必理会应天的幸灾乐祸。

乔远这时想起，应天刚才正是用这种语气说起“年会”的事的：“那个女孩，大一就去美国留学了，所以，他们每年只见一次，‘年会’，哈哈，‘年会’。”

娜娜当时也在笑，就像听见“横断山，路难行”的时候一样地笑，她看起来似乎对乔远多年以前爱着的女孩毫不在意。乔远有种失落，他自己也为此感到奇怪。

应天又说起那最精彩的一段，他怎么会忘记这一段呢。“最后一年，‘年会’回北京来，后来他们吵架了。哦，乔远不会跟女孩打交道，他们每次年会都吵架。那一年，吵得特别厉害，大概是‘年会’吃醋了，以为乔远在学校乱搞女孩。她真弄错了，乔远怎么会乱搞呢？他没这本事。但他为了证明自己，你知道他干了什么吗？”

“什么？”娜娜微笑着问，鼓励应天说下去。

“他跳进了后海里，大晚上，哈哈，好像是冬天，对，是冬天，圣诞节，美国的学校放假，‘年会’才能回北京来。乔远衣服也没脱，就突然跳了进去！天啊，我们一群人刚才还在说话，转身看见他跳了进去，不过，那地方不深，上面还有一层薄冰，水可能刚到膝盖，但他全身都湿了，他可能不是跳，是扑进去的……”应天做出一个扑倒的动作。

娜娜咯咯笑起来，好像那真的很好笑。“后来呢？”她问。

“后来？还有后来吗？没有后来了。后来，‘年会’走了，年会没有了。”

“你说你去年还见过她？”娜娜问。

应天突然想起什么，说：“是啊，去年她嫁了个美国老头，也是搞艺术的，小骚货，现在更骚了，我问她记不记得‘年会’……”

乔远终于听不下去，打断应天：“别说了……”

“你不想听吗？你想听，我知道你很想听的，她说记得，当然记得，不过，只记得他跳到后海的事儿。”

娜娜表情严肃起来，没有再问。

失去听众的应天大约也觉得尴尬，于是对乔远说：“不过，你们当时真厉害，每年就见一次，我们都挺佩服的！”这不知真假的话，让乔远感到意外，应天从没说过佩服他。后来应天凑到乔远耳边，悄声说：“每年见一次，还不上床。”

乔远尴尬地笑着，他知道应天不会再说“年会”了，但他也已经打定主意，不会去给应天帮忙，做那些倒霉的什么装置艺术的事。

这大概是在应天假装哭起来之前。

娜娜蹲在桥洞另一头，靠着一棵新栽的小树。她抱着膝盖，看着乔远，像在鼓励他把她抱起来。乔远知道，这不过又是一次“洗碗”——她并不是真的不能吃狗肉，但乔远不确定那些让她夺门而出的东西，到底是什么，是她安慰应天的手吗？

乔远把她扶起来，她很顺从。站起来后，她趴在他肩上，开始小声地哭。乔远拍她的背，就像她刚刚拍应天的背一样。

“好了，宝贝，我们不吃狗肉。”他知道这会管用。

娜娜哭着说：“我们不吃狗肉，那太残忍了，太残忍了……”她全身都软绵绵的，身上的长袍在秋天的夜晚显得过于单薄。她在发抖，也许是太冷。乔远说：“是的，太残忍了，我们坚决不吃狗肉。”她温顺地紧贴着他，像在告诉他——他的话起作用了。但她还在哭，说：“根本不是狗肉的事。”

乔远从前不知道哄女孩应该说什么话，仿佛说什么都是错。有一次，“年会”也是这样，趴在他的肩膀上，希望他能带她回宿舍，那也是一个寒凉的夜晚。但是他拒绝了，尽管他也很想。因为宿舍里有应天，还有其他那些人，他不知道怎么让他们“给他一个小时”，用来办妥那些事。他犹豫着要不要去酒店，但是她已经哭起来，很快又开始发怒，说乔远不过是在骗她，又说他总在她不在的时候乱搞……后来，乔远发现自己怎么解释也没有用，于是跳进了后海里。

应天这时赶了过来，他气喘吁吁地说：“嘿，你们先亲热，我躲远点儿，我去放下水……”说着，他走到五米远的地方，另一棵新栽的树苗前面，开始解裤子拉链。

娜娜嗔怪着别过身去，小巧的身体就像一个赌气的孩子。乔远听见应天在叫他：“嘿……兄弟，要不要也来放水？”娜娜沉默，乔远把这当成她的默许。他的确需要小便，这感觉突然强烈起来。他也跑向了应天身边那棵小树苗，那棵只有一人高的枯枝一样的树苗，看上去已经歪掉了，像随时会倒下来。

他们并排站着小便，以前他们经常这样做，在后海度过一个有趣的夜晚后，再东倒西歪地站在某棵树边上，让两条水柱始终相距十公分的距离。

娜娜在喊："你们太恶心了！"应天大笑。乔远觉得他们可能都已经好起来了，这个夜晚那些让人困惑的东西，无论是什么，也许都已经过去了。

"嘿，兄弟，你看，这树，这小东西，多风骚啊……"应天说。乔远没在意，他们都喝醉了。应天又说："我们把它带回去怎么样？这小东西，我们来弄一下！"

应天拉上拉链，要动手去拔那棵小树苗。乔远这才反应过来，他想偷树。"别弄了，你喝多了！"乔远拨开应天的手。

"喝多了才有意思呢，你看这小东西！你那院子，正缺这样一个可爱的小东西。来吧！兄弟，帮帮忙！我们把它弄回去……"应天已经把树苗拔出来了，乔远能看见球形的树根。

"你干什么？这不行！"乔远喊道。

"你们好了吗？在干吗呢？"娜娜背对着他们，不知道发生了什么。

应天停了下来，树苗斜插在地上。他紧紧地瞪着乔远，把脸也凑到乔远面前。乔远闻到猛烈的酒味，还有尿液的臊味，应天的脸在路灯微弱的光照下显得陌生。

应天狠狠地低声地说："你他妈这也说不行那也说不行，你告诉我，什么行？啊？女人吗？还是什么？我睡了她，'年会'，去年，你知道吗？你没睡过她……"

"滚开！"乔远喊。

"你要干吗？"应天还是低声说。

乔远推开应天，把那棵倾斜的树苗拔起来。那其实已经不需要什么力气了，何况在这样一个夜晚，乔远觉得自己有用不完的力气，他一只手就可以提起一棵树，尽管只是一棵小树苗。

“你拿着什么？天啊，树，你疯了吗？”娜娜说，听起来带着哭腔。

“哦，美女，艺术家需要一点点的，疯狂……”应天平静地解释，完全不像喝醉的样子，他似乎对这样的事情很满意。在五环边这条不被世界瞩目的路上，他们三人正面对的事情，乔远单手拎着一棵小树，年轻的女孩刚刚闹了出走又哭了一场，而他，终于可以心平气和地为此做出解释，艺术家需要一点点的疯狂的事情。

“乔远，你要把它拿到哪里？”娜娜惊讶地问。

“哦，美女，当然是家里！我们要把这可爱的小东西带回去，这不是很好玩吗？”应天说。

乔远没有理他们，他希望自己可以走得更快一些，把他们远远地甩在身后，但他们却紧紧地跟着他。娜娜后来也不再问问题了，因为乔远顾不上她。他们并排走在他身后，像是两名忠诚的卫士。乔远越走越热，他想如果现在是在后海边上，那璀璨的蛊惑人心的霓虹之下，他也还是会跳下去的——那瞬间冰冻彻骨的感觉，应天永远也不会知道，到底有多爽。

第二天早晨，乔远被一些奇怪的声响惊醒。

他从床上爬起来，挣扎着把窗帘拨开一条缝。他觉得自己的头，随时都会向地面扎去。

他隐约看见，娜娜拿着一把铁锹在院子里挖着什么。她穿着乔远的衬衣和裤子，裤子太肥大，在脚腕处打了两个结，头发胡乱地扎起来。这装扮让她看上去老了十岁。

乔远开始回想昨晚发生的事情。他好像做了一些什么肯定会让自己后悔的事。哦，天啊，喝醉了，偷了一棵树回来。这意识突然让他清醒。他随便抓了件衣服。可能还是昨晚那件衬衣，有难闻的酒气。他暂时顾不上那么多。他来到院子里，才终于明白，娜娜想把那棵树苗在院子里种起来。她不会用铁锹，院子里泥土地面的这一半，现在还只有一个浅浅的坑。她似乎对自己不满，用力地铲着土，把自己的体重全部都压在铁锹上。

“我来吧。”乔远走过去，想去帮她。她回过头，脸上亮晶晶的，不知道是汗水还是泪水，在早晨的阳光下，格外醒目。这是乔远见过她最狼狈的样子。

“娜娜，对不起。”乔远不知道自己是在为什么事情道歉，但他下意识地说着对不起。他接过铁锹，疑惑着自己的工作室怎么会有一把铁锹。

娜娜好像看出他在想什么，说：“找门房老李借的铁锹。我想，它会死的，那太残忍……我们得把它种在这里，不然它会死的。”

那是一个晴天。乔远记得很清楚，他在工作室的院子里种下一棵树。他以前从没想过要在院子里种点什么东西，但是他的确这样做了。此外，他又清理了泥地里那些荒草和垃圾，用五个黑色大垃圾袋装起来扔掉。这耗费了他几天的时间，但他和娜娜后来认为，这都是值得的。他们还计划着，在院子里他们还能做些什么。后来他们将这些想法一件一件地都付诸实践。在小树苗的旁边，放上木头茶几，一张旧沙发，茶几上铺上花格子的桌布，摆上烟灰缸和茶盘。娜娜还想在春天的时候，在院子里种一些蔬菜。另外那一半的水泥地面，或许可以时常清扫、用水冲洗，在夏天的夜晚拉上彩灯，用不锈钢的炉子做烧烤。可能还需要接上电线，这样院子里也可以用音响放音乐了。

应天也只是隔很长一段时间，才过来乔远的工作室一趟。每一次，他看起来都不太一样，他的生活总是像魔方一样迅速变化。有一次，他打量着那棵树，竟然活了下来，这已经是个奇迹，但应天似乎完全想不起来跟这棵树有关的那些事了。他疑惑地问："哦？这个小东西，还挺可爱的嘛，什么时候有的？"

乔远没有回答他。移栽这棵树的事，他们最好都不要再提，无论是娜娜，还是应天。那个奇怪的夜晚，已经过去很长时间了，乔远已经知道，很多事只能过去，不要回头。

有一天——大概已经是春天的时候了——娜娜惊奇地告诉乔远，那棵树一夜间长出了好多小芽！

他搂着娜娜，他们站在工作室金属的门槛上。娜娜喜欢这样，站在门槛上，来回晃动，像个孩子，假装站不稳。他说："真想不到，还以为它会死呢！"

这时，娜娜说："我不想再听见'年会'的事了。"

乔远愣了一下。其实他是想了一会儿，才反应过来娜娜说的"年会"指的是什么。

娜娜说："那其实跟我没什么关系，是吧？"

乔远说："是的，没什么关系。"

往 返

春夏交替是艺术区一年中最热闹的时候。只是这一年的热闹，乔远肯定是错过了。

他离开的时候仍是春天。只有在春天，娜娜才会把她齐齐的刘海统统往后梳起来，用一枚小黑夹子在头顶处高高别住，露出饱满得与她那张小脸已经不协调的额头，这样她才不必担心春天北京那些迎风而起的沙尘——那会吹乱她的头发，也足够让她方寸大乱。在春天之前的很长一段时间，娜娜走在路上的时候总是突然就停下来，然后急不可耐地掏出小镜子，查看自己的黑色刘海。这样的时候，她会显得过分紧张、忧心忡忡，像是丢了钱包和手机一般心神不宁，她一手拿着镜子一手齐眉高举，手掌压住头发，竭力以这样的姿势在不平静的天气里保持住某种自认为最好看的发型。

"我，受不了了，简直是，在风中凌乱。"某个突然大风的天气里，娜娜照着镜子，忍无可忍地这般抱怨。她说完便咯咯笑起来，像是发现了这说法里的幽默。权衡再三后，她会郑重做出改变发型的决定。于是第二天，通常会是另一个凄风苦雨的早晨，乔远便会看见娜娜那明亮的前额，以及头顶处那些亮闪闪的小发夹——整个春天，乔远都能从一些隐蔽的角落里发现被娜娜遗失的小发夹，他永远不知道到底有多少。他们总是以这样的方式来告别北京漫长的寒冬。如果没有那引人注目的漂亮前额和小发夹，乔远在北京城东北这片艺术区里度过的三个短暂春季，想必会更沉闷。

那天，他想去吻娜娜前额的时候，一直在努力回想一分钟前还记起想要嘱咐她的什么事情。但他的思路被娜娜打断了，因为她的高跟鞋正费力地去踩刹车。他不会理解高跟鞋踩刹车的感觉，他猜想那大概好似软绵绵踏进一口无底的井里。他已经不再对她穿高跟鞋开车这件事发表意见了——那会比杀了她更难。但他此时无比确信，司机娜娜正在让他们的桑塔纳缓缓向前溜去。

他嚷起来："你专心一点！"

她吓了一跳，竟反把刹车踩死了。桑塔纳稳稳当当停住。一些扛着大包裹的车站搬运工只好绕过这辆车。他看见他们在车窗外密集的人群里，费力地想要杀出一条路来。

"什么啊？"她眨着眼，懵懵懂懂地问。后视镜正好在她明亮的前额投下一处烦人的光斑。她伸手去够杂物箱，或许想要掏出墨镜。桑塔纳于是又动了一下，但她很快又踩住了刹车。

"你能不能专心一点，啊？先拉上手刹，行吗？"他喊道，像在发泄什么。

"又没事，你喊什么呢？"娜娜仿佛并不在意他说了什么，乖乖地拉上手刹。但她右脚那只黑色高跟的小靴子，仍然没有必要地死死踩在刹车上——她并不擅长开车，就像她在很多事情上都不擅长一样。

"好了，我是担心你，这不是儿戏，知道吗？"他尽量平静，希望她能理解他刚刚经历过什么。他又想，自己现在顾不上那么多，也只能这样。

"放心吧！我想，我做得不错，你看，我开了这么远的路，待会儿我还会自己开回去的。"娜娜笑了起来。她戴上了墨镜，已经可以不必担心汽车后视镜在她脸上胡乱投下的那些光斑。她玫瑰色嘴唇此时的模样，于是很显得有些得意扬扬。

“好的，我走了，照顾好自己。”乔远想去吻她的额头。她便很配合地向他探身过来，但她突然又停住了。乔远看见，驾驶座安全带已经勒进了她蓬松的白色外套里，像是被积雪掩埋的一串脚印，只留下一些似是而非的痕迹。她于是想去解开安全带，但被他制止——他开始担心她在驾驶座上做出的任何一个微小动作。她很顺从，把两手都乖乖停在安全带插口的位置上，没动。

在向她凑过去的时候，他听见她说：“我，不太放心你。出了什么事？”

“不，你不要说。”他果断地打断她，很不客气。

尽管隔着墨镜，他还是看清了她惊愕的目光。

他现在不愿跟她谈论这件事，他马上要坐一夜火车回故乡的事——他接到电话，便直接去艺术区的门房找老李。老李果然有车票贩子的电话，一个满是七和四的手机号，看起来很像是真的车票贩子。打过去，那边竟是个女人。女人说：“没问题，江西嘛，能搞到的，加三百。”

他又回工作室匆匆收拾行李，看见娜娜正在专心摆弄一堆细碎的小首饰——她在艺术区的咖啡厅三心二意地做着一份服务员的工作。三心二意是因为，她不喜欢那身素黑的工作服。于是当她在家的时候，就会穿些古怪的衣服。这是娜娜的反抗方式。那时她便穿着一些胡乱的衣服，占据着他的画案。毛毡垫温和松软的质地，刚好可以让她的首饰们得到妥善的对待——它们铺满了整张毛毡，他的画笔和砚台被推到画案上最不起眼的角落。他突然觉得，其实他并不知道应该收拾什么。工作室里的东西吗？显然没有必要。那用不上。也许应该拿上印章，他想。

他钻进里面的房间，那是他和娜娜住的房间。在大木箱子里那些女人的衣服中，他好像根本就找不到一件自己的衣服。几乎快把大木箱翻到底的某一刻，他突然明白，自己其实正在做着一件没什么用处的事情，但是他必须去做，像是画笔已经落在了宣纸上，浓墨已经晕开，一切都无可挽救。那再也不可能是一张白纸。

他坐在娜娜五颜六色的衣服中间，对着一口几乎被掏空的木箱，差点哭出来。那木箱跟随他很多年，大学时代全班一起去写生的时候，他在某边境县城把它买下。他从大学时代便一直用它装衣服。他的衣服太少，于是显得它大材小用。直到娜娜的衣服一点点地填满衣箱，像是她填满他的生活一样。那些小巧的、带亮片铆钉和长长穗子的衣服，总是纠缠在一起，很难分开。

如果不是娜娜突然走进来，他可能真的就哭出来了。她似乎并不知道他在卧室里做的事情，因为她兴致勃勃地想要给他展示自己手臂上的数只手串——“你看！”她炫耀着自己的小宝贝们，像任何一个漂亮小姑娘一样，欢天喜地地沉醉于一切美好的事物。但娜娜很快被他的样子吓住了，她从来没有见过乔远这样的时候——他是画家，画国画，擅长写意人物，但他自己的生活，却从不写意。他很整洁、谨慎，拿上公文包便可以直接去政府上班。

乔远马上站起来，装作在整理地上的衣服，这样他才可以不必看着她的眼睛说话。他说自己要马上回家乡一趟，“因为，一些……不太好的事情”。

他想了想，终于没有说出跟丧事、葬礼、车祸还有死亡有关的事情。那太复杂，他需要为此做出更多的解释，况且那也不是娜娜可以理解的，那属于他在南方的前半生，他想。

“可是……”娜娜说着就停住了，好像突然忘记要说什么。

他便走过去抱住她，想要用这样的办法让她放心。他也的确做到了。因为在那之后，娜娜没有再问，而是非常贤惠地帮他整理了行装——尽管她并不擅长家务。并不勤劳的她会成为一名服务员，这就已经像是命运的玩笑了。她竟还要开开自己的玩笑，像老练的妻子一般，认真嘱咐他关于内裤、袜子之类的细节。但这已经足够让他对娜娜心怀感激，他知道她毕竟太年轻了，这意味着他不能对她要求太多。

在准备出发的两个小时里，娜娜的手臂上始终挂着那些手串。它们随着她的动作，叮叮当当地一直在响，这让她就像是在跳一种边缘部落的舞蹈。她有时会让目光在那些手串上停那么一会儿，随即露出一丝非常难以察觉的笑容。它们每个都不一样，质地、色泽、大小，都完全不一样。

“你为什么要戴这么多？”他觉得行李已经准备得差不多的时候，才想起来这样问她。

“我在整理我的首饰，突然都想戴上，我也不知道，呵呵，好看吗？”她说完又笑起来，没心没肺的样子。

他拉过她的手臂，把她橙黄色毛衣的袖口一直挽到胳肢窝，这样她可以骄傲地向他展示她细细的胳膊，和胳膊上那些杂乱的珠子。

“这是鸡翅木，这个也许是火山石，这个可能是沉香，这个嘛，比较奇怪，是海里的一种生物，玳瑁？这个，哦，这个，这个是你送给我的，十八子菩提。”娜娜拨弄着那些珠子，她的语气听起来并不像平时那么欢快，而是有些嘶哑甚至伤感。

他想，也许是他今天的表现把她吓坏了，但她还是能假装镇静下来，用不属于年轻女孩的承受能力，假装一切都还正常。他于是疑心自己一直忽略了她的变化。当年他认识的那个不满二十岁的女孩，毕竟已经在鱼龙混杂的艺术区住了三年。她是否被他低估了呢？但他很快便不再往下想了。他暗示自己，她仍然是那个任性简单、没有心机的娜娜。因为她依然无法把任何一份工作做满三个月，只是因为西餐厅的餐具摆放规矩太复杂，中餐厅的油烟味道太浓重。因为她依然只是喜欢漂亮的衣服和首饰，哪怕它们其实很廉价，只是艺术区的周末跳蚤市场上出售的那些小玩意儿。

他赞美着她的手串。他每天都会这样做，赞美她的美丽和她美丽的东西们。她需要的不过是被欣赏。他曾经以此推断，她其实具备成为艺术家的某种素养——渴望被认可、被欣赏，还对美拥有强大的热情。

娜娜摘下乔远送给她的十八子菩提。在所有手串中，那是十分特别的一个。十八个不同形状、颜色、大小的菩提子，打结的地方束上一颗小小的佛塔形状的木珠，显出佛意。他的专业是写意人物，佛意于他，自然是重要的。

“你知道十八子的意思吗？”她假装问他。

因为他从前便是这样问她的，在他们第一次做爱之后，他从手上摘下十八子串套在她的胳臂上的时候。

他是在敦煌的夜市里，发现了这串十八子菩提，只是觉得好看，用二十块钱便买了下来。那晚他同时还花去四十块钱买羊肉串、三十块钱买葡萄干。但最终带回北京的，其实只有这串十八子菩提。那是十分重要的一次旅行。他相信自己的艺术天赋正是在敦煌的洞窟里找到了归宿。回北京后，他便辞去了学院的公职，义无反顾入住艺术区。那一年很多人都这么做了，所以他并没有引发太多非议或关注。他很幸运，多年的稳定工作让他可以不必像艺术区的其他年轻艺术家一样，为每年都上涨的工作室租金牵肠挂肚。他的敦煌人物系列，也的确销路不错。这意味着，他可以在欣欣向荣的艺术区，长时间占有这间地段不错、带院落的工作室，以及每晚的艺术家沙龙里居于中心位置的那张沙发。

他笑了笑，没有回答她。这难免让她失望，但他现在其实并没有一种合适的情绪，来理会她这显然是很刻意的问话。他不可避免地还是会去想，回到南方后他将要去面对的那些事情：悲哀的情绪、难以应付的人情世故、庞大家族里的利益关系……那都是比十八子串这样的定情物更为深重和惨烈的现实。

娜娜有很多优点，最大的优点是她从不像小心眼的姑娘们那样计较。于是，她爽快地自问自答："因为，十八子，便是李，我的名字，李娜娜。"她咯咯笑着，对自己的回答十分满意。

他说他该出发了，因为他还需要去找票贩子取票。娜娜撒起娇来。这让他感到满足，他觉得自己被她需要着。这总是不错的感觉。她坚持要开车去送他。他觉得不好拒绝，尽管他总是不放心她开车的技术。

她又把那串十八子菩提套在他的手腕上。手串顿时显得局促，并不如她戴起来好看。她说："我已经有很多了，分你一个！"

她举起胳臂晃起来，那些手串，他看得很清楚，一共六个——玳瑁、沉香、鸡翅木、火山石，还有两个不明材质，看起来都太大、太粗野，其实不太适合她——纷纷滑落到她的肘部。他猜想，送她这些手串的，也许都是一些男人，像他一样的男人。

车子停在火车站的送站通道里。乔远再一次从副驾驶座上探起身来，想去吻她——这总能避免两人之间那些不必要的谈话。他闻到了她身上熟悉的香味，觉得足够温暖。他后悔为什么要让她开车呢？这真不是明智的决定。

他们几乎同时听见了那阵凶狠的喇叭声，也几乎同时从对方的眼里看出彼此受惊吓的样子。他们的桑塔纳挡住了后面的车。在火车站送站车道这样的地方，这是足以引发愤怒的不道德做法。他只好很快下车，一边嘟囔着“我先走了，你小心开车”，一边还想着他本来想说的那到底是什么事情，该死。

她正在慌慌张张地挂挡。她又忘记应该先放下手刹。喇叭声还在响。这加重了他们的不安，所以他们都忽略了这离别时刻里本来想说的那些话。

两个星期后，娜娜没有来火车站接乔远。想到她开车的样子，那种种心不在焉的表现，乔远似乎松了一口气。但她应该没有像他这么想。她在电话里道歉，说对不起，她生病了，在床上整整高烧了一天。

“为什么没有告诉我？”他想起自己在南方度过的这两个星期，这真不是一次容易的旅程。尽管他对此早有预期，然而还是发生了许多意外。那些意外让他一直希望回程的火车可以走得更慢一些，以便他有足够的时间让自己平复到某种状态。

“我想，你有很多要处理的事情，而且，就算告诉你，也没什么用吧？”娜娜说着，听起来真是那么回事。

“你现在觉得怎么样，还在发烧吗？”他已经走到了北京站的地铁口，又退出来，往出租车排队的出口走去，他想应该尽快回艺术区去。

“好多了，真的，列宁同志已经不发烧了。”娜娜在电话里又笑起来，仿佛那真的很好笑一样。

从北京城去艺术区的这条两车道的公路，像是从康熙、乾隆时候就已经这样了。高大的行道树已满满戴上油亮的叶子，那些叶子，是在一夜之间熟透的。

他打开出租车后排窗户，大口喘气，庆幸自己终于从一个鬼魂的国度里脱逃而出。正是最热的午后，他大动干戈开始脱皮夹克，仿佛如此便可以迅速摆脱过去的那段时光。

“一下就热了，是不是？北京没有春天。”司机自言自语。

他对着后视镜笑了笑，算是回答。

艺术区的入口处，车辆排着长队。艺术区的物业在这里装上了停车收费的闸口，就在乔远离开的这段时间里。现在进出艺术区都变成了更麻烦的事情。不耐烦的汽车、抱怨的行人，让长时间寂寥的艺术区看起来很有些不一样。

乔远也很快发现了其他一些明显的变化：到处都贴着花花绿绿的海报，路灯上都挂着长串的装饰、塑料的条幅。大风的春天肯定是过去了，条幅从路灯利落地垂到地面，几乎纹丝不动。地上满是被遗弃的海报、宣传页，各种颜色的纸杯、纸盘、彩带、面具、烟盒、啤酒瓶……不过是这世上每场盛大的狂欢后都会出现的那些丰盛的遗迹。

“艺术节昨天就应该结束了，今天怎么还堵呢？”司机懒懒的语气，仿佛让人昏昏欲睡的天气。他的话听起来很勉强。司机并不真的想埋怨这漫长的等候——他可能刚刚吃过午饭，正觉得困意沉重，所以他才会一直让两手摊在腿上——没什么必要的话，决不去碰方向盘。

乔远这一次没有接话。他想起来，自己错过了一年一度的艺术节。这也是他意料中的事情。他在艺术区的工作室已经入住三年，这本来会是他参加的第三个艺术节，如果不是这次意外的话。

他不觉得自己需要为此遗憾。前两年的艺术节在他看来，大概也不过如此。各式各样的人突然被艺术节的名义召唤而来，在各个画廊和工作室之间流窜。人们对陌生人高举嘉士伯的绿色瓶子，仿佛他们早已是心照不宣的旧识。游人们名正言顺地释放他们与艺术区毫不相关的情绪，在画廊前台放名片的盘子里扔下一张或真或假的名片，那上面的信息时常让人困惑。

当然，艺术节期间也真的会做成一些交易，谈成一些看不出是否会有意义的合作。这让艺术区的居民们天真地相信这热闹的节日其实还是值得期待的，尽管在那之后他们等来的通常都是房租即将大幅上涨的消息。

乔远只是担心娜娜。他在看见眼前景象的时候，才意识到这件事有多么可怕。他忘记在这场为期一周的艺术节开幕那天给娜娜打一个电话，询问她的情况，再嘱咐她工作室应该如何应对艺术节这种事情。

他怎么会忘记了呢？那天似乎正好是葬礼。春天的长江正好送走自己最后一次春潮。乔远希望自己的一生都再也不要参加如此悲伤的仪式——乔家同时埋葬了三个亲人，乔远唯一的姑姑，还有姑父和表姐。他看见墓园的石碑已经被南方长时间的春雨洗得闪亮，显然并不适合送葬人的情绪。站在墓园，他看见远远的地方那条不知名的河流，正欢快地奔向长江——它丝毫没有因它的罪孽受影响。

听说人们把姑姑的汽车从河里打捞出来的时候，后排座位上的表姐一直拉着姑父的手。姑姑在驾驶座上。他们全都肿得像发胖了一倍。乔远发现自己其实并没有想象中那么悲伤。他们看起来太陌生了，完全不像他的家人。

尽管如此，他还是应该给娜娜打个电话的。他现在想推算出来，艺术节开幕的时候是否正好是娜娜每周一天的休息日。不过他发现那没什么用，因为娜娜对咖啡馆的工作并不上心，上班或者休息，她只是看心情而定。任性受宠的女孩子都会这样，所以她们才不值得老板信任。

那是艺术区最老牌和著名的咖啡馆，在门外的小桌子和并不舒适的木椅上，经常会出现一些从事演艺娱乐事业的熟面孔。而那些真正身价昂贵的艺术家在这里出现的时候，很少有人会迅速把他们识别出来，除非是艺术区的住户。娜娜是少数一些认识这里几乎所有艺术家的服务生，这让她不需要太勤勉努力也不会被辞退，况且辞退对她来说也不是太严重的事情，那经常发生。她太年轻了，还无法让一切看起来像是要永恒下去。

乔远的出租车已经进了入口。闸口处的收费员穿一身不合体的制服，并不熟练地递给司机一张计时卡，又看了看后排座位上的乔远。收费员显然认识乔远，因为他似乎想跟他说些什么，或者跟他打个招呼。只是出租车已经往前挪动了一段距离，他才不得不作罢。

一想到娜娜正在床上，刚刚大病过一场，乔远便希望她的高烧发生在艺术节到来之前。因为这样的话，她也许会在工作室里安静地生病，避开艺术节期间那种让人难以安分的气氛。他当然也知道这不太可能。他始终记得前两次的艺术节上，娜娜几乎快成为乔远工作室最重要的主角。她高高扎起来的刘海已经放下，因为大风的季节已经过去了。她把刘海细心修剪得直直的，像是盖在头上的一块徽墨，黑得发亮。她在工作室进进出出，每半天换一身全新的造型，手指上总是会有一支细长的烟，随时等待老练的男人们为她点燃。她完全忘记了工作的事情，对工作室在艺术节期间迎来送往的琐碎事情也并不真正关心。她好不容易才挨过艺术区里所有人都冬眠一般的漫长冬季，熬过了她最讨厌的大风的春天，她需要的，正是这样一场盛大的似乎专为她准备的节日。

是的，她怎么会让自己真正寂寞呢？乔远一年前对此并不在意，两年前也不在意。现在他却很有些不悦。这也无可厚非。他认为在人生最悲伤的时候，应该避免身边任何的欢愉，或者，是因为他错过了，他没有亲眼看到她如何游刃有余地度过一个节日。这未免也是一种遗憾。

他提前下了车，因为出租车很长时间看起来都没有再动过了。他带着简单的行李往自己工作室的方向走。他的行李与离开的时候相比，并没有多少变化，除了他给娜娜带回一只表姐的银镯子。他不太确定那是否合适，直到临行前，他发现在南方迟暮的县城里很难找到适合娜娜的礼物后，才下定决心带走那只银镯子。当然，他并不一定需要给娜娜带礼物的，毕竟他回乡是因为葬礼。他去送别亲人，回到前半生，不断被扑面而来的江边雾气侵袭，勾起并不恰当的回忆。他才是需要被安慰的那一个。他疑心其实需要这只银镯子的人，不过是自己。

工作室像是从他离开的那天开始便再没有打扫过的样子。娜娜的那些小饰品，耳环、项链、胸针，还有数不清的发夹，都堆在他画案的毛毡垫上，像是永远要被这样放置一般，看起来也名正言顺。

很多东西是艺术节期间多出来的。放名片的瓷盘已经快满了。每一张名片都意味着一个来访的陌生人。画家乔远并不在自己的工作室里，这些人会如何打量这间小有名气的工作室呢？墙上没有完成的画作，都是他新进行的一些绘画实验。用工业用的朱砂粉代替水彩，画在最粗糙的油画帆布上。连油画需要的白色颜料的底，都省去不要，为了追求最真实原始的质感。他们会怎么评价他的实验？也有一些水墨小品，传统的写意人物。那其实更难一些。他已经灵感枯竭、难以为继，除非再有敦煌壁画这样醍醐灌顶的启发。他倒是在家乡那条不知名河流的岸边，想到了一些事情，但是他无法确定自己是否可以将感觉画出来。

人们会不会惊讶于工作室的凌乱，惊讶于女孩子气的各种小物件？他现在想起了两个星期前在火车站，他与娜娜临别的时刻里想要嘱咐她的话："简单收拾一下工作室，如果可以，最好在艺术节期间闭门谢客。"

但现在这都没什么用了，很多痕迹都在提醒他——烟灰缸装满了烟蒂，茶盘上摆满酒瓶，诸如此类——这里在刚刚过去的一个星期里，曾经发生过狂欢。

娜娜并不在工作室，也不在卧室。她大病初愈，这不是他意料中的局面。他一边想该给她打电话，一边放下行李，从行李里掏出那只表姐的银镯子。这大概并不值钱。银器在南方就像某种生活必需品，只是象征着一些吉祥的愿望，或者象征着人们如何抵御时间的伤害。每逢出生、结婚、死亡，他们便去买银器，花不多的钱，精挑细选一个讨喜的样式。在这些事情上，人们所能做的选择，其实非常有限。

这只银镯子，大概是表姐出生时，姑姑姑父买给她的。他们似乎格外有远见，给婴儿买了一只成人大小的镯子。"大概他们是想，这样结婚的时候便不用再给我买了。"小时候表姐这样解释说。

表姐和他一样，生活在一种压抑的家庭气氛中。乔家人似乎永远深陷背叛的魔咒。乔远的整个前半生，都需要面对父亲频繁的出轨和母亲对他们父子的冷淡；表姐则相反，她一直在为让母亲——乔远的姑姑——能够早日回心转意而殚精竭虑。他们姐弟从小都相信，彼此的陪伴是重要的事情。

只是乔远还是背叛了她。他终究是乔家人，逃不出背叛的阴影。他没有永远陪着她，而是把她留在了南方绵长的雨季，终于让她死在那条他们曾经共同拥有过的河流里。他一点都不惊讶，表姐为什么在最后的时刻里还一直攥着姑父的手。因为她只有这一个愿望，让一家人永远在一起，没有伤害、争吵和背叛。于是，她也实现了愿望。他们现在都已经化作粉尘，躺在同一个墓园。

“十八子菩提，这很好。”葬礼上，家族里一位远房的老人这样对乔远说。乔远始终无法回想起这位老人与自己的亲属关系。他只是看起来很面熟，仿佛从乔远小时候起，他就已经是现在的样子了。他看起来就像三十多年没有换过衣服和发型。有些人就是这样，永远不会被时间惹上。

“这个，不值钱。”乔远不知道眼前的老人为什么会对他手上的东西感兴趣。他正在烧纸钱，目不转睛地看着铁皮桶里的火焰一点点膨大起来。

“十八子，说来也就是十八界，六根，六尘，六识。”老人说。

乔远完全没在意他说了什么。他欣赏与佛意有关的那些东西，但他其实了解得并不多。何况这样的时候，他不会理会那些虚幻的文字游戏。

后来把十八子菩提扔进烧纸钱的铁皮桶里，他把那看作一种冲动的做法，并不像老人说的那样，是因为他想要六根清净。

“我只想他妈的耳根清净。”乔远心想，希望老人不要再来烦自己。他听着老人已经不再亲切的家乡话，后悔没真正嚷出他的心里话，因为那是对表姐的不敬。他不在乎姑姑和姑父，他只在乎表姐。

他几天以后才意识到，十八子菩提已经被他烧掉了。

这让他不安起来。几天来，他长时间浸泡在亲友们的迎来送往间，晚上独自整理表姐的遗物。表姐还没有嫁人，也几乎没留下什么东西。三十多岁的女人，没有一两件像样的首饰，和娜娜完全不一样。

他很难过，不知道怎么向娜娜解释。娜娜几乎把十八子菩提看作他们之间的一种仪式——女孩们总是喜欢这种充满仪式感的事情，求爱、求婚、订婚、结婚，无不需要仪式，需要证据，仿佛那比事实本身更加重要。

对他和表姐来说，那全是无所谓的事情，他们从很小的时候便能在这一点上取得共识。表姐曾说："那不重要，重要的是，我惦记着你。"

他那时还小，更愿意把表姐的话，看作一种安慰。寒冷的春江边，他们两个孩子，紧紧依偎在一起，也相信会有幸运的事情在自己身上发生，而他们已经像是不属于这个糟糕的世界上的人了。

所以，他们始终没能留下对方的什么纪念品，从没想过要给对方送一件像样的礼物。乔远不知道自己能不能一直保存住关于表姐的那些记忆，如果没有任何凭证的话。他曾经对此是有信心的，但这么多年过去，他越来越不敢确定。况且之前，表姐还在世。

表姐是他经历的第一个女人，她和所有那些女孩都不一样。他会把一些无所谓的东西随手送给那些和他上床的女孩，因为她们喜欢这样，也因为她们根本就不重要，就像他随手把手上的十八子菩提取下来送给娜娜，那只是因为他并不觉得他们会长久下去，所以才需要一些东西作为留念。但显然，他也没什么可以讨好女孩们的漂亮物件，他总是看到什么，便随手送给她们一些什么。娜娜或许是其中比较幸运的那一个，因为她得到了十八子菩提，带有佛意。是否正因为如此，娜娜才和他在一起度过了足够长久的三年？

他不会送给表姐任何东西，因为任何东西都配不上她。

于是他带走了那只银镯子。其他东西全都烧掉了，和十八子菩提一起。他知道对死者来说，这不是太妥当的做法。这件事想来，其实也不过是他随手取下自己带的某件东西想送给表姐，就像对待那些女孩一样。可是他也知道，表姐不会介意，因为她毕竟还是跟所有人都不一样。

他听见是娜娜的声音，还有艰难的倒车入库的声音。他走出工作室，看见娜娜兴奋地从桑塔纳上下来。她两颊通红，的确是发过烧的样子。她的刘海，果然已经放下来了，直直的黑墨般的秀发。

“啊，你已经到了，怎么这么快？”娜娜显得很意外，她奔过来，想要拥抱他。

他抱着她，仍然没有想好怎么解释十八子菩提的事情。

他想过一些说法，比如洗手的时候弄掉了，或者在火车上睡觉的时候摘下来但忘记拿走，但都不够巧妙，也都会给她一个可以任性、撒娇甚至发脾气的机会。那不是他希望见到的局面，他如今心力交瘁，任何情况下都只想着要息事宁人。

“你，不发烧了？”他想，其实他不需要提这件事，直到非提不可的时候。也许到那时，他就已经知道该怎么应对了。

“我，已经好了。”她简短地回答，不太像她平时那样，说完一句话便自顾自咯咯笑起来。

乔远觉得，她其实和他现在的处境一样，在小心翼翼地避免谈到一些事情。他不知道她闪烁其词的是什么，但他现在也没有一点儿去揣摩的心情。女孩们的心思，猜来猜去，大约也不过如此。盛会上的赞美、男人们的追求、女人间的嫉妒，或者还有一些暧昧的调情、似是而非的眉目传情？到如今，都不过是些让他无奈又厌倦的事情。

“那，挺好。”他说。

“你呢？丧事都顺利吗？”娜娜问。她知道他着急回乡，扔下她和一年一度的艺术区盛会，是因为家乡亲戚的丧事。但她永远不会知道，他送别的人，对他有多么重要。

“挺顺利的。”他敷衍着，搂着她走进自己潦草的工作室。

她并没有为工作室的一片狼藉感到不好意思。这也是她最大的优点，缺少足够的敏锐。

乔远不再去想十八子菩提，他也不打算把银镯子送给娜娜。他觉得很多事情都将只属于他自己，他只能自己去面对，就像他现在只能独自清扫工作室一样。

娜娜在里屋，唱着一些听不出调子的歌，或许正在欣赏大衣箱里她那些古怪的服装。他们的生活通常都是这样的，各在一处，相安无事，彼此只有赞美，也从不真正让对方难堪。

他清空烟灰缸，扔掉茶盘上重重叠叠的空酒瓶和易拉罐，将那些肯定被翻阅过的画轴仔细卷起来，重归其位。他的确犹豫了一下，才决定动手整理娜娜摊在毛毡垫上的那些小首饰。因为他需要画画，非常需要。表姐死后，这会是他唯一值得信赖的东西。娜娜决不会主动来收拾这些首饰的，难道不是吗？在过去的两周，她都有足够的时间来整理它们。但显然，她一直很忙，以至于都顾不上这些心爱的宝贝，反正它们在毛毡垫上，会一直这么稳妥。

乔远又看见了娜娜的那些手串。沉香、鸡翅木、玳瑁、火山石，还有两个不明材质，一共是六个。临别那天，他清楚地数过。但现在，他同样清楚地发现，其中有一个他并没有见过的手串，并不是十八子菩提，看材质，他觉得也许是金刚菩提。

他不知道是自己从前忽略了这串金刚菩提，还是这也和瓷盘里的那些名片一样，是这期间多出来的东西。

另　存

一

有一年艺术区突然热闹起来。乔远记得，艺术区的房租也是那一年涨上去的。新的工作室像沸汤上的水泡咕噜噜冒出来，很快又都砰啪几声相继消失。安徽老杨和他带领的包工队最终成为这锅汤里最不可能破灭的泡沫。老杨在这一年把自己的小电动车换成大电动车，最后换成摩托车。他用很难听懂的安徽普通话告诉乔远，太忙，没时间签装修合同，如果乔远接受报价，那就先付百分之五十的定金。“这么多年，我什么时候骗过你？”老杨在电话里说得很诚恳。

后来乔远付了定金。老杨把摩托车停在乔远工作室外，跨站在车身上，噼里啪啦数钱。老杨只收现金，连蒋爷的活计都是。和这里的艺术家不一样，老杨不觉得蒋爷有什么了不起，也不明白大家为什么都在讨好蒋爷。老杨不是艺术家，他是工程队的头儿，需要讨好的人是建材市场可以调包换货的供货商老王。老杨跟乔远说过好几次，蒋爷的厕所没有门，不只没有门，连墙都没有：“只有一个马桶，莫事都没，门都没有……”老杨说的是安徽口音的普通话。

“那是蒋爷的风格，极简主义。”乔远说。

老杨看上去还是困惑：“上他们家三楼，就看见光溜溜一个马桶，莫事都没，没门，没门……”他觉得这很好笑。

乔远没再接话。他知道这场谈话如果继续下去只有一个结果——他永远不能说服老杨。老杨对任何事都像对自己的装修报价单一样强硬，然后乔远只能尽量去说那些让老杨不至于更困惑的话。而那些话，可能都是不该说的。那些话在艺术区总会迅速流传，像大风天气里的柳絮，到处都是。

可是有很多“不该”的事情，都正在艺术区发生。比如离乔远工作室两个路口远的十字路口，那里曾经是显赫的飞白画廊，现在重装开张了，在装修的脚手架终于拆掉之后，人们才发现，原来是耐克体验店。巨大的玻璃幕墙，就像女孩们水亮发光的面膜，完整覆盖在艺术区斑驳的红砖墙面上。耐克体验店中英文的霓虹招牌，是面膜上露出的两只妩媚、流光溢彩的眼。耐克体验店的装修，不是老杨做的。找老杨干活的人，都是乔远这样的艺术家。用老杨的话说，“都是小个体户”。老杨认为这不是好事，上下两层六百平方米的耐克体验店，那浩大的装修工程，谁都知道会是笔挣大钱的好买卖。老杨只是商人，他自己甚至都不会刷墙，所以他只按照商人的逻辑思考，这也许更好，老杨从不会碰到乔远的那些问题。

乔远那时已经卖出去五十幅小画了，都是敦煌系列的人物画，价格从每平方尺一千一直卖到每平方尺一万。老杨给乔远工作室刷水泥清漆地面的价格是每平方米一百。老杨不知道乔远画作的价格，他也不关心这个，但他还是一再表示，希望乔远给工作室铺上实木的地板。

“水泥……清漆……”老杨迟疑着问，“你打算给厕所装门吗？”他竟然幽默起来，其实他的安徽普通话让他无论说什么，都是幽默的。

乔远想告诉老杨，这不是价格问题。每平方尺一万的身价，让乔远很少考虑价格问题。尽管他当初在高校教选修课，每月拿五千块钱工资的时候，也很少去想这些问题。可能有些人就是这样，总没法让自己成为一个商人。但乔远也意识到，如果要向老杨解释一个画家的工作室装实木地板是一件多么荒唐不现实的事情，那会更困难，尤其在老杨频繁表达对极简主义厕所的无比困惑后。最终，乔远还是把地板问题归咎于价格，为让老杨更易理解——实木地板不划算，只有耐克这样的大公司，才会在艺术区用上实木地板这种奢侈的东西。

这里曾经是一片苏联时代修建的红砖厂房。在北京，人们很容易发现这种像俄罗斯大妈一样厚实的苏式建筑。那些三到五层的板楼，都被踏实安置在二环路周边。艺术区在四环路外，这里的厂房比那些三五层的小板楼更高大空阔，看起来就像苗条的俄罗斯姑娘结婚后迅速膨胀的体型。但它们内部，却是空荡荡的，至少乔远刚来艺术区的时候是这样。那是二十一世纪刚开始的几年，北京城的房价还没有成为神话，所以大面积的空房子并不显得奢侈或者可耻。乔远那时在艺术区走了整整一天，所见除了房子还是房子。透过绿色铁窗棂中间黑乎乎的玻璃，可以看见厂房内部空无一物，仿佛窥见猛兽虚弱的腹腔。消失的工人和机器、闲置的食堂和公共浴室，以及墙上标语空留下的几个无法辨认的字迹……一切都让这里像一座遭遇撤离警报的空城。那些有生命的、没生命的，统统看不见了。只有房子留了下来，委屈地等待侵略者到来。乔远曾经是侵略者，早期的侵略者。他们花了好几年时间才陆陆续续拉帮结派，为自己在这里唐突的出现壮起足够的胆来。有人甚至为此找了一些理论依据，将工业时代气息浓重的艺术区，称为“包豪斯”风格在中国的本土化实践。可能他们自己也意识到这说法的勉强，所以在那些文章里，很少提到艺术区在北京城西郊圆明园的前世——圆明园是农业时代的吗？圆明园艺术区，如今仿佛被推翻的朝廷，只剩下依稀几个亲历者，可以零星追忆当年荣耀。

二

之前有一天，娜娜光脚从乔远的床上跳下来，冰凉的水泥清漆刷成的地面让她尖叫。那可能是一个乍暖还寒的春天的早晨，娜娜在寻找拖鞋和快速跑去卫生间两个动作之间抉择后，终于还是放弃了拖鞋。于是她现在成为老杨的支持者。实木地板，正好是娜娜这种女孩喜欢的东西——干净、有温度，而这两个特点在艺术区都太稀有。娜娜昨晚还搂着乔远的脖子，试图让他理解实木地板的好处——可以不穿鞋袜走来走去，再也不用担心脚心受凉。

乔远认为自己不需要说服娜娜。他想，她只是一个女孩，在他的工作室打发一些青春。她看起来根本不像艺术区的东西那么坚固。但他的无动于衷也让她懊恼，他不确定是否需要哄哄她了。

艺术区的房子仿佛永远都不可能被摧毁，连那些雕塑都是生铁或者水泥浇铸的。在这里出没的艺术家们，脸上也总是一种处于时空之外、坚硬又隔阂的神态，仿佛任何日常普通的事物，都足以令他们露出懵懂和不理解的表情。他们的作品也是坚固的：比如画油画的于一龙，他把大头合影的油画从作品一号画到了作品五百七十三号，所以他和很多人一样，成立了工作室，再找来一些年轻的助手。这样他们需要做的事情，便只剩下给作品编号了——从一号到五百七十三号，反正可以一直这么编下去。娜娜不了解这些事情——几百幅都是画大头合影的油画，这听起来该是一件多么无聊的事。娜娜还在频繁地换工作。乔远有时会想，她才是一个真正的全能艺术家，她竟然做过艺术区所有为年轻女孩预备的那些工作。娜娜的上一份工作，是在蒋爷的公司做文秘，这已经比她以前做服务员、前台、接线生的工作好太多了。但娜娜后来还是不干了。有一次主管让她下班后留下来，因为“有重要的事情”，在意识到“重要的事情”其实是让她站在那些男人身边，给他们面前正在签字的合同翻页之后，娜娜便愉快地离开了，仿佛她终于在这份不错的工作里，找到了一个不错的辞职理由。所以，娜娜其实更像那些脆弱的东西——陶瓷、玻璃幕墙，或者木地板、画纸。

幸好老杨这天来乔远工作室的时候，娜娜不在。于是乔远可以坦然做出决定——选择从来都是这世界上一切麻烦的根源。

老杨不情愿地开始计算水泥清漆刷地面的价格。他在一个皱巴巴的作业本上画工作室的平面图。圆珠笔歪歪曲曲画出三四个长方形，分别代表院子、工作室、卧室，可能还有厨房兼储藏室。

乔远觉得这太不准确，显而易见，图上的工作室比院子看起来还要大，但乔远又不确定，他们是不是都是这样做的？把一个装修简化成作业本上潦草的几笔？乔远以为老杨会进工作室来测量面积的，但看起来他并不打算离开自己的新摩托车。

老杨终于画完了草图，他看着前方，目光向上，像是突然想起那些被忽略的往事一般，大声说："这样，我跟另两家同时做，也是水泥地！"

乔远不知道这个提议意味着什么，是更低的价格？或者更快的工期？他也没法判断老杨的语气是不是希望他表示同意，于是乔远没说话，他等着老杨说。老杨看起来却只是急迫地想离开，他让自己在摩托车上直起上身，又扣上安全帽之后，才突然想起来什么似的，对乔远说："三家，我同时开工，只是，你需要再等两个月，但完工会很快，多好，是不？也给你省钱。"老杨说完便开始边踩摩托车的油门边说，很多事都在等着他和他的摩托车呢。

乔远不在乎他晚两个月开工装修，但乔远希望他的摩托车在这天启动以后，还会再回来这里。他有种不好的感觉，仿佛那轰一声开走的摩托车，也会像当年的机器、工人一样，凭空消失，只给他留下一座潦草的、未经装修的房子。

老杨走后，乔远还在工作室门口站了一会儿。然后他反应过来，这种不祥预感的产生，跟老杨带走的那百分之五十定金有关。但他又觉得自己可能多虑了，老杨在艺术区做装修已经很多年，他们也认识了那么些年，所以应该彼此信任，虽然在定金的问题上，老杨并未对乔远有过格外的优惠，因为他终究是商人——他还会想出三家工作室同时开工装修的办法，不知道他是不是从作品一号到五百七十三号的生产中得出了这样的经验。流水作业、批量生产，也许厂房里还残余着这种工业生产的精神，于是也影响了艺术区的这些人。

三

乔远那时开始装修工作室——并不是非得赶上这一年艺术区开始大兴修建的潮流。他对潮流并不敏感，可能跟他画国画有关——他只是突然空闲下来，在五十幅敦煌人物画完成之后，他再也画不出敦煌人物画第五十一号。他仍然想判断出这现象所预示的东西是好还是坏，但所有人都认为他只是懈怠。画大头合影的光头油画家于一龙，尽管忙得来不及装修，但这天竟然能抽出时间跑来跟乔远喝茶。

老杨走后，乔远和于一龙坐在院子里的那张旧沙发上，看路上各色行人。

于一龙说："歇几天，再开工就可以了，有第一张就有第二张，第三张……第五十一张，这有什么呢，你需要自己的品牌。"

"品牌？"乔远不解地看着他，觉得他说话的语气很像蒋爷，慢悠悠的。他的光头在午后阳光下闪着油彩的光，乔远这时认为自己很像是西单大街上橱窗里的那些塑料模特，摆着一种刻意的造型，被往来行人用眼光轮番扫描。他们希望看出什么来？灵感枯竭的画家？作品五百七十三号的伟大？还是一种他们不熟悉的生活？

艺术区的游客现在越来越多了。乔远曾经以为这是他无法再把敦煌人物系列画下去的重要原因。那些相机闪光灯照亮了这座曾经的空城，但他无法在明亮的光线中，回忆起敦煌洞窟里一只小手电筒的光亮指向长耳宽额的佛头产生的那种震慑，也许他还需要一次旅行、写生，不一定是敦煌，也许是其他任何与艺术区不一样的地方。

“是的，品牌，要不他们凭什么买你的画？”于一龙把下巴抬向路边，刚好两个学生模样的姑娘按下了快门，把茫然的乔远，以及因为抬高了下巴而更显自信的于一龙，都装进了她们的数码相机。

乔远提议，他们也许不适合再坐在这里。橱窗是展示商品用的，他们又不是商品。但乔远还是没把那后半句话说出口，他觉得于一龙不会认同自己。

于一龙看上去对这提议很不理解。他抬头看了看天，仿佛为证明这是一个适合在室外喝茶的好天气。然而当他把目光从天空挪回乔远脸上的时候，便显现了一刻不易察觉的失望。他接着讲关于品牌的理论——艺术不过是一些概念，现代艺术更是如此。概念？品牌不也是一些概念吗？

乔远不安地左右观望，像一个不敬业的人体模特，多让人沮丧。而跟于一龙喝茶，并无助于缓解他的沮丧，除非于一龙能帮他再画出五张敦煌人物画。五张，是蒋爷要求的数目，就像在超市拿走五罐啤酒，蒋爷的要求同样明确，四张要有佛头，剩下一张要有飞天，但不能全是佛头和飞天，那些东西属于敦煌壁画。“我们要的是现代艺术。”蒋爷说。

可能是乔远的不安让于一龙意识到，自己也需要尽快赶回工作室了，因此他急于给作品五百七十四号拍板、编号。“时间不早了，得回去了，小崽子们不给力！”他说。的确，那些年轻的助手们可不是每一个都拥有很好的悟性与天赋的，所以很多事，还得他亲自斟酌。“这才是最关键的，”于一龙神秘地暗示着什么，“确保五百七十四号后的所有作品，都是我自己的品牌。”

于一龙离开之前，如常拿走了茶几上的一次性打火机。他时常去外地，或者外国，参加各种展览、双年展、年会，或者别的什么国际公司赞助的商业活动。这当然是重要的事情，抛头露面是艺术家需要的东西。唯一的不好，是总得坐飞机，所以在机场，他扔掉了太多打火机。他抱怨，这让他每次看见打火机，都很悲伤，他为那些扔掉的打火机悲伤，所以后来，他不可避免地养成了到处掠走打火机的习惯。他把这作为“艺术家的小怪癖”，故弄玄虚地讲给《艺术财经》的记者听。于是在后来刊登的访谈文章里，便出现了这样的小标题：《飞行与打火机——信息时代的当代艺术》。在同一篇访谈里，于一龙还说起，他将带着作品五百八十八号参加欧洲郎波蒂现代艺术展——这也是媒体需要的爆料。乔远是从这篇报道里，才第一次明确知道关于郎波蒂现代艺术展的那些传说，竟然都是真的。郎波蒂现代艺术展也是热闹的艺术区这一年最神秘的话题，因为蒋爷的号召和组织，让很多人都觉得，欧洲仿佛北京昌平一样，不过一步之遥。艺术家们跃跃欲试，只是最后的名单定下之前，谁也没有勇气宣布自己已经胜利。但于一龙可以，可见他的自信，也可见他的前途或者市场——其实那都是一个东西。

四

一个月以前，乔远才第一次见到蒋爷。那是在蒋爷家，一座三层小楼，外墙是水泥本色的灰，远远地便能看见那些裸露在外的粗细不同的管道，大概是水管或者装有电线的 PVC 管道——是人们通常都想方设法遮掩起来的那些东西。那些东西，在蒋爷家里却是公开的——包括那个没有门的著名卫生间。

蒋爷的小楼不在艺术区里。那天乔远跟着于一龙沿环形铁路走了很长的一段，然后转过一个不经意的弯，就突然站在了蒋爷家门口。柳暗花明，其实也让人猝不及防。乔远觉得自己并没有做好准备。

幸好于一龙看起来对这里的一切都很熟悉。他把手伸进铁门，轻轻做了一个动作，便打开了门栓。铁门向院落内的方向，吱呀一声打开，同时传出狗叫。两只欢快的大狗，像发情的小狮子，并排冲他们咆哮。于一龙讨好一般去哄它们，大概嘟囔着它们各自的名字，英文的名字，乔远没有听懂，但似乎起作用了。两只狗轮流趴下，在门口的水泥地面上，一左一右，像两只石雕的狮子。

院子很大，架着烧烤用的不锈钢炉子。阳伞下是白色躺椅和方形小茶几。一个角落，堆着形状怪异的木料、石头。还有整齐的草坪，上面散落着几个水泥墩，大概也是做凳子用的。乔远猜想，再过两个月，白天会逐渐漫长得难以打发。黄昏时分，这个院子便会成为一个不错的地方，艺术家们会喜欢这里的烤肉和啤酒、彩灯和音乐。也许他们还喜欢这里看起来不加掩饰的质朴风格。虽然乔远也发现，蒋爷家里用来喝茶的茶具，其实都是昂贵又脆弱的英国骨瓷，上面有复杂的巴洛克风格的玫瑰花纹饰，小碟子轻巧得几乎没有分量，让他担心自己随时会将手里的云南滇红茶泼出去，幸好他脚下只是简单的水泥地面，不是花样繁复、很难清理的阿拉伯地毯，也不是见不得水的实木地板。

“年轻人……”在于一龙为乔远做过介绍之后，蒋爷坐在一张很大的木椅上，慢慢说着话。

他们都坐在各种造型的木椅上，没有坐垫，全身所有部位都不能与椅子贴合，对骨骼关节肌肉全方位地进行考验，很像是故意不让人久坐的那种设计。

蒋爷擅长设计，尤其是木器。近年木制家具开始热卖，哪怕它们并非都是那些昂贵的红木做出来的，也能卖出天价。这当然是因为创意，艺术品的所有价值都来源于此。

蒋爷并不亲自完成作品，所以他开了公司，招揽了不少年轻的、聪明的，看起来也诚实可靠的年轻人，为他完成那些作品。当然更关键的是，那些年轻人都手脚麻利，像于一龙。

于一龙没在蒋爷的公司干活。他是油画家，主要画很好辨认的人物头像。作品一号到作品五百七十三号，每一张都不一样，但每一张又很像。这真是奇妙的事。但于一龙时常说起蒋爷，他心怀感恩，因为要从作品一号画到五百七十三号，这可不像人们想象中那么简单。他应该是这里的常客，在一楼的大客厅，他可以熟练地帮阿姨布置那些精巧的英国骨瓷茶杯。

这是四月，空气微凉。北京城的四月是最尴尬的月份，春天短暂地掠过人间。人们被一种蠢蠢欲动的气息迷醉，时常表现错乱。比如现在，于一龙穿着夏天的圆领 T 恤，牛仔裤腿卷了两卷，露出匡威的蓝色帆布鞋，还有没穿袜子的脚踝。而乔远似乎还在冬天，黑色皮衣紧紧裹在身上，似乎在遮掩整个冬季囤积在肚子上的那些脂肪。

遮掩，一定是一个不好的词。在蒋爷家的大客厅，乔远第一次有了这样的意识。他那时还看见了一个女孩，远远地，在客厅另一头的餐桌前，翻着杂志或画册之类的东西，那其实应该是餐厅和厨房。

乔远觉得在艺术区见过她。他不确定她和蒋爷的关系。这是敏感的事情，需要遮掩的东西。于是乔远不敢再看她。他假设在他们中间，有一堵不透明的墙。

蒋爷与乔远想象中的样子，看起来很不一样。蒋爷名声在外，却很少在媒体露面。他的形象，人们只能通过那些艺术报刊记者拙劣的描述来想象。在那些文字里的蒋爷，有时粗暴傲慢，有时又文质彬彬，满口脏话又字字珠玑，尖锐刻薄又在情在理，就像这个时代很多矛盾的东西一样，人们喜欢这种神秘。每个人心中都有一个蒋爷，乔远在大学时代就知道这种说法。后来乔远入住艺术区，发现蒋爷并不是黑暗中的隐者，他时常出现在艺术区的宣传海报或者影像作品里，在艺术区曝光的这些图像中，他看起来更像一个温和的作家，面目并不如言辞凶悍，甚至有些其貌不扬。

乔远有过很多次机会见蒋爷。他知道这些机会对于年轻的艺术家来说意味着什么。但他放弃了，不是故作姿态，他只是无法适应以那些太勉强的方式结识一个人、一个名人。像很多年轻人一样，急切地扑上来，递上故弄玄虚的名片，在一分钟时间里讲完一生值得炫耀的事，再可怜兮兮地要求提携……年轻人一定要这样做吗？乔远不反对他们的方式，他甚至还羡慕他们的自如。

但乔远自己总是做不好，他始终没有办法把自我介绍做得不卑不亢，也不知道应该如何说出内心那些真正的愿望——希望追求自己的艺术，这听起来不过是虚伪又无力的借口。于是乔远只好在这样的机会面前退缩，像不会示好的情人，一边愤愤不平于那些油嘴滑舌的廉价情话，一边又替自己毫无用处的自尊心感到惋惜。

这天于一龙带乔远来蒋爷家，是因为于一龙说："这是蒋爷的意思，他想见你。"乔远试图追问出这邀请的含义是善意还是恶意，但于一龙只是谨慎地执行着蒋爷的指令。于一龙摸着自己的光头，黑框眼镜让他显得过分严肃，他嘱咐乔远，"最好还是去"，他大概看出了乔远的迟疑和胆怯，"你还想不想在这里待下去了？"于一龙的语气并不轻松。在所有涉及蒋爷的话题上，他的语气都不轻松。他是山东人，高大白净，穿格子衬衣或者圆领T恤，所以很受女孩们喜欢。但他并不随和。他身边的女孩，也都不能长久。大概她们都很难忍受他认真起来的样子。而他的认真，又只用在另一个老男人——蒋爷身上，这更让女孩们灰心。

乔远突然想起来，他是在于一龙的工作室见过那女孩的，在餐桌边看杂志的女孩。是的，不会错的。她有特别的肤色，黝黑健康的，像皮毛光亮的棕色小马。在所有女孩都被惨白得可怕的粉底覆盖了的脸蛋中，这样的肤色，很让男人们一见难忘。

乔远短暂的走神，大概让于一龙担心起来。于一龙给乔远的杯子倒茶，说："哥们儿，你是不是要来点口味更重的东西提神？"

乔远不好意思地笑了笑，假装自己的走神不过是因为忐忑。

他的确忐忑，这不是他喜欢的气氛。小时候他跟父亲去给父亲的厂长拜年，他记得自己一坐在厂长家的真皮沙发里，便一直想要小便。可是他不敢说。父亲低声下气跟厂长聊天的声音，听起来那么陌生，他连拽拽父亲的衣角都不敢。那是最可怕的事情，在陌生人家里，还必须忍住小便。后来他被父亲严厉地骂过，因为他那天在厂长家的表现，完全“呆得像个脑瘫儿”“我不知道怎么会有你这样一个上不了台面的儿子”，父亲说。他觉得父亲的话听起来不绝情，而是充满悲伤，便立即开始后悔自己没有在厂长家里好好表现。在厂长希望他能当场用毛笔画两笔画的时候，他希望自己那时没有沉默地摇头，好像那会要了他的小命。

当然，乔远现在已经三十岁了。小学时给厂长拜年的尴尬已经不再对他有什么困扰，或者，是类似的情形不断上演，他终于开始麻木，不再跟自己过不去。他已经知道如何表现得像个正常的成年人，哪怕只是短暂的、不到位的表演，那并不真的难受。

乔远顺着于一龙的玩笑，说：“蒋爷的茶对我已经是重口味了，真提神啊！”一边让自己真的打起精神来。

蒋爷隔着巨大的茶几，坐在另一头的木椅上。这时他笑起来，声音并不大。乔远让手里的茶杯乖乖处在胸口的位置，让自己的眼神看起来充满期待。他知道自己现在的样子，很像那种讨好老师的平庸的学生。他为此又得意又羞耻，这也许是人们都会同时遭遇的两种情绪。

他这时看清蒋爷的样子，尽管隔着长长的茶几——这让他们三人仿佛在进行一场盛大的宴会。蒋爷看起来其实还很年轻，至少眉目清秀，并不像那些角度诡异的照片里一般，让人害怕。咖啡色小格子的围巾，在胸前搭出一道比例适当的分割线，刚好把米色风衣外套在黄金比例处分隔开。乔远从茶几一侧看过去，还能看见他米色裤子搭成的二郎腿，翘起来的脚上，是一只蓝色的匡威帆布鞋。于一龙也穿同样的帆布鞋。

蒋爷说："乔远……画得不错！"他说话很慢，中间又停下来，不断用火柴点烟斗，再抽一口，慢慢吐出烟圈。"我想，你也许可以给我画几幅画。"漫长的铺垫都通过烟圈完成了，所以蒋爷直截了当，说出要求——五张敦煌人物画，四张要有佛头，一张要有飞天。

这样更好，乔远突然放松了。他觉得自己是从这时开始喜欢蒋爷的，蒋爷没有那些让人困惑的话。乔远根本不擅长在迷雾重重的话语迷宫里揣摩说话人的真实用意。

"哦，真的？那太荣幸了！"乔远的惊喜并不是装出来的。他终于可以放下那脆弱的杯子，又觉得不知道该如何处置两只空出来的手，于是没有必要地，又再拿起了杯子。

"下半年吧，我有大动作。"蒋爷说。

于一龙又说了些什么，可能关于"大动作"。但乔远没有留意，他想起了别的问题：给他几幅画，是免费吗？他们算是合作吗？还是这里有一些他并不熟悉的规则？但是他知道，这些问题都不应该问。

于一龙说："蒋爷不会亏待你的，蒋爷没亏待过任何人。"

乔远也点头说是，暗自希望自己的那些问题，于一龙也有能力做出解答。

但这都不是最糟糕的时刻，在他们开始谈论蒙德里安的风格的时候，乔远意识到更糟糕的问题——他很后悔自己喝掉了太多红茶，现在他想要小便。他当然不至于胆怯到羞于提出这样的请求，但他随即想到了蒋爷家没有门的卫生间——这让简单的问题似乎复杂起来，他猜想他们都是怎么解决的，关于没有门的卫生间的使用问题，于是他又迟疑了片刻，希望于一龙可以停下他滔滔不绝的长篇大论，以便留意到他需要帮助。

“你，有什么问题吗？”蒋爷问。

乔远笑着说：“没事，只是，想用下卫生间。”他开始希望小时候那个厂长，也能有蒋爷的敏锐，可以关注到客人的不适。

“哦，外面，你带他去下。”蒋爷示意于一龙，很快他又摇头说，“还是唐糖带吧，一龙，我们接着说话。”

房间另一头的女孩——原来叫唐糖的女孩——立刻站了起来，显出很高的个子——她竟然没有在起身的时候让笨拙的木椅子发出一点声音。她看起来训练有素，长长的米色亚麻布裙子、紧身的短袖黑衬衣，在空阔的房间里飘过来，也是无声无息的。她示意乔远跟她走出客厅，来到院子里。乔远离开的时候，听见于一龙的声音在说：“您这个大动作，太好，太有想法了，我觉得它更大的意义，在国际化……”

唐糖穿了一双木屐。乔远很奇怪，这样的鞋子为什么走起来也没有发出一点声音？她这时转过头来，问他是不是乔远。

“你认识我？”

“我认识娜娜。你是娜娜的男朋友，乔远。我早听说了，但没见过。蒋爷说乔远今天要来，我就想是不是娜娜的乔远……”她说话很快，说完便笑起来，跟娜娜很像，很多女孩都是这么笑的。

“哦，难怪我觉得，我们好像见过。”乔远说着，一边迎上去，跟她并排走。

“是吗？你确定这管用吗？说我们见过，你这样跟女孩搭话？”她的胸脯在紧绷的黑衬衣里起伏，似乎很老练。

“不，我记得我们真的见过，我想起来了，是不是在于一龙那里？”乔远说完便意识到唐突，他直觉唐糖并不愿意听到于一龙的名字。

唐糖果然严肃起来，她说：“一龙啊，他不错，就是有点——我也不知道——有点冷酷吧！”

“哦，他是不错。”乔远其实也不知道自己应该说什么。

“就是这里了，给客人用的卫生间。”唐糖停下来。

乔远从卫生间出来的时候，唐糖还在原地。她在抽烟，又递给乔远一支，说：“待会儿吧。”乔远不确定自己是否应该离开蒋爷的视线这么长的时间，而且是在蒋爷的家里，跟一个漂亮的女孩一起。

但她又说：“我，真的不想进去……”

乔远于是也点上烟，用自己的口袋里掏出来的打火机，中南海淡淡的味道，是乔远常抽的烟。

“娜娜怎么样？”唐糖问。

乔远感激她避开了于一龙和蒋爷的话题，他还不知道他们之间发生了什么事情，但她刚刚的表情足够告诉他，在她和他们两人之间，肯定发生过一些不该说的事。

“娜娜，她这两天发烧，生病了，她不好好吃饭，身体总是不好，换季的时候就感冒。”乔远相信自己至少可以轻松地谈起娜娜，那是不需要遮掩的东西。

“哦？我好长时间没见她了。”

“是吗？你们随时可以见。”乔远说。

“不，我想，还是算了吧！不过，我很喜欢她，我们以前玩得不错。”唐糖说。他觉得跟她谈话是一件很困难的事，她似乎总是把话说到一半，便停住了，这和蒋爷不太一样，虽然乔远跟蒋爷说话也不容易，但那属于另外一种不容易。

“她——我是说娜娜——就是个小姑娘。”乔远说。

“我不是吗？”唐糖扭过脸来看他。她眼睛很大，长睫毛不知道是天生的还是被睫毛膏拉长的。艺术区女孩们的长相，总有太多不真实的地方。卷曲的棕色头发，刚好落在肩膀上。紧实饱满的肩。这都让她看起来真的很像健壮的小马。

他说：“不，你比她健康，你是大姑娘。”

唐糖满意地笑了，然后告诉他，她曾经是游泳教练，在体育学校学了四年游泳。“是不是很厉害？”她问。

“是，看不出来，很厉害。你怎么来艺术区了？”乔远顺口问。

“因为……因为于一龙，他带我来的。”唐糖说。

乔远不再问下去。他已经想起第一次见唐糖的时候，在于一龙的工作室，墙上显眼处挂着于一龙新完成的作品。乔远不记得那是作品多少号。但这幅作品不一样，因为画上的姑娘，赤裸上身，露出软润的红扑扑的像西红柿的乳房，好像马上会掉下来的乳房。于一龙对表情惊讶的乔远说：“是不是很不错？还有更不错的，你待会就能看见模特本人了。”乔远很快便收敛起自己的表情，他不会让自己像游客一般，对艺术区各种奇艳的东西大呼小叫。他老练地笑着，希望自己的表情跟于一龙同样淡定。

后来他果然看见了画中的人，只是她是穿着衣服的。她简单地冲乔远点头，便一闪而过，不知道去工作室哪个角落了。她大概并不愿意认识他，艺术区有很多乔远这样的年轻艺术家，他们并不那么重要。她对他不耐烦地点头，这不过是出于礼节。于一龙也并没有给他们做介绍，他大概觉得他们不需要认识——不是吗？这是他的姑娘，他的模特，就像他的画一样，是唯一不能和艺术区的朋友分享的东西。

可是，他们为什么分开了？唐糖现在在这里，蒋爷家里。她自如地进出，表情淡漠，对每个来客也不再做礼节性的招呼。

乔远咳嗽起来，大概一口烟抽得太快。他想尽快抽完这支烟，回到蒋爷的客厅。唐糖在旁边的垃圾桶上，拧灭了烟头。

她说：“你对娜娜很好。”

“是吗？”他开始希望自己能谨慎地应对她，她就像蒋爷家里的骨瓷茶杯一样，脆弱、危险，稍不留意便让人做出不应该的举动。

“是的，比于一龙好，我本来不应该这么说的，但因为你是乔远，娜娜说，你值得信任，你不像于一龙。”她说，似乎想赶在他们进客厅之前，把所有话都讲完。

“一龙也很好，不是吗？蒋爷很看重他。”乔远答。

她皱起眉头，这让她看起来一下老了很多。她说：“他只在乎别人看重他，他一点儿也不看重自己。”

“什么？”

“怎么说呢？你知道蒋爷的大动作吗？”唐糖问。

“不知道。”

“嗯，具体的，其实我也不是很清楚，但是肯定跟郎波蒂现代艺术展有关，我听说，花费有三千万。”

“三千万！”

“是的，都有赞助。谁不想去欧洲呢，是吧？”她说，“于一龙也想去，你也想去，我知道。”

乔远未置可否，其实他并不知道郎波蒂现代艺术展——那是什么？听起来和他的敦煌人物画，关系并不大。

她说：“他们都疯了，每天都有人来这里，好像这里卖郎波蒂现代艺术展的门票一样。”她大概意识到自己说出了很精彩的话，便又笑起来，满不在乎地说，“可真是！蒋爷也许就是在卖门票，只是看他们都拿什么东西来换门票。你呢？你有什么？”

乔远不确定她的话是否在表达一种蔑视。他含混地说着敦煌人物画的细节。可是，她好像知道他只是在回避她的提问，她打断他，说：“你不需要像他们那样的。”

说完他们已经走进了客厅。她突然变得和善，几乎不动声色，引导乔远坐回他刚刚坐过的那把木椅上，又小心翼翼为他们换了热茶。

大概是离开的时间太长了些，坐下的那一瞬间，乔远觉得这椅子真是冰凉。那凉意甚至穿过骨骼抵达心脏、大脑，将他全部冻结，以至于他很长时间都无法集中注意力，进入于一龙和蒋爷还在进行中的漫长的谈话。他们的谈话中，似乎真的出现了“郎波蒂”。

于是后来乔远沉默的时候便越来越多，他不确定那些关于康定斯基、能指所指的话题有什么紧迫性，必须要在这样一个不舒适的季节、不舒适的椅子上讨论完毕。乔远猜想，他们只是碍于他在场，才只说那些没什么要紧的问题。

有一瞬间，他想起了发烧的娜娜。她生着病，于是脾气也变得古怪，像进入更年期。她也许才是他目前更紧迫的问题。他想提前离开，不过是五幅画，不至于让他勉强自己在这里消磨时间。可是他知道，自己做不到。他已经是成年人，可以做任何勉强自己的事。他看了看于一龙，觉得自己看出了于一龙脸上同样的违心和不适。他希望自己错了，于一龙跟他不一样，唐糖刚才就是这么说的。

于一龙这时告诉他，刚才，蒋爷已经说过了，以后欢迎他经常来这里坐坐。

“交流嘛，这很重要！男人嘛，力比多需要相互激发。”蒋爷说。

乔远很配合地笑过，才表示感激，顺便又感谢了蒋爷对自己作品的赏识。

蒋爷说：“我欣赏有才华的年轻人，以后合作的机会很多。”听起来滴水不漏。但乔远却相信他也许对于一龙也是这么说的，在很久以前，某个尴尬的下午，在同样的位置上。他也许对很多人都说过同样的话。但那些人现在去了哪里？

在艺术区越来越复杂的空间里，他们每一个，都在一个注定的位置上，眼巴巴地拿出自己拥有的全部。他们在期待什么呢？

是别人的关注、喜爱，还是卖出作品、换一间更宽敞的工作室？他们可能对自己拥有的东西并不明确，对想要得到的东西也不是那么清楚，那他们又怎么完成这种置换，就凭任何人的一句“你很有才华”的陈词滥调吗？

于一龙仍然在附和蒋爷的话，这是这个下午他做的主要事情。他说：“是的，我早这么说过，蒋爷你得相信我的眼光。”听起来他真的为此得意。

但蒋爷却突然沉下脸来，在乔远还没有意识到发生了什么的时候，蒋爷大声说：“你早说过屁！再说一遍，你有什么眼光？”

于一龙被吓住了，愣了片刻，才小声笑着：“我只有屁眼光……”他很厉害，至少现在看起来蒋爷的发怒不过是长辈对晚辈开的充满爱意的玩笑。

蒋爷大概对这回答很满意，竟然能迅速用慈祥的语气说：“一龙啊，还是很不错的，要谦虚……”

于一龙可能只是对乔远的在场感到难办。这样的时刻，也许经常出现。很多人都喜怒无常，于是他们才令人害怕，让人必须谨慎地表达尊敬。蒋爷也是这样，这并不是严重的问题。严重的只是，乔远不应该看见这一幕。

后来于一龙便一直避开乔远，在他们步行回艺术区的路上，于一龙变得沉默。他看起来很疲倦，跟刚刚去蒋爷家的兴奋状态完全不一样。出门的时候，那两只狗正在吃饭。不锈钢的食盆看起来太大，于是狗也没胃口。他们经过的时候，两只狗只是懒懒地抬起眼皮看一眼，便不再有任何反应。

唐糖送他们到门口。乔远走在于一龙和唐糖中间，觉得这是世界上最尴尬的一个位置。他担心他们都想往对方身上扔石头，只不过碍于乔远在场，才尽量保持平静。但火药味儿仍然掩饰不住。这是一座极简主义的住所，没有东西可以被掩藏住，连那些陈年的情事也是。乔远对他们充满同情。他猜想，于一龙从前一个人来蒋爷家里的时候，是如何应对唐糖的？但他很快又觉得自己只是多虑，他们都有能力应付这种局面。他们不像他。他或许不应该为他们任何人担心。他只该担心自己，担心生病的娜娜。其实，他为什么不生病呢？至少大病一场，可以给他充足的理由从现实中逃离，逃开这些不被遮蔽的问题。

“她跟你说什么了？”于一龙问。这是回艺术区的路上，于一龙的第一个问题，让乔远意外。乔远自己倒有很多问题要问于一龙，但他不确定在于一龙沮丧的时候，那些问题是否合适。

“她说，你很不错。”乔远如实答道。

“我不错？哼哼，我哪里不错了，我错大了，我大错特错了……”于一龙说。

“怎么了？”乔远问。

“她应该恨我的，她还说我不错，这算什么？她本来那么喜欢我，我把她送了，她为什么不恨我？”于一龙嚷起来。

“怎么了？”乔远再问。

“算了，不说了。”于一龙又加快了脚步。走了两步，他又停下来说：“蒋爷说了，你的五幅画，他买，价格比你现在的要好，希望你重视，尽快给他。”他公事公办地说完，像是终于完成了一件什么事情，但他是否忘记了“郎波蒂”的事情？

“哦，真的吗？我本来还想问……”乔远觉得这应该算个好消息，不是么？但他从于一龙的口气里，没听出什么喜悦。

“是的，是的，是的，是的，你他妈还想问什么？”于一龙听起来快要发火了，“都不是好人！他妈的！”

过了一会儿，于一龙似乎又平静下来，他们已经快走到艺术区了，他说：“对不起，哥们儿，我失控了，这真是好消息，对你来说。”

乔远谦虚地笑着，其实他并不确定自己是否值得这样的重视。于一龙说：“把握住吧！这里就是这样。机会，就像女人的安全期一样，不抓紧，就过去了。”

然后，乔远大概是在一个月也没有画出一张佛头或飞天之后，才意识到他错过了什么。他在艺术区入住已经四年，刚好是拿到本科学位需要的时间。四年来，蒋爷第一次提出要他的作品，这意味着他的画作价格，也许会从每平方尺一万卖到每平方尺两万，或者五万。五张敦煌人物画，想来一点也不困难，毕竟他已经画过五十张了。但可能五十张都只是平时成绩，只有这五张才是毕业作品。他或许压力过大。已有五百七十三号作品的于一龙，在此时更让乔远对自己缺乏信心。

五

这天于一龙走后，娜娜回来了。

在卧室，她脱掉长风衣，露出风衣里玫红色的比基尼，乔远便知道，她还是去了耐克体验店的开张庆典活动。

昨晚娜娜终于数清楚了，她一共有五套比基尼，虽然她其实从没去过海边。她生于内陆，于是更有理由向往阳光沙滩。她把它们都铺在床上，神情像少女为自己准备不知道什么时候才会穿上的嫁妆。

耐克体验店的开张庆典活动，已经在艺术区做了很长时间的宣传。活动规则是，看哪个女孩当众以最快速度穿上耐克的法兰绒帽衫和裤子。第一名将得到去泰国旅行的机会，其他人将得到帽衫和裤子。唯一的要求是，女孩的外套里面不能穿其他衣服，只能穿比基尼。

听起来这是一个很有想法的活动，当然，如果自己的女朋友没有要求去参加比赛的话。娜娜对此跃跃欲试，她认为这是稳赚不输的比赛。这让乔远有些不快，他想象她穿着比基尼，在耐克的玻璃幕墙前，和女人们哄抢一件帽衫——这场面真是不堪。女人们其实都是目光短浅的，她们喜欢计较那些渺小的利益。

“万一，万一赢了，我们可以去泰国旅行……去芭提雅……”娜娜一边说，一边把五套比基尼的内裤在床上拼成一个五角星的图案。她歪着头看床上的五角星，很快又往另一边歪过去，显得犹豫不定。她也许被这个选择难住了，从五套比基尼里挑出最完美的那一套，选择从来都是困难的事情。只是她对这件事情的认真，让乔远感到羞耻，因为她竟然希望去讨好那些凑热闹的男人们的眼光。但乔远没有再说什么。他想起，他们的关系正处于一个微妙的阶段。

“你是画家，你帮我挑一个颜色吧？从这五套里面。”娜娜最终向乔远求助。他靠着卧室的门框，觉得自己最不愿听到的数字可能就是“五”了——他很长时间也画不出那五幅画。蒋爷已经开始显而易见地冷落他，又明确告诉他：“如果已经尽力了，那就这样吧。”

那是有一天，乔远在艺术区一个画展开幕式上见到蒋爷的时候。蒋爷一手握着烟斗，另一只手插在裤子口袋里——他又换了米白色的风衣和同色的格子围巾，蒋爷被很多无关紧要的人围起来。很多人都去了那个开幕式，包括乔远的大学同学，应天。在渐热起来的五月，应天穿一身笔挺的黑色西服，表情庄严像牧师。应天为蒋爷从人群中开出一条路来。应天总有这样的能力——无论做什么事情，看起来都老练得像他已经这样干了很多年。他这天的事情，也许是确保蒋爷可以避开这支由记者、仰慕者还有游客组成的队伍。蒋爷看见了乔远，他举起烟斗，是在招呼他。乔远却只觉得，应天黑墨镜下的那双眼睛，释放出了警惕的目光。乔远向蒋爷走过去，这几步路，他走得备受瞩目。蒋爷看起来并不高兴，他开口便问：“小子还有时间到处溜达啊？作品，什么时候出得来？”乔远讨好地笑，他说，正在努力。蒋爷说：“抓紧了，别让我看错你！”但乔远焦虑的，已经不是蒋爷态度的冷淡，而是应天明显的敌意。应天跟随蒋爷多年，乔远不知道他具体做什么，但肯定不是画画。应天不画画，也不会木工。乔远曾经以为他擅长创意，那是大学时代。后来他又让乔远觉得，他其实什么都擅长，武术、起草合同、新媒体、公关、养狗、用大麻叶卷烟、烤五花肉……总之是除了画画之外的任何事。

“你们这些年轻人啊，都说在尽力……”蒋爷话没说完，但人已经走远了。乔远只记得自己听见蒋爷最后的话是，“如果已经尽力了，那就这样吧”，像恨铁不成钢的家长。

这样，继续这样？在艺术区这片大工地上日复一日等待灵感吗？他不觉得这是个好主意，也许郎波蒂现代艺术展的名单已经确定，那里根本不会有他的名字。他还真是擅长让所有人失望，父亲、蒋爷、老杨，也许还有娜娜。

尽管觉得所有的比基尼都不合适，娜娜不应该穿比基尼在艺术区出现，更不应该出现在耐克体验店——耐克体验店本身，也不是应该在艺术区出现的东西。但现在，乔远觉得自己没什么精力去计较所有那些不应该的事，他也许至少可以不让娜娜失望。于是，他向她建议，玫红色，也许。

她疑惑地看着他，说她会再想一想。

他们在一起已经四年，或许三年，她从来都不是他们之中迟疑的那一个。她其实早已经有了决定，他想。她说过，她五岁的时候就知道，要让自己的发夹颜色和裙子协调。

看起来无论如何，她都会去参加那个哗众取宠的、让他别扭的耐克体验店的活动了——她真的天真到会认为自己能获得去旅行的机会吗？还是其实她只是愿意让更多人在室内的镁光灯而不是海边沙滩的阳光下，见证她穿比基尼的美丽的身体曲线。

他说，我们可以去旅行的，你知道的，如果你真的想去泰国的话，我们不需要这种免费的东西。

他想，这是最后的努力了。他还不能坦然说出那些真正的原因。她太年轻了，年轻到让他无法对她做出任何要求。他能做的，也许从来都只是给予。那一瞬间，他又想起了郎波蒂现代艺术展。该死的郎波蒂。他对这个地名的认识，其实目前都仍仅限于欧洲的一个城市。他其实真没那么在乎去不去郎波蒂，哪怕是代表北京的当代艺术家，去参加国际性的展览，就像他对男人们都上瘾的欧洲的啤酒和足球，也没那么在乎一样。

娜娜看着他，神情表示——她不知道他在说什么。事实上，在这之前，他们已经将“是否去旅行”的话题谈论过太多次了，以至于旅行这个浪漫温情的行为，如今已经成为敏感话题。她知道他正在一个焦虑的阶段，也曾频频嘲笑他可能正好进入了男人的生理期。旅行的提议最初也是他提出来的，这让她迅速兴奋起来。机场和旅店之间的旅行生活，就像那种真空包装的食品，是与他们的日常生活隔绝的、迥然不同的。但他很快又否定了这个提议，因为他无法忽略眼下的现实问题：五张敦煌人物画仍然只是一摞废弃的草图，看起来他永远也完不成它们。她很失望，这是罕见的情形，她懂得让自己舒适，所以很少让自己失望。但他还是让这发生了，因为在这样的时候去旅行，这是不可能也不现实的。看起来，她似乎在试图让自己拥有新的期待。她说：“那是你的事情，我不画画，我也许可以去旅行。”之后第二天，她就向他宣布，她已经从蒋爷的公司辞职了。现在，万事俱备，她将旅行去了。她得意扬扬，像说着一个美梦，语气并不当真。如此看来，他想，终究怪他，他不该提起旅行这件事。那就像另一种可能，旅行也许会将他们久已凝滞不动的生活，另存为一段新的片段，他已经向她描绘出了这片段的新鲜刺激，以至于一切看起来，都蠢蠢欲动、呼之欲出，只有他，像无法启动的汽车，会一直停留原地。哪怕他无比确信，他其实比这世界上的所有人，都更需要一次旅行。

他突然明白了娜娜用神情想告诉他的东西，到底是什么——“你是说真的吗？你真的还要讨论旅行的事吗？”

但娜娜终于说出来的话却是：“当然，我想去泰国，海岛，我会去的。但我不知道你想去哪里。”

他说：“你想去就行了，我随便。”他为自己的言不由衷感到一丝羞耻。他已经会熟练地说出这些讨好她的话了，尽管这些话，并不一定总是管用。

娜娜脱下连衣裙，开始试穿比基尼，以确定第二天她应该穿哪一套，在耐克体验店出现。她脱和穿，对他都没有丝毫回避。他不确定她是否还发出了一些不屑的声音，从她小巧的鼻子里。

她把玫红色比基尼的带子，在后背处打了一个松松的蝴蝶结，动作轻巧熟练，根本不需要乔远帮忙。那是她的事，与他无关。她转过身来，他看见她明显的锁骨，像闪着鱼鳞光泽的小翅膀，仿佛随时都会带她飞走。他很想去抱她。她正面朝向他，弯腰换上比基尼的小裤子。他没动。在这样的时候，任何举动都只不过让他更轻视自己。她锁骨处那对小翅膀，他想，那是她最漂亮的地方。

她穿着比基尼，在卧室里对着镜子，做出了一些扭捏的姿势。她也从镜子里，给过他几个短暂的、挑衅的眼神，像是在故意激怒他。他告诫自己，不要上她的当。如果他如愿被激怒，那他就真的输了。所以，他只是淡然地微笑，甚至还用自认为最酷的手势点燃了香烟，他假装很享受地靠在门框上，看她的表演。他疑心自己的样子，和第二天耐克体验店里那些男人们是很一致的，流露出可以理解的简单的满足，内心里满满的都是情色的狂想。

她似乎知道，他的样子不过是装出来的。她从镜子里看他，问："真的吗？你随便？你怎么连自己想去哪里都不知道？"

他那时能看见她赤裸光滑的后背、玫红色比基尼包裹的略宽的臀。从镜子里，他还能看见她起伏的身体正面，肚皮上有一颗很明显的痣。这也许并不好，艺术家总相信美是犹抱琵琶半遮面，美是含蓄的。可是，他们在一起已经太久了，彼此看得太清楚，透彻得就像看镜子里的自己。

"你想去欧洲吗？"娜娜问。

"什么？"他其实知道她问什么。

"欧洲，郎波蒂。"

他迟疑了片刻，才回答："我其实，没太所谓。"

她在蒋爷的公司工作过，她知道那些关于郎波蒂现代艺术展的事。年轻艺术家们争先恐后向蒋爷示好的时候，也许她正为他们的杯子倒上热茶。她也知道，他一个月焦虑、烦躁，甚至假装要开始一次并不必要的装修，这都不过是因为他无法完成的那五幅作品——那也许是他去郎波蒂现代艺术展的门票，不是吗？如唐糖所说。但唐糖也说过，他不需要像他们一样。他们，于一龙、应天、所有人……他们似乎都比他更知道如何拿到一张门票。只有他一无所有。他曾经画过五十幅画，但现在一幅也不属于他。他根本不应该把自己的名字，跟郎波蒂联系在一起。

"算了，没事。"娜娜好像并不相信他的回答，"没太所谓"——仿佛他们在一家新开的餐馆，讨论该点什么菜。

娜娜从不问那些不该问的事。他曾以为这是她最大的优点，但现在他不这么想了。因为她其实都知道，什么都知道，这让所有的沉默都变得难以承受。

他祈求着，该死，接着问下去啊！他从没像现在这么渴望为自己解释一番。

六

乔远收拾了院子里的茶盘和烟灰缸，又回到卧室。娜娜的比基尼已经换过了。现在，她穿着宽大的黑色T恤，上面印着巨大的乔布斯头像，看起来很像耐克体验店里的姑娘穿的那种衣服。他猜想，她是否已经在那里，在耐克体验店，找到一份新的工作了？这完全有可能。

从她的样子，他暂时判断不出她是否赢得了这天的比赛，以及，更关键的问题——她会去泰国旅行吗?

“回来了？”他问。

“嗯。”她把五种颜色的比基尼，各卷成一个小小的卷儿。

“怎么样？”他问，语气平淡，也许所有的恋人在那些不愉快的事情发生并终于平静后，都是用这样的语气说话的。

“挺好的。”她客气地答道，“很多人都去了，挺热闹的。”在他听来，这却是最不客气的回答。她明明知道他在问什么，但她拒绝回答。

他希望自己只是习惯性地多虑。赢大奖、去泰国，这件事情太不现实，需要太多的运气，可能性很小。她不会去泰国的，她只是想要做点什么事情，让他不舒服的事情。

“哦。”他突然不知道该说什么，这真是糟糕的一天，他无法对所有人说出自己真正想说的话，老杨、于一龙，还有娜娜，可是，说出来又有用吗？那些问题，也不会得到解决或者缓解，它们依然纠缠在他的生活里。

“你呢？今天过得怎么样？”娜娜已经收拾好那一堆小卷儿，坐在一张她常坐的小沙发上。他们总是这样进行一些谈话，娜娜可以面对镜子，时刻注意自己的表情。

“我？上午老杨来，收走了定金。但是两个月后才能开工，因为，我也不知道因为一些什么原因。下午于一龙来，喝茶。就这样。”他希望自己的语气可以不这么沉闷，仿佛当年在他任职的理工科学院讲选修课一样，他总是无法让台下的学生对他说的东西发生任何兴趣，因为他自己，其实也不会对此感兴趣的。

他想，真的就这样过去了吗？旅行，还有那些模糊又尖锐的问题，地板的问题、五幅敦煌人物画的问题，就这样被自己省略了？他平铺直叙着这不容易的一天，仿佛所有的问题都不存在，或者都已经被解决掉了。

“哦，那很好的。”娜娜说，听起来他们正在进行的谈话是温和而日常的。但他知道，这都不正常，她跟他说话的样子，根本就不应该是这样的。

他微笑着，点了一支烟。烟雾升起来，是淡蓝色的。他曾经用这种淡蓝色画线描，工笔的蓝色佛头。那是他最早卖出的一批画里的一小幅。穿羊绒长裙的中年女人用涂着猩红指甲油的手指，提走了那幅画，她看起来并不让人讨厌，而其他所有买画的人，都让他感到厌恶。他猜想这只是一种本能的反应，跟母牛护犊类似。那些画，五十幅敦煌人物画，都是他的孩子。五十个孩子一个不剩，换来眼前这种生活。这种交换漫长得似乎要持续一生，他却已经没有勇气培育第五十一个孩子了。他突然意识到，或许所有的问题都是同一个问题。灵感枯竭，艺术家永远逃不出的噩梦。

他想去开窗，烟雾让这间不大的卧室更局促。他站在娜娜身后，探身去拉合金的窗户。这动作让他比平时需要更多的力气。可是他没有成功，大概用力的方向不对。也许很多事都不对。一只苍蝇，被他惊得从窗玻璃上突然弹开。他和那只苍蝇，同时被彼此惊吓。不知从何处飞来的苍蝇，错过了季节，正不要命地往玻璃上撞，一次又一次。他觉得自己也是一只苍蝇，在禁闭的空间里，以为自己在向似是而非的光亮的方向飞去，事实上，只不过徒劳无功、头破血流。他又退回来，坐下，任凭烟雾积累的淡蓝色越变越深，也没去打开窗户。

娜娜没有赢得耐克体验店的那场比赛，这并不令乔远感到意外。她说："那没什么要紧的，我觉得，还挺好玩的。"但他再也不敢提起旅行的话题，直到她有一天给乔远看微博，那里有一些人在泰国旅行拍下的照片，她说："我还是得去。"听起来，她只是在说明一件无关紧要的事、一个容易实现的简单愿望，她并不是在询问他的意见。在旅行这件事上，她已经将他忽略、排除在外。他认为这样也不错，至少他在告诉她"决定不铺木地板"的时候，也不必忐忑、仿佛对她有所亏欠。他甚至很满意至少解决了地板的问题。虽然很多的问题，都像再也没有出现的灵感一样，沉淀在生活里，没有进展，也不知道如何解决。于是在后来很长一段时间里，他都在盼望老杨能早一天出现。老杨电话里说，会先派个工人来测面积。乔远觉得那很不错，至少表示自己已经开始着手做一件事情了，而不是让日子停滞、无所事事。

在艺术区，没有人应该无所事事。于一龙已经有了油画作品五百八十号了，离参展郎波蒂现代艺术展的五百八十八号似乎更近一步。应天更忙一些。有一天他出现在乔远工作室外，喊着"Guten Morgen"，又解释说这是德语的"早上好"。乔远不意外，应天就该什么都会，他还会去欧洲，穿着黑色西服套装，警觉的眼光里有些杀气，永远站在蒋爷身后一米远、四十五度角的位置。倒是应天自己感到了无趣，大概这场德语表演没有取得他预料中的效果。娜娜缠着应天，她向他学会了德语"你好"的另一种说法。她还想学西班牙语和泰语，应天说他也会，但是"改天改天"——他很忙，不值得把时间浪费在教女孩说外语上，何况这女孩还是乔远的女朋友，那就更不值得了。但改天，再一次出现的应天，已经不穿西服了，他成为策展人，身上的中式对襟仍然是黑色的，那是六月，"这至少比西服凉快些"，乔远想。策展人应天小心翼翼地避免谈论"外语这种小玩意儿"。他问乔远，有什么进展没有？这样的话在乔远那时听来，觉得这更像是一句嘲讽。但应天看上去又很诚恳，他手臂交叉抱在胸前，感慨着："你看看，看看，艺术区现在比菜市场人还多，这些人都疯了，都疯了……"他表现得很委屈。大学时代应天曾风云一时，因为他为班级画展拉来一笔不菲的赞助。但班级画展结束后，他在庆功酒宴上发怒，对所有人拍胸脯说："你看看我是谁，我是应天！"乔远此时突然理解了大学时代的很多事——应天做了努力，做了别人做不到的很多事，但他并没有独树一帜，这足够让他委屈。独树一帜，这是太难的事情。艺术区是一片越来越恐怖的森林，所有人都在"独树一帜"。

乔远想问问郎波蒂现代艺术展的事情，希望应天可以告诉他目前蒋爷的动作。但他还没开口，应天就说："都疯了……他们都要去郎波蒂，你相信吗？他们怎么都能去郎波蒂呢？"

"是吗？谁会去？"乔远不确定自己是否也属于应天说的"他们"中的一个——在应天看来根本不配去郎波蒂的那一个？

"这事儿已经没什么意思了。"应天说。乔远觉得这一次应天是对的。不过，很多没意思的事情，人们还是热衷的。乔远根本不怀疑应天对郎波蒂的渴望，同样，他也不能否认自己其实也是这么希望的，如果他能顺利完成五幅敦煌人物画的话。

娜娜似乎更喜欢热闹起来的艺术区。她在耐克体验店结识了若干扎马尾的小姐妹。那些女孩看起来都很像，仿佛同一颗花生里剥出来的一排花生米，白白的圆脸和恰到好处的酒窝。她们不关心郎波蒂，她们只关心限量版的耐克鞋。这让乔远想起唐糖，他从未听娜娜说起过的唐糖。唐糖不是花生米，她是黝黑神秘的核桃仁。这样的想法让乔远快乐，这大概是那段时间难得的乐趣之一了。关于唐糖的事，他试图向娜娜询问，但似乎没有合适的机会，娜娜现在也快成为那种花生米一样的女孩了。乔远又希望能在艺术区看见唐糖，但想起她身边的蒋爷，又觉得最好不要见到她。于是他又去了一次于一龙的工作室，希望再看见唐糖的半身裸像，但在那里层层叠叠的大头油画中，他并没有发现那对红润的乳房。乔远为这可笑的举动鄙视自己，他明白，就像自己的五十幅画一样，唐糖的画像现在也不会属于作者于一龙。繁忙的于一龙无暇顾及乔远的心思，但他们依然会谈论郎波蒂，这是艺术区所有人都在谈论的事情。于一龙暗示乔远，一切终会水落石出，只是目前时机未到，“那是一个奇迹，魔术一样”，于一龙的倦容并没掩盖住他的兴奋，这让乔远觉得于一龙其实已经忘记唐糖了，这似乎也是不错的结局。

七

但老杨和他的工人都没在约定的时间出现。老杨没有失约，而是有了更紧急的情况出现。“我要去欧洲了，现在在准备护照，我没有护照，还有签证，那是什么东西我不知道，但我没时间了，那会很麻烦……”老杨在电话里道歉。

“欧洲？”乔远觉得自己像在玩“连连看”游戏，正费力地把老杨和欧洲想方设法联系起来。老杨来自安徽南部某县，小学文化。他相信运气，因为每天打牌，运气是重要的东西。他说：“我前半生运气不好，后半生还行。”他来北京那年遇上“非典”，所以小半年都没人找他做装修。他只能在五环外的村里租房，跟手下七八个安徽小工匠住在一间平房里。他会一点木工，但不是太精通。后来他得到一块木料，觉得还不错，但也不知道该怎么处理，只能放在平房门口。那木料竟然真的被一个年轻人高价收走了，他后来听说那是块老木头，有人就喜欢在村里“捡漏”。他开始明白为什么年轻人居然还担心他当时舍不得卖。于是他开始倒腾木材，也开始后悔当初卖老木头卖得太便宜，他不再相信那个年轻人，但他自己也不太懂这个。他还是做装修，年轻人给他介绍了艺术区的生意。那时“非典”已经平息，村子里剩下的包工队已经不是太多了。他的运气来了。

“是的，蒋爷非要我去，说是个作品，我不知道我怎么算个作品，我生意太忙，不爱去，但蒋爷说不让我出一分钱，又说不只我去，他要让九百九十九个中国人去郎波蒂，嘿！九百九十九个人，我想那有什么呢，那就去呗！”老杨说。他的运气会越来越好。

“行为艺术。”乔远小声说，“九百九十九个人去郎波蒂的奇迹。”

“什么？是，是行为艺术，有个名字，叫‘幻觉’。”老杨说，口吻很像蒋爷。他又说：“你的装修，我回来再做，我记着的！”这就是安徽普通话了。

像老杨一样，乔远身边的很多人，都逐渐开始为护照、签证之类的出行准备而忙碌。“幻觉”项目的媒体宣传已经开始，一切水落石出，不再是秘密。

应天是公关团队里重要的一员，也是首批去郎波蒂现代艺术展的成员。他仍然宣称“这件事情已经没什么意思了”，因为他只是九百九十九分之一。

到七月的时候，艺术区终于安静下来，很多人都去了欧洲。老杨、于一龙、应天、唐糖、门房老李、耐克体验店的导购、早餐店的老板娘……他们分成三批，轮流飞赴欧洲度过一周的时间。“幻觉”项目很早就启动，但很多细节一直被秘而不宣。它只是蒋爷的作品，参展的唯一一件中国作品。乔远和娜娜都没有参与，他们各自都有充足的理由让蒋爷对他们摇头。

于一龙出发的那天，乔远和娜娜坐在院子的沙发上，看他拖着箱子，兴致勃勃地朝他们挥手。那一天，拉杆箱碾过艺术区水泥路面的声音，很长时间都没有平息，形成的巨大噪声像是正上演着一场兵荒马乱的撤离。只是这一次的撤离，他们的心情是愉悦的，因为在这免费的、备受关注的出国旅行结束后，他们还是会回来的。

娜娜心有不甘，她又说起耐克体验店的那次比赛，认为所有的好事她都没赶上。但她很快又释怀了，因为她觉得，那么多人，肯定不好玩。她开始认真策划去泰国的事情，现在，这件事又有了更吸引她的魅力，因为那跟她们——那些花生米一样的女孩，都不一样，她认为那很酷，跟别人不一样。这让乔远对旅行的话题不再有怨恨，因为他们终于对这件事有了相近的认识。娜娜只担心她的小姐妹们回来后，会“开始翘尾巴”，这是她唯一需要打足精神去小心翼翼应对的危机。

那是艺术区最安静的三个星期，更对比出之前大半年的喧闹。耐克体验店开张一个月的酬宾活动已经结束，海报、鲜花拱门之类的装饰物已经撤下，只在玻璃幕墙上留下一些深浅不一的印迹，有一种突如其来的萧瑟，仿佛突然降温的天气。很多工作室都门窗紧闭，因为艺术家走了。于是游客也不见了。画廊零星开业，或者干脆放假。早餐店停业一周，因为老板娘也去了欧洲，郎波蒂。路上偶然闪过一两个人，看起来都是午睡刚醒的倦怠模样。有一瞬间，乔远疑心自己现在是这里唯一的一个人，尽管他知道，娜娜就在不远处的卧室里的那张床上，沉睡在一个绵长的梦中，就像四月的时候，她生病那次一样，他知道她安稳地在房间里，便感到踏实。他很久没有这种感觉，郎波蒂把一切都改变了。他当时并没告诉娜娜，蒋爷要见他，还想要他的画——也许他早就有预感，这并不是奇迹和魔术。但她总是会知道的，这对他们都不是一段容易的日子。

乔远坐在院子里的旧沙发上，抬头看了看天——的确是一个适合在户外喝茶的好天气。他只听见风声，低沉的、不知从何处刮来的风。他想起多年前，他第一次来艺术区的那个下午，似乎也听见过同样的风声。空旷的厂房像死去的城堡，让人不安。那个下午的时间，似乎被拉长过，如今想来，像一个漫长又陌生的长镜头。

现在，乔远觉得自己哪里也不想去了，旅行的念头在此刻看来，就像一个可笑的、失败的魔术表演，从始至终都在穿帮。这里粗笨的红砖、层高十米的厂房、废弃的水泥烟囱，还有他的工作室，他亲手修整的院落，他和娜娜一起种的树，墙角那些报废的画框、草图、干透的水粉颜料……都令他着迷，让他觉得自己只能属于这里，无论什么时候。

更　迭

娜娜旅行去了，泰国，五天四夜。一次短暂的小别，对她的男朋友艺术家乔远来说，一切都还好，可以接受。

娜娜为这次旅行计划了很长时间，她和另外三个女孩一起，会去曼谷、清迈，最后到芭提亚。但她们去芭提亚做什么？人们去那里多数是为看泰国人妖的。她们四个女孩，平均年龄不到二十五岁，正是好奇又固执的年龄，所以娜娜不会理会乔远的疑问。她说自己是为看海去的。她长这么大，从来没有去过海边。她也不会游泳，因为她的父母没有教过她。“他们自己也不会游泳，”她说，“我爸爸本来有个小哥哥，七岁的时候在小河里淹死了。”娜娜的爸爸在四岁时成为家中独子，长年被禁足，再也没到那条河边玩过。于是娜娜也一样，她生下来便是家中独女，这意味着所有危险的东西，她都要躲得远一些，直到十八岁离家。后来她一件一件地，把那些从小不被允许的事情都体验了一番，赛车、滑雪、跳伞，还有喝酒、抽烟、大麻……但她觉得其实不过如此。大概因为后来她发现了更好玩的事——谈恋爱。男人们的世界也是危险的，不过这种刺激充满变数，不会一下子就让人失去兴趣。跟乔远在一起后，她不再寻求更多刺激的体验，因为那些东西，其实也不过如此。但她还是没去过海边，这是一个小小的未完成的心愿。如果有什么机会，她觉得还是可以尝试的。“反正我总是会见到海的。”她说。

唯一的问题是唐糖，对他们三人来说都是。

唐糖是在娜娜出发前两天出现的。她只拎了一个小纸袋，里面丁零当啷的，不知道装了什么东西，肯定不是换洗的衣服。她看上去脸色糟糕透了，虽然她本就是个皮肤很黑的女孩。

她说要在这里住几天。

“住几天？”乔远很惊讶。

但唐糖并不见外，她把纸袋里的零碎东西在乔远工作室的画案上倒出来，钥匙、手机充电器、硬币、几张卡、缠绕在一起的几条项链、游泳眼镜、小包装的化妆品、牙刷，还有几个验孕棒……唐糖坐下来，看上去她并不打算收拾这堆东西。她说累坏了，走了很远的路。她问：“有没有喝的东西？”

娜娜从卧室出来，她们似乎心照不宣，有一种显而易见的亲密。娜娜端来白开水，用雀巢咖啡赠送的红杯子装着。娜娜又告诉唐糖，好，只是她马上要去旅行了，机票和酒店都不能改，不过没关系，“你可以住在这里”。

她们完全忽略了乔远。在艺术家乔远自己的工作室里，他觉出了尴尬，仿佛学生时代闯入女生宿舍。两个女孩在小声说话，桌上和卧室里，到处都是女孩们的物件。唐糖的钥匙扣是一只塑料的翠绿色小乌龟，而娜娜正在准备旅行的行李——它们暂时都被堆在床上。他担心娜娜根本无法把它们都塞进一个小行李箱里，但后来她竟然做到了。为了这次旅行，她专门买了粉红色的行李箱。跟一个女孩在一起，原来是一件这么复杂的事情，乔远想：“这意味着你得应付她的整个世界。”

“不过住几天而已，她现在很脆弱。”在工作室外面的院子里，娜娜这样对乔远解释。

女孩们总是脆弱的，但不应该是唐糖。她体育学院毕业，当过游泳教练，是那种皮肤发光、胸脯鼓鼓的女孩。

乔远在蒋爷家认识的唐糖。她那次告诉他，她跟娜娜也认识，而且她们“玩得还不错”。唐糖是蒋爷的人。这让乔远谨慎，也或许是无奈，只好敬而远之。蒋爷是艺术区最重要的人，所以跟蒋爷有关的所有东西，艺术区的人最好都敬而远之。唐糖比那些东西更神秘一些，因为她曾经还是于一龙的女孩，也是于一龙的模特。于一龙画油画，从作品一号画到作品五百八十八号，都是差不多的人物大头像。蒋爷曾说于一龙的人物大头画，体现的是“现代性导致的人性迷失”，于是那些画都卖得不错，比乔远的水墨人物要好，尽管后来水墨画似乎更有市场一些。于一龙有时帮蒋爷做事，每当他帮蒋爷做事的时候，都像端着一碗热汤一样，自己小心翼翼，也让别人紧张。但他并不在蒋爷的公司。他主要还是画家。

唐糖是怎么从于一龙的模特变成了蒋爷的女孩？这些事情，乔远不了解，也不想了解。但很明显，唐糖似乎跟乔远身边的所有人都有联系。现在，唐糖要在乔远的工作室暂住几天。

“她可以睡工作室的沙发。”娜娜说。

第一天晚上，乔远睡在工作室的沙发上。唐糖和娜娜睡在卧室的双人床上。乔远觉得这样的安排才是合理的，可能这就是两个女孩的本意。她们是完全不一样的，但玩得还不错。娜娜说她们是在那个暑期戏剧学院表演培训班上认识的。仅此而已，娜娜没再说过更多。而即将和她去泰国的那三个女孩，都在艺术区的耐克体验店上班，她们扎马尾，喜欢荧光色、咖喱和林志炫——娜娜说了不少她们的事。因为她清楚，乔远对她们，其实不会有什么兴趣。

乔远在沙发上，很难入睡。他发现夜晚的工作室有些不一样，可能黑暗让这里显得更宽阔，像没有边的砚台，一切都淹泡在浓墨里。那些写意人物画，他最得意的几幅作品，被认为有八大山人风范的作品，隐隐约约可见，像夜色里妩媚的烟雾，让人害怕。

但这都不是他睡不着的原因，她们才是。一墙之隔，她们悄声说话的声音持续了很长时间，只是听不清楚在说什么。女孩们的话题，总是这样，没完没了。乔远并不想知道。但唐糖仍然神秘，像此刻的工作室。她一度经常来这里找娜娜玩，和他也时常见面，但他们并不真的熟悉。他觉得她始终是谜。

娜娜出发的那天，乔远送她们去机场。唐糖没去，因为车上坐不下——她是这样解释的。但娜娜似乎并不在意。那三个扎马尾的女孩坐在后排，像电线上三只并排站立的麻雀，一直在左右扭头。

娜娜从这天早上开始显出心事，她不是那种能够遮掩自己心事的女孩。乔远觉得她有话没说出口，也许因为没有合适的机会。后来他把她带到工作室院子里的树下。那树是他们一起种的，现在已经长高了一些，尽管不是太明显。他拥抱她，像每对即将小别的情侣一样。也许她只是需要这样的仪式来让自己心安。

"我并不应该在这个时候走，可是……"她说道，听起来满是歉意，又有些无奈。

"我知道，行程早就定了。这些事，总是这样。"他说完才觉得，她可能会误解他，她会觉得"这些事"是另外一些事。但是他不能解释了，那只会更让她误解。

“是的，你确定没事？我是说，唐糖住在这里。”娜娜说。她没有误会他。

“你很快就会回来的，不是吗？你在担心什么？”他问。

“我，就是不放心，”娜娜说。她似乎终于想通了什么，小声告诉他：“唐糖怀孕了。”

乔远觉得自己不应该意外，不是吗？他已经看见唐糖的袋子里那几个验孕棒。可是，他现在是不是应该表现得吃惊一些呢？

他说：“那为什么会住在我们这里呢？这……不是太合适吧？”

娜娜说：“太复杂了。她需要躲开他们。我也不太清楚怎么回事。反正，别让他们找到她。”

后来乔远想起娜娜临行前才告诉他唐糖怀孕的事，可能是因为唐糖并不希望他知道这些。但娜娜还是告诉他了，也许因为娜娜有别的担心，不只是担心“他们找到她”。五天四夜，现在想来真是漫长。

乔远送走娜娜，从机场回到艺术区。唐糖并不在工作室。半个小时后，她又拎着纸袋出现了。和上次一样，她把纸袋里的东西统统倒在桌上，一堆药瓶。她说是维生素。“这么多，会让我闻起来像个橙子。”她说。她好像并不对乔远避讳怀孕的事。有的药瓶上明确写着“给孕妇的营养补充剂”。她刚从医院回来。

“情况怎么样？”乔远觉得这是朋友间正常的问话，他对唐糖还是谨慎的。她让他感到害怕。为什么不能让他们——他知道是蒋爷和于一龙——找到她？

“还能怎么样？就那样。”唐糖答。这不是正常的回答了。人们通常都会说，很好，谢谢，或者，有点小问题，但总体还不错。

她说：“你觉得我很搞笑是吗？”

“当然不是，怎么会这么想？”

“我突然就来住下，还不搞笑吗？”她看起来是认真的。

“娜娜说，你需要……在这里。”他本来想说“躲开一些事情”，他庆幸自己没这么说。“我想，你只是需要一个地方，安静一段时间，想想什么事情。我们都会这样。”他说的是真的，他自己，还有去旅行的娜娜，也许都不过是需要一个地方、一段时间，来想一些事情。

“我，是的，我很感激，我不太会感谢人……”她似乎被他的话打动了，但她真的不擅长感谢。他在蒋爷家里见到她的那次，觉得她是那种女孩，一直被宠爱着，却不会爱上任何人。

乔远并不愿意她真的感激他，那会让他处于一个怪异的境地，像那种慷慨的施舍者，在人生关键时刻给别人滴水之恩。这对他们来说，都是奇怪的。

他问她要不要水，这样她可以吃维生素片，然后让自己像个橙子。

“那是什么？”唐糖指着工作室里一株植物问乔远。他其实也不知道，他甚至都想不起来它为什么会出现在这里。他如实相告。

唐糖一整天都没什么事干，除了睡觉。她仍然睡在卧室，醒来后，又在工作室来回走动，这让乔远没法专心画画——尽管他很长时间也没有找到画画的感觉了。他不过是在上网，假装自己在搜集素材。她不是个安静的女孩。这是乔远不太能接受的。

“你浇水吗？”她问他。乔远摇头，他这时才想起，原来娜娜一直在给那株植物浇水。

“我也不给植物浇水，我不知道应该怎么浇，是喷一点，还是每天浇，还是隔两天浇一次——我说，那有什么区别吗？”她说。

他表示认可，说他其实连自己的饭都搞不定，哪里还顾得上它。

“不过我想，我们还是浇点水吧！”她开始行动，用他的杯子接水。她蹲在那盆绿植前，鼓胀的胸脯紧贴着膝盖，上衣往上滑了一些，露出腰身。他这时觉得她很漂亮，跟娜娜不同的漂亮。他盯着她看了一会儿，又去看电脑屏幕，心想也许可以为她画一张画。他又很快放弃了这个想法。她曾经是于一龙的模特。于一龙画过她，没穿上衣的人体画，印象派的朦胧风格，但仍然显著突出了两只乳房。

她为什么不去于一龙的工作室住？乔远想到这里，觉得不太愉快，他不再接着往下想，也许他可以给于一龙打个电话？但这个电话会不会让唐糖离开这里呢？他并不希望她离开。她至少在替代娜娜为绿植浇水，所以她应该留在这里。

乔远接到刘一南的电话，刘一南说他要去郊区打高尔夫了，“一次很重要的高尔夫”。其实刘一南的每次高尔夫都是重要的。但刘一南不能带他的狗去，所以需要把狗寄存在乔远的工作室。刘一南以前也这样寄存过两次，娜娜喜欢那只白色的拉布拉多犬。它叫白郡主。这个奇怪的名字不是刘一南取的。取名的是个女孩，大概是云南女孩，也许是大理的白家。那女孩离开了刘一南，确切说是离开了刘一南在万国城的那套小公寓。刘一南并不住在万国城，他在城东有更大的居室。女孩走的时候，没有带走她的狗，白郡主。刘一南那天如常去万国城的小公寓，但没有见到她。她的行李也不见了。他明白她不辞而别，完全不顾他们"在精神还有肉体上的情谊"，但狗还在。白郡主被遗弃了。"唯女子与小人难养也。"刘一南这样评价这件事。他开始养狗，但养得三心二意，他说太忙，根本顾不上狗，但好在"白郡主最大的优点是女孩们都喜欢它"。传媒大学教授刘一南，擅长对任何事物做出概括，他可以应付各种话题的采访。

女孩们喜欢白郡主，也会很快喜欢上它的主人。这大概是刘一南还留着白郡主的唯一理由了——这一点是乔远概括出来的。

"不，现在不行。"乔远拒绝了刘一南，他们其实也不是那么好的朋友。他不喜欢刘一南，他觉得他们是完全不同的人。

"为什么？帮个小忙，帮个小忙，我们狗粮自备！"刘一南说。

"娜娜旅行去了。"乔远说。

"你没去嘛！你可以带它，再说它又不是小孩，不需要带，它生活完全自理。"刘一南擅长说服任何人，他曾经在电视上说服春晚节目组，"不要再说过年吃饺子，我们南方人过年不吃饺子，我们只在随便对付一顿的时候才吃饺子，但过年不该随便拿饺子对付。我是南方人，我为南方代言。”

“可是，我不方便。”乔远说，他不想告诉刘一南唐糖的事，他直觉那不是太合适，他想象着刘一南在电视上侃侃而谈，说的都是他的工作室新出现了一个皮肤黝黑的性感女郎。这真是恐怖又诡异的事情。

“方便，方便，娜娜旅行去了，我们白郡主来陪你！”刘一南挂了电话。一个小时后，他的帕萨特出现在乔远工作室门外，白郡主从后窗伸出脑袋，它对这里并不陌生，车门一开，便径直从铁门的空隙钻了进来。它绕院子跑了两圈，大概坐车太久需要活动，这院子比万国城的小公寓和城东的三居室都更适合它活动，所以它边跑边叫。

刘一南没有下车，他对白郡主的表现似乎很满意，脸上露出一种欣慰的笑。他按了喇叭。乔远从工作室出来。刘一南在驾驶座上冲乔远做了一个抱拳的手势。乔远也伸出手，握拳、伸出拇指，然后拇指向下，冲刘一南上下挥了挥。刘一南在车上爽快地笑了。

唐糖听见狗叫，也跟了出来。她和白郡主，也许同时被对方吓了一跳。白郡主也许以为会看见娜娜，但不是。刘一南应该也是这么以为的。他和娜娜有过短暂的一段关系，结局不是太好。很长一段时间娜娜提起刘一南，都会补充说“那是个混蛋”。后来白郡主出现了，这似乎让他们的关系缓和了一些。

乔远知道刘一南在想什么，但他觉得没必要对刘一南做出解释。乔远给唐糖解释了一下，他说这只狗会在这里待两天，因为他不负责任的主人，要离开它独自寻欢去了。他说完又觉得，可能这事真的不妥当，孕妇是否应该和一只狗待在一起？还有，她是否会觉得他在暗示什么，比如她也不过是被不负责任的主人寄存在这里的一只宠物？

于是他有些忐忑，但唐糖似乎并没在乎他的话里到底有没有隐含的深意。

刘一南下车了，想给唐糖递名片。

唐糖接了名片。刘一南又说幸会。

"它叫什么？"唐糖问他，她没说幸会。

"它？哦，它叫白郡主。"刘一南说。

"白郡主？奇怪！"唐糖看起来很困惑。

乔远并不希望刘一南在这里停留，他催他走。"你不是有重要的高尔夫比赛吗？"

"是的，是的，重要的比赛，市政府有几个头头参加的，你看，多亏乔远——我的好哥们儿，要不白郡主就没人照顾了，乔远是好人哪……"刘一南对唐糖说，极力在暗示什么。

唐糖只是微笑，似乎没听进去。

"他真是你的好哥们儿吗？"刘一南走后，唐糖问乔远。

"你觉得呢？"

"不算是吧，他，挺怪的，看起来。"

"他先认识娜娜的，他跟艺术区的人不太一样。"

"教授？是不是还老上电视？"唐糖看了一眼名片。

唐糖给白郡主取了新名字，叫玛丽。但她不确定它是不是一只母狗。玛丽对自己的新名字反应迟钝，于是唐糖需要反复叫玛丽、玛丽、玛丽……她现在有事情做了——照顾玛丽。所以她不需要跟乔远没话找话。他们似乎相处得还不错，她用乔远的杯子给玛丽喂水，玛丽喝完又舔她的手心。她开始打喷嚏，因为"孕妇对狗毛会敏感"，她自己对自己解释。但她没有躲开玛丽，反而经常去摸它、抱它。

她又给它洗澡，用乔远的洗发水。她不觉得这有什么问题。玛丽似乎也喜欢洗发水的味道。它在院子里甩干身上的水珠，在水泥地面落下一串串小脚印。她不是乔远的女孩，玛丽也不是乔远的狗，但他们现在都在这里，在他身边，他们已经一起度过了三天时间。他觉得是自己在照顾他们，但唐糖不会这么想。她越来越熟悉这里，包括厨房和浴室。她给他做过一次三杯鸡，又给玛丽买了小牛肉，玛丽看起来也认同了自己的新名字。她洗澡之后不会打扫浴室，在镜子上留下水渍。然后他去洗澡，看着那些水渍的情状，他感到自己身体里的欲望。可是他不会做什么的。他其实一直对她有欲望，但他一直也没有做过什么。

他们吃三杯鸡的那晚，唐糖说要喝点什么。他以为她指的是饮料或者汤，但她已经变出了啤酒。他提醒她，孕妇不能喝酒。但她坚持，她一口气已经把一罐啤酒喝光了，然后什么也没说，就趴在桌上。她没醉，只是不开心。她说她想明白了。

"想明白什么了？"

"它不该来的，我不该留下它。"她说，听起来很冷酷，好像在说与自己无关的事情。

"孩子？"乔远不喜欢这种气氛，太紧张，但他也不能什么都不说。

“孩子。”她重复了一遍。

她只喝了那一罐啤酒，吃了很多鸡肉。她说那只是她的孩子。

他不知道她想表达什么意思。他很想知道孩子的父亲是不是蒋爷，但他不敢问，也不能问。他想以后可以问娜娜，也许娜娜知道。

娜娜已经到了芭提雅。她发照片来，说已经见到海了，但很失望，海水很浑，到处都是中国人。她发的多数照片都是她自己，根本看不出是在什么地方，大头自拍照，也看不出她穿什么衣服。乔远觉得在那些照片里，她看上去还是开心的，并不像她的短信，那些文字好像都在说，这次旅行有多么让她失望。

他告诉娜娜，玛丽来了。又想起娜娜并不知道这个新名字，于是把“玛丽”两字删去，打上“白郡主”。他这时想，玛丽自己会希望他打上哪个名字呢？但玛丽刚吃完小牛肉，正在唐糖两腿间趴着睡觉。唐糖也趴着，趴在乔远的腿上。她身上有一股热气，就像刚刚煮好的三杯鸡一样，咕咕冒着水泡。这时给娜娜发短信，他想也许不是太合适。但她的手机每天只在这几个小时才打开，为了节省国际漫游费。他必须在这段时间，完成跟她必要的联络。后来他觉得这更像是一个任务，可以说的事情并不是太多了。娜娜每天都会换一个地方，她有很多可以说的东西，但她不喜欢打字发短信，她会多发几张自己的照片。其实发照片更好，他更喜欢看她的照片。那让他觉得，她是他的女孩，只不过这几天不在他身边，旅行去了。

“它们让我难受，好像塞了很多东西进去。”唐糖直起身来，低头看着自己白色针织衫下面的鼓起的胸部，仿佛看着让她为难的什么东西。

她为什么要告诉他这些？他猜想她只是困惑、无助，需要有人说说那些烦恼。她并没有传说中的那些反应，电视剧里女人一怀孕便会呕吐，她从来也没有吐过，至少乔远没见过。她睡在卧室，乔远睡在工作室的沙发上。但她有其他的烦恼，比如乳房开始肿胀。

“你摸一下！”唐糖说。

“不。”他觉得自己好像在别人家做客，客气地谢绝主人端上的茶水，反正听上去只是下意识的那种话，并不真诚。

“没事，没别的意思，只是摸一下，它让我不舒服。”她看着他，像他们刚见面需要握手一样。

他摸了一下，隔着衣服，更像是轻轻抚过。他觉得那乳房很硬，但他认为自己很喜欢。她似乎也是。她说这会让她好过一些。他不明白她的意思。他希望她能再说点什么别的。可是她的问题太复杂，她顾不上别的了。

娜娜回来的前一天，那本来是不错的一天。玛丽下午会被刘一南接走，但他又改了主意，说是打高尔夫太累，他想过两天再来。唐糖对此很高兴，那晚之后她几乎只对玛丽笑。乔远问她是不是真的决定了？她真的不要这个孩子吗？她又说不知道，她问你觉得呢？好像那是他的孩子一样。

他说他会留下孩子。其实他并没有想过这个问题，如果真的想一想，也许他会有完全相反的答案。他三十多岁，却没有孩子。这已经说明了什么。但他觉得这样的时候，他不能完全按自己的想法，毕竟，她的孩子，跟他并没有任何关系。他只是觉得这样才是善意的，毕竟那是生命，像玛丽一样活蹦乱跳、像绿植一样生长的生命。

“我再想想。”她说。其实她已经想了很久了，不是吗？

她说：“小时候，”——他不愿意听她讲小时候，但女孩们喜欢说自己的小时候——“我爸爸调去省城，有一次我和妈妈从县城去看他，他们吵起来了，不知道为什么事情。我有一只鹦鹉，在省城的路边从一个小贩手里买的，绿色的，很漂亮。我妈妈生气要走，也要带我走，我想接着逗那只鹦鹉，所以不愿走。于是我妈妈也没走，她留下来了。但她还是生气，大概因为她觉得我爸爸不忠。她没处发泄，骂了我，然后她把我的鹦鹉放了。它飞了，它是只鹦鹉，它可能不会飞太远，但是它飞了，就这样，没了。”

他问：“然后呢？”

她说：“我爸爸五十岁的时候去世了，癌症。他临死前说我那时应该跟妈妈走的，也许，这样对所有人都好，对那只鸟也好。”

“什么意思？”

她说：“没什么意思，我纠正他，我说那不是一只鸟，那是鹦鹉。”

“我可能明白了，你是在说，不要勉强。”他说。

“也许是，也许不是，只是不到最后，谁知道呢？”她看起来已经无所谓了。

这天下午的时候乔远的电话响了，不是刘一南，却是于一龙。乔远接了，于一龙的声音听起来并不愤怒，这让乔远稍微放心了一些，但于一龙总是这样，他不会让自己失控。

于一龙说："唐糖在你那里。"乔远听不出他是否是在问他。但他也回答了，说是的，她来找娜娜。

"娜娜去泰国了，不是吗？"

"是的，她早就定好了去泰国的时间。"乔远觉得自己很像在解释什么，又不明白自己为什么需要解释。

"哦，那唐糖怎么样？"于一龙问，像他通常那样，不会说错话。

"她，挺好的。"

"那就好。"

"你要见她吗？"

"我不想。"

"哦，那有什么别的事吗？"乔远想，于一龙打来电话，不会只是为了告诉他，他不想见唐糖。

"你知道她怀孕了？"于一龙问。

"嗯。"

"她为什么不来找我，去找你？"

"她是找娜娜，不是找我。"

"都一样。她应该来找我，但她没有。这很……怎么说，让我怎么办？"于一龙这时开始有了怒气。

“什么怎么办？你问我？你为什么不直接问她？”

“她不接我电话，她竟然不接我电话。”

“我劝劝她。”

“你劝劝，你劝劝，跟你有什么关系，现在陪她的，应该是我，是我……”于一龙声音大起来。

乔远挂了电话，他想这真的跟自己没什么关系。于是电话再响的时候，他又点了拒绝接听。更何况娜娜嘱咐过，“别让他们找到她”。

乔远还是劝了唐糖，他这样答应过于一龙的。但好像也没起作用。她说不想听见于一龙的名字。乔远觉得那个长久的不便提及的疑问，也许有答案了，答案不是蒋爷，是于一龙。

但是唐糖好像看出了他在想什么。她说不是，你别这么想。

“那我怎么想？他很着急，为你着急。”乔远说，这是个神秘又固执的女孩，几天来已经耗费掉他太多耐心。

“我不知道。”她说。对他的很多问题，她都是这样回答的，她不知道。

他感到委屈，决定不再理她。他想她其实并不感激他，他照顾她，陪着她，在她想哭的时候让她趴在自己的腿上，在她难受的时候碰触了她的乳房……但她并不信任他。

他说，好吧，如果你不愿意说，那就不说。我保证，我再也不问。他觉得这是现在他能说出的最绝情的话了。

她看着他，让他想起娜娜说的，“这是她最脆弱的时候”。她很悲伤。他似乎又心软了。他不愿意再面对这样的时刻，他走开了。走得太快，踢翻了地上玛丽的饭盆，狗粮滚了一地，他觉得很难过，那些狗粮，小小的五颜六色的颗粒物，会很难清扫。

他不知道自己是不是伤害了她，她离开了工作室。她的那些零碎的小东西还在，她只是出去了。她会去做什么呢？他想到那些不好的事情，她说过，最适合堕胎手术的时机，似乎正是这几天。他打她的电话，但是她没有接听。他想应该去医院找她，至少他应该陪她。他必须在这样的时候陪她。可是他不知道那是哪家医院。

他还没有吃午饭，玛丽也没有吃。狗一直跟着他，紧贴着他拖鞋的后跟，像是督促他——负起责任来，你还没有喂玛丽吃东西。

他不知道她把狗粮放在哪里。这真奇怪，他明明在自己的工作室，却找不到玛丽的狗粮。

他又去给那盆绿植浇水，好像故意不让自己去想狗粮的问题，还有她。他觉得那盆绿植好像已经长大了不少，或许也是因为他从来没有注意过它们，现在，那些叶片垂下来，几乎快落到地面，只不过短短四五天时间，它们长得太快，需要换一只花盆了，可是，胎儿呢，五天时间胎儿会长到多大？

他觉得唐糖在浇水的时候，是不是也有相同的想法？这想法吓了他一跳。他觉得自己正在犯下不可饶恕的错误，跟生命有关的错误，都是不可饶恕的。所以他才一直没有小孩，他害怕犯错，害怕面对他们急遽的成长，还有追在你身后对你有所求的样子。

玛丽嗅了一下那盆绿植，它可能还想要咬它。它也许是不喜欢他只顾着植物，而忘记给它喂食。但玛丽终于只是乖乖地趴下，并没有去咬那些叶片。它有过好几任主人，又时常被自己的主人寄居在别处，所以它是一只乖巧的狗，知道什么该做什么不该做。

于一龙在外面大声说话："乔远你丫为什么挂我电话？"玛丽一跃，起劲儿地叫起来。

乔远放下浇水的杯子，并没有去安抚玛丽。他打开工作室的门，玛丽先冲出去了。

"你干吗？"乔远很不耐烦，在这样的时候，他觉得发火的人该是自己才对。但竟然是于一龙。乔远从没见过他发火，他似乎永远在考虑很多问题。所以他深受蒋爷信任，被重用，在艺术区，所有人都希望被蒋爷重用。乔远并不愿意得罪于一龙，更不愿意得罪蒋爷，或者他是不愿意因为唐糖得罪他们。唐糖是一个谜，而这个谜，现在不知道去了哪里。

"我找唐糖。唐糖呢？"于一龙看见乔远，似乎平静了些。

"我不知道。"乔远如实回答。

"你不知道？到处找不到，你为什么把她藏起来？要不是碰到刘一南……"

"我为什么要藏她？她走了，我也不知道去了哪里……"乔远话没说完，于一龙已经挤进了工作室。乔远看见他在一堆画纸里翻来翻去，好像唐糖会藏在里面一样。

于一龙在工作室又乱转了两圈，玛丽一直跟在他后面狂吠，他们转圈的路线完全一致。于一龙仿佛还在跟玛丽说话："到处都找不到，原来被乔远藏起来了，要不是碰到刘一南……"

乔远冲上去，拎着他的衣领，说："她来这儿找娜娜！跟我没关系！听清楚了，都跟我没关系！"

"娜娜？娜娜？"于一龙好像突然想起什么，"我得告诉娜娜，她一走你都干了些什么！"

乔远没明白他的意思，因为娜娜走后，他其实什么事也没时间做。但于一龙已经开始打电话，大概太激动，花了很长时间才在手机里找到娜娜的号码。玛丽跑到乔远的脚边，呜呜地哼着，它被他刚才的动作吓住了，正可怜地要求解释。乔远摸了摸它的头，觉得它的两只大眼睛特别明亮，可能蓄了不少眼泪。它喜欢唐糖，乔远想。

娜娜的手机竟然接通了。她声音很大，问于一龙要干吗？乔远隔着电话，还是能听清她的话。她对于一龙从来都不是太客气，她认为他像《潜伏》里的某个地下党，而她总是闹不清他是好人还是坏人。

于一龙在这边说："娜娜，你告诉我，你是好女孩，告诉我唐糖去哪里了？"

娜娜说关你什么事？她大概在户外，芭提雅的海边，听起来很忙。

"蒋爷找她，都快急死了，蒋爷每天追着我找唐糖，我快疯了。你知道的，她现在这个状况……她怎么能跟乔远住在一起呢？"

娜娜说："她这个状况，怪谁？怪乔远吗？还是怪我？"

“怪我，怪我。”于一龙的声音听起来已经快崩溃了。

娜娜说：“我都知道，你们干的那些事。”

“你不知道，全部的……”

“我干吗要知道全部的？我只需要知道，你把她送给蒋爷了，她又不是宠物。现在出事了，蒋爷不想管，派你来收拾。只是个姑娘，你们至于吗？”

于一龙有气无力地说：“我也不想‘收拾’，是蒋爷想‘收拾’。我怎么办？我倒想把自己‘收拾’了。”

娜娜说：“你别找唐糖了，我回来之前，我把唐糖交给乔远。”

于一龙还在说：“我‘收拾’了自己有什么用呢？她还是会被‘收拾’的，她的孩子还是会被‘收拾’的，我们的孩子还是会被‘收拾’的……”

娜娜大概很生气，她声音又大了起来。“神经病！”她骂道。

于一龙沉默地走了。乔远突然很希望告诉他，唐糖去了哪里，可是他也不知道。乔远去摸玛丽，它很顺从地低头。他想，它是条好狗，没有自己悄悄跑出去。可惜它不是他的狗，它还是会被刘一南，混蛋刘一南带走的。

唐糖回来的时候，带回来一只花盆，她像抱一只西瓜一样，把它抱了回来。她说该给绿植换盆了：“虽然我不知道它是什么植物，但是那没什么，它应该有个更大的盆了。”

“你去哪里了？”他问。她离开的这几个小时，当然不可能只是为了买花盆。

“我去做了个 SPA，放松一下。”她说。

他很生气，但不知该怎么发泄，如果现在有一只鸟，他也许会把它放了，以此发泄一下。

他说：“只是做 SPA 去了，你不说一声，让我着急，我还以为……”

她说：“不然呢？你以为我干吗去了？”

他放松下来，觉得事情至少并不坏，除了于一龙上门来找她的这件事。他还没有告诉她于一龙来过，他担心她会再离开。他现在开始坚信，是他在照顾他们了，唐糖、狗，还有那盆植物，这也许是不错的感觉。

她现在看起来很平静，状态不错。她在给植物换盆，动作很不熟练，地面上洒落了一些泥土，他想等她完成换盆的工作后，他得主动去清扫那些土，这没什么大不了，他不会为此烦恼。

玛丽已经开始吃它的午饭，或者晚饭，这一天唯一的一餐，但是也很美味，至少看起来，它很开心。

“你知道吗？美容师从我的脖子一直推到后腰，真的很舒服，好像有什么东西，就这样被她推出去了。”她一边用一把小勺子一点点地铲土，一边对他说。

来　年

日子一到冬天就慢下来，已经很长时间都没什么事发生。艺术区的冬天又更冷清些，如果没下雪，几乎没有值得一说的事。

有一年就这样，整整一个冬天，北京没见一颗雪粒。空气干燥得像随时会烧起来，当然这只是人因干燥产生的错觉，不过真要烧点什么，至少还能暖和些呢。寒冷倒是一如既往的。那些铁灰色的树干，看上去就像水泥柱子。艺术区的道路，都横平竖直。路两侧，全是这样的树。入冬前，不知哪个部门心血来潮，大刀阔斧把那些树枝全砍了。人们都看见，那几个穿橘色工装的工人趴在树上，就像树上结的果子。他们的电锯把树枝锯断，任由它们落在路上。效率倒挺快，只两天，树都光了脑袋，所有树都是。工人们号称修剪是为了让树木安稳过冬。“要在大雪前把这些事搞完。”没上树的工人解释，“去年那大雪，可真大啊。”他们行动迅速，第一天修剪完所有树，第二天便清理了路上的枝丫。清理不是太彻底，路上还留了些。两天后，来了场北风，那些细小的树枝和枯掉的叶子，就都不见了。

可是，那个冬天没下雪，他们白忙一场。刚刚修剪过的树，就这样站那儿，像所有人同时理了个糟糕的发型。

乔远把一件羽绒服穿了整个冬天。室内暖气充足，羽绒服只外出穿，可是整个冬天他都没怎么外出。附近的兰州牛肉面和成都小吃，是他常点的外卖。不过他每天还是会在两家之间做个艰难选择。

等外卖的时间，乔远会站在窗前，有时蓬着头发，胡子常忘刮。他觉得，如果窗外有人经过，可能会认为他是个眼巴巴的可怜虫。不过多数时候，窗外都没人。寒冷的天气里，谁都不想冻坏耳朵。路上只偶尔出现些野狗，也懒懒散散，像乔远一样不修边幅、等待食物。

有一次，乔远试着开窗招呼一条很脏的流浪狗。他只是太无聊了。但他的手刚刚握上不锈钢窗把手，他就放弃了这个打算，实在太冷。他隔着双层玻璃，目送它向西走远。土狗一路走一路闻。一条狗，自己走出了猫步，还浑然不觉，反正三心二意的。不看狗的时候，他会抽烟。这个冬天他自学了吐烟圈。他曾经以为很难，试验几次后发现一点儿也不难。

没有树木遮挡，视野清爽多了。他能看见路对面，孤零零的红色砖房（那种红就叫"砖红"，他觉得这命名有那么点儿意思）。房前是两层水泥台阶，也光秃秃。台阶之上，是玻璃门，四扇。门上这年圣诞的贴纸还在，只是圣诞老人的白胡子已经很脏，贴纸的字母掉了几个，剩下的字母没法形成单词、表达含义。不知是天气阴沉还是玻璃门太脏的缘故，对面房内的情形，乔远看不见。如果他想看得更远，就只好看天。天空也像一扇玻璃门，只是更大、颜色更深。如果送外卖那个小兄弟很久没到，他也不催促。冬天让人变得有耐心了，反正日子漫长得老也过不完，急什么呢？

秋天的时候，倒有些让人着急的事发生。秋天那么短，还发生那么多事，现在想来，都有些不可思议。九月下旬，白天还很长，男人们穿短袖，女孩们会随身带上外套。艺术区这些人从不讨论"十一"长假的计划，对他们来说，每天可都是假期。

真正到了"十一"，倒是忙多了。国庆长假，艺术区举办了多场活动。影像空间每天都有电影可以看。很多片子都不知道在演什么，总是糊里糊涂。乔远看过几次，就不再去了。他偶尔去看画展，倒很方便，最近的画廊只需穿过马路，或者走过几个路口。

这年夏天的时候，乔远办过个人画展。那以后，他觉得自己的处境变得糟糕起来，尤其跟画家们在一起的时候。但秋天的各种沙龙、画展、影展，那些正式、非正式的场合，他都得跟这些人待一起，无可避免。乔远能感觉到，他们有意无意针对自己。一开始他并不确定，怀疑是自己太敏感。到现在他仍这么想，尽管那没什么用。

在沙龙上，如果乔远的观点与他们一致，有人会夸张地说："是，你说得对，你是大师，是中国艺术前进的方向。"如果他的观点跟别人不同，就会有这样的声音："这没什么好讨论的。"好像在暗示他不懂得某些简单的常识。这种感觉很微妙，似是而非，近似被蚂蚁轻叮一口、最坏的那颗牙咬着柠檬，或者拧一个生锈的螺丝——不严重，但也总不是太好受。

十月的沙龙一周一次。后来的两次沙龙，乔远不再说话，只是"看"他们说。他看见那些嘴在动，频率很快。但他不知道那些嘴都说着些什么，像所有人都讲起了"唇语"。乔远这才意识到，其实根本没人听别人讲话，他们各讲各的。只是，乔远的沉默似乎也让人不爽，他们会在散场前补充一句："现在画家都流行玩儿深沉吗？"

好在十月结束，沙龙就停掉了。乔远干脆让自己少在艺术区露面。他成天都在工作室，并尽可能让自己喜欢这儿。但很难，因为工作室特别像一种提醒——嘿，人都在这儿了，你总得画点儿什么啊——然后他就得准备画点儿什么。有时运气差，一落笔就明白，又费了一张纸。废掉的宣纸，他都整齐摞一起，不乱扔。他想知道，自己一辈子得费掉多少纸。现在，那摞废纸已经比他还高。在没法够着纸堆儿的顶的时候，他开始摞第二摞，这大概也是秋天的事。到冬天，第二摞宣纸也攒下厚厚一层，起码到他脚踝以上的位置。他曾一脚踩上去，软绵绵的，他假装自己踩在积雪里。那时他想，自己死前，一定得把这些作废的画都烧掉。怎么说呢？如果让人看见，还是挺丢人的。

“十一”后，来艺术区的人少了些。但还是有各种人来，白柔就是那时候来的。

乔远喜欢白柔的画，还曾模仿过他。他觉得在画画这件事上，白柔对自己的影响最大。乔远没见过白柔，只知道他深居简出、极少现身。这次来艺术区，白柔是为自己的画展来的。乔远在那家荷兰画廊见到这个老头儿，觉得他比实际年龄还要老些。白发苍苍，两只眼睛看上去，总有些神伤。白柔穿西装小背心，胸前口袋露出灰色手帕的一角——应是质地上好的丝绸。老头儿个子很小，可怜兮兮地站在麦克风前讲话。苏南口音和缺掉的牙齿，让他的话变得很难理解，于是在场的人自然响应寥寥。乔远希望自己从来没见过这样的白柔，这个悲伤的老头儿。

白柔解放前在法国学画，巴黎国立艺术学院。解放后他回来了，再没画过现代派，而且越来越传统。直到二十世纪九十年代，老头儿可能想起自己扔在巴黎的青春，于是还是画国画，但越来越抽象，越来越现代派——这才是乔远喜欢的部分。白柔这类画很被市场认可，尤其在西方，他的画展就由荷兰画廊运作。见白柔前，乔远对他有过太多幻想。现在，那些幻想还在，但好像又加了几笔，狗尾续貂，其实没必要。

白柔并不认识他。乔远不希望自己在白柔那样的年纪，还那么容易悲伤。他为什么悲伤啊？乔远只能理解成，是因为年龄，他成功了，可是，他也老了。

他认为去看白柔是那个秋天最失败的决定。从那以后他更少出门。不如不见——他拿毛笔反复写这几个字，只是越写越差，好在也没人看见。

他倒是认真看了白柔展出的那些画，新作旧作都有，也还是好的。只是因为他见过了作者，再看作品的时候，就觉得有些异样。谁说过，吃鸡蛋不一定要认识下蛋的母鸡。如果乔远不认识艺术区那些人，会不会更欣赏他们的作品呢？但是他已经认识那些人了，没办法再从脑子里把他们删除——像在手机上删个号码那样删除。他想他们对他，可能也这样。因为认识乔远，才觉得他的画没什么意思。乔远为这个想法分外激动，很想找人探讨下，但想不出该找谁，于是又有些不快。他在网上发了匿名博客，写完后看过一遍，确认没什么不妥，发出去了，没得到任何回应。一个匿名博客，讲的是认识画家本人是否会影响对其作品的判断的问题——可能根本没人关心这些事，可能这只是个伪命题。

十月发生的最大一件事，该算是乔远差点被起诉。他现在怀疑自己被陷害了，但没证据，而且对方最终还是放弃了起诉。有惊无险。要告他的人，他至今没见过，听声音很年轻，可能是九〇后，男生。他说乔远剽窃了他的设计成果，在电话里义正词严说证据确凿，要起诉。

乔远一开始以为是哪个熟人开玩笑。对方声音青涩，语气却老成得很，真奇怪有人能把这两个特点结合得这么好。对方开始举证，让乔远去某某网站看某某作品，问是不是跟你画的《巫歌》一样？乔远反而踏实了，因为他确定《巫歌》没有剽窃，连所谓的"借鉴"都没有。他想上网站看看也没什么大不了，欣然允诺。对方说："这种行为很可耻，我不是要赔偿，虽然我知道《巫歌》已经卖了，你狠赚了一笔，但这是原则问题。"乔远在这边开了网站看。他的确看见一张跟《巫歌》很像，不，差不多很像的东西。不是画，是一种包装设计。网站显示的发布时间，跟他画《巫歌》的时间还真差不多。乔远有点心虚，如果被起诉，他根本没法证明《巫歌》的创意来自他的脑子，而不是这个包装设计。他知道自己其实没必要心虚，《巫歌》是他的，他干吗非得证明？男孩没再说"起诉"，只反复强调着"原则问题"。人年轻时总是更关心"原则问题"。

除了否认，乔远也不知道还能说什么。对方语气严肃了些，但自始至终都很礼貌，不像坏孩子在恶作剧。真是够了，乔远想着，开始恍神儿，不再说话。男孩"喂喂"了几声，也挂了电话，之后电话就一直"嘟嘟"响，那响声似乎也挺愤怒。

乔远决定以不变应万变，兵来将挡、水来土掩。但这个中断的电话终究扰乱了他的生活。他开始时常恍神儿，尤其画画的时候，根本无法专注，后来他干脆放下画笔，假装自己不过是在思考。

工作室对面的画廊，名为清清。秋天时，画廊玻璃门两侧还各摆一只高高的陶瓷花瓶，白底瓶身上都有青花蓝的“清清”二字。现在，花瓶不见了，也许被挪到室内。冬天就是所有不必要的东西都被清除的季节，比如那些树干上丛生的枝叶、户外的花草，还有很多人和事，都像被电脑制图软件中那个“橡皮擦”的工具轻轻抹过，然后一抹画面和颜色就消失不见。

冬天是一种减法。

清清画廊在停业中，据说在内部装修。可是看上去，里面并没有装修迹象。没有工人出没，也看不见什么建筑材料。玻璃门上拴着红色链条锁。也许装修只是个好听的借口，毕竟冬天里，很多事情都停滞了。元旦后，艺术区的小贩就少了很多，因为活动少、展览少，所以游客也少。商贩们早早买好节前回乡的车票。临近春节，车票会紧俏，也不好买到。春节后，他们才会回来。到那时，世界会重新运转。树木抽出新枝，清清画廊会扫洒除尘，开始春季特展之类的活动。这个春节乔远不打算回乡。他觉得自己就像一本旧杂志，发黄的纸页上，全是与当下格格不入的信息——只有他自己才在乎那些信息。这种感觉日渐强烈。为转移注意力，他将丙烯颜料瓶整理了好几遍，把它们按色彩谱系在木架上排列。他想知道自己对色彩的感觉是不是变差了。

男孩又来过几次电话，每次都问他打算怎么办？他如实说其实没打算。男孩就会问他为什么剽窃？然后他自然是否认。男孩就会再让他去看那个网站。他们在电话里一再重复相似的对话。

最后一次电话，男孩终究张口了，说要求赔偿。他说打官司太麻烦，而他还是大学生，不想牵扯进去。况且打官司会让乔远更出名，这跟他的本意大不一样。乔远觉得他说得有道理。只是男孩忘了，如果闹到法院，男孩自己也会出名。而乔远是恶名，因为是“剽窃者”，男孩却是看似正义的一方。这不公平。

“我没必要赔偿你什么，你没什么损失。”乔远的回答令男孩不满，因为男孩的声音听起来有些着急，后来竟说：“我要的又不多！”十足的孩子气。

“我们要不见一面吧？”乔远一直对男孩好奇。如果他们真在互不知情的情况下创作出相似的作品，至少也算个心有灵犀的奇迹，那倒真值得一见了。男孩先支吾一番，又说自己不在北京。是的，他承认他的手机号码是北京的，但是，“放寒假了，回老家了”。乔远问他老家是哪里，他拒绝回答，直接说：“我不想见你。”

“如果上了法院，就必须见了，我不会赔偿。但如果你坚持的话，还是去告我吧。”这次是乔远挂了电话，过后觉得自己有失风度，也担心男孩真会一气之下把事情闹大。但自己也是被冤枉的啊。

这件匪夷所思的事情可能不了了之了。男孩很长时间都没和他联络。乔远总想也许哪天还会再接到他的电话。这也不是没可能。那么，这件事其实还没过去，只是暂时也没什么进展。乔远目前能做的，不过是等待。但时间越长，等待的结果就越清晰，人们等待的事大都如此。乔远也许再不会跟男孩通话，也不可能见到他，他们将永远陌生。乔远希望男孩只是把精力放到更值得关注的地方去了，而不是打电话勒索这种事。这样想的时候他会觉得欣慰，对他们再无瓜葛的未来也感到满意。

乔远还希望自己永远没见过白柔，就像那个男孩说的，“我不想见你”。可是白柔去世的消息传来的时候，乔远又庆幸自己终究还是见过他一面的。乔远已经深居简出很久，他让自己相信外面的世界没发生什么改变。但他还是知道白柔去世了，这毕竟算大事，无论对他，还是对当代艺术来说。白柔的画展刚结束没多久，而他的癌症早就是晚期。十年的癌症。他坚持了十年，已经不容易。知道消息这天，乔远给娜娜打过电话，虽然他们已经分手，但他确实需要找人说话。娜娜没接电话，她在家乡四川，半年前就回去了。这半年对乔远来说，发生了很多事，对她也应该是。她也许变化很大。他没怨她不接电话，怨恨也需要力气，他觉得自己已经力气不足。

白柔的遗作展据说已在筹备。喜欢白柔的油画家于一龙，在网络上大力扩散这消息。承办白柔遗作展的，正巧是清清画廊，这看似很合适。清清画廊在艺术区是老牌，格调清雅，从不搞那些出格又让人惊诧的展览。那时还有两个星期到春节，很多人陆续离京，白柔遗作展的消息没掀起太大波澜。白柔患癌症十年，他也许早早就准备好遗作了：哪些是可以拿出手的，哪些是要被销毁的。白柔是懂得谨慎与克制的艺术家，“文革”期间也没受到太多侮辱损害，他当然知道怎么在死后留下清白的名誉。话虽如此，人死也万事休，所有事其实都不再由你掌控。乔远为白柔感到委屈，认为自己已然理解了那老头儿眼里显而易见的悲伤。

清清画廊还是没什么动静。乔远每天在窗前观察，希望看到人们一幅一幅把白柔的画挂起来。但画廊的玻璃门仍然紧闭，偶尔有工作人员出现，打开门，很快又匆匆离开。这不是家很大的画廊，事实上，它只有两间小展厅，层高也低，更像是人们居住的那种房子。

乔远有一天走出工作室，来到清清画廊，透过玻璃门窥视，因为白柔，他对这家画廊多了些好感。玻璃反光，他只影影绰绰看见里面的凌乱和萧瑟，地上堆着不少东西，像国画卷轴，也像墙纸。他很失望，像是被辜负。尽管他明白，白柔啊、清清画廊啊，这些事，其实和自己并无关系。

和自己有关系的事，他也不愿去考虑。艺术区的朋友们在元旦有过聚会，一场盛大的派对。没人告诉他这消息，他毫不知情，直到后来在网上看见那晚的照片。他认识的人几乎都在照片里。他没问过任何人，为什么他被遗忘了？他回想这几个月的生活，竟想不出和这些人有什么交道。他有点后悔，看来现在的状态是他自己选的，怨不得别人。他想要不要打几个电话，看看还有谁春节在北京，这样他至少不必一个人过节。他把手机通讯录翻了几遍，又在心里把所有名字一一排除。

好在于一龙这期间来过，为临行告别，他也打算回山东过节了。于一龙在艺术区并不讨人喜欢，因为他总是一副唯我独尊的样子。他那些成功的作品支撑着他这副模样。但也因此，于一龙反显大气，至少对乔远突如其来的成功，于一龙没那么在意。于一龙仍提起乔远那次画展的场面："在我看来，已经超越了白柔。"乔远担心于一龙对别人也会这么讲，后来突然醒悟，这种担心是多余的。于一龙的好话从不在背地里讲。

乔远开始想今天的外卖可以换一家了，要牛排或者羊蝎子。他想和于一龙喝酒说话。但于一龙不能留下吃饭，他临行前还有很多事要处理。白柔遗作展的筹备，于一龙也有参与。有些人总像比别人长了更多手脚，他们能同时应付更多事。

于一龙说，白柔遗作不多，大部分作品上次荷兰画廊都展出过，不过还是可以再展出的。白柔的亲属不太愿意办这样的遗作展，一是睹物思人，倒不如不折腾；二来也担心遗作的安全。白柔的亲属说，从前没这种感觉，只觉得画没了毕竟人还在，还能画；但现在，人没了，只剩下画了。

“那怎么办？”乔远问。

“你猜？很简单，遇到这种情况，我们就给画买上保险。”于一龙说。他又说，那些画现在已经交给清清画廊了，准备重新装裱。他为此得意。他这天其实是去清清画廊的，之后顺便穿过马路，来看乔远。

“可是我没看见对面有什么动静。”乔远说。

“他们资金周转是有些问题，就指着白柔老爷子这次救场了。”于一龙是否答非所问？反正他后来再没谈论这个，只道：“好长时间没见你了。”

“是的。”乔远说。

“也出来活动活动。”于一龙像长辈一般叮嘱。

“是的。”他像晚辈一样点头。

“别想那些小肚鸡肠的人，他们算什么呢？”于一龙突然说。

“什么？”乔远吓了一跳。

“你知道我在说什么。我就从来不理那些人，他们见不得别人成事儿。不说了，我得先走。你有空来帮帮我，反正春节你也不回去。”于一龙从没用这样的语气跟乔远说话，像是多年知音。他仿佛知道乔远目前的消沉状态。乔远希望把自己在艺术区的痕迹抹掉。这真奇怪，成名前无比盼望自己的名字被所有人知道，现在却有完全相反的愿望。白柔在晚年几乎不露面，看来世界真是把他们这种人烦得可以。

因为于一龙这番话，乔远一时冲动提到那个打电话的男孩。刚说完，他就后悔了。好在于一龙似乎没当回事，只撇撇嘴，说不过是个小事，不值多想。“人们都喜欢阴谋论，以为天下人都在剽窃，可不是，现在不就是天下人剽窃天下人吗？哪儿有什么新意？”

乔远突然感觉于一龙经常碰到这类事，只是他更豁达而已，可以做到不计较。乔远有点羡慕他。

“他有个网站，网站上的发表时间在我的画展之前。”乔远补充。

“你傻啊？网站的时间可以改啊！”于一龙好像生起气来，“我告诉你，这种事，一般都是认识你的人搞出来的，他们才知道你什么时候画了些什么。”于一龙最后愤愤离开。

乔远不太相信于一龙的说法，网站的时间也许真的可以修改，但他不愿意事情变成这样，毕竟那男孩的声音听上去那么青涩，习惯之后还挺好听的。所以乔远并没因此宽慰。他也没盘算是哪个熟人在背后搞这种事。如此，他还是不出门，每天看对面的画廊，看狗，看天，等着春节。仿佛春节是一条无形的沟壑，只要他能安稳迈过，来年春天，万物自会复苏。

这是他第一次一个人过春节。此前在北京几年，春节他都回江西老家。去年他没回，但去年他和娜娜还没分手。今年他已经回过一次江西了，是在春天，回去参加表姐一家的葬礼。现在想来，那场葬礼是个噩梦。表姐一家三口，还有一辆车，统统掉到河里，人死了，车废了。因为那场葬礼，现在他不愿再回。只要想到京广铁路线上在春天见过的景象，他还得在冬天再看一遍，不，来回是两遍，他就断定这不是个好主意。

他打电话给父亲，说没买到火车票，明年春天再回吧，也许。父亲迟疑一下，表示理解。父亲说："反正今年你已经回过了。"为这个电话他抽光了一盒烟，才想好怎么开口，完成之后轻松无比。几分钟后，电话又响了，这次是母亲。她幽幽的声音说："去年过年都没回。一年就回一次，眼看着过一年就少一次。"母亲生气了。于是他开始问母亲的身体。她有糖尿病，定时需用小小的针管给自己打胰岛素。母亲开始说自己的病情。他知道她最擅长讲病情，还有各种似是而非的养生经。他耐心听电话，不时表示回应。但烟盒已经空了，他有些焦灼，只想一会儿得让兰州牛肉面的小兄弟顺路带条烟来。这样他终于把母亲也安抚过去，并承诺如果有票，他没准儿还能赶上回家过除夕。母亲好像相信了。他倒希望她不要信。

噩梦似乎从春天就开始了，葬礼后他回到北京，跟娜娜的关系开始僵化，他怀疑她出轨了，时常心不在焉。他们争吵过几次，没什么结果。有些东西好像也掉进河里，再也没法打捞。娜娜在秋天离开他。她没说分手，也没说他们以后会如何，她只是说需要离开一段时间，“想一想”，她很认真说出了这三个字。她还不明白他的问题，就是想得太多，他再不能“想一想”了。事已至此，他没能留住她。她回四川，不走京广线，她一路上看到的景色，他没见过；而现在他眼中的萧瑟，她也不懂。他们的路，也许从来都不一样。

除夕那天，下午四点天就暗了。可怕的安静，像世界已等不到来年。他准备吃速冻饺子，喝啤酒，因为兰州拉面和成都小吃都关门过节了。烧水的时候，他莫名其妙来回念叨“饺子就酒，越喝越有”。他想这话是听谁说过的？始终想不起来。只有北方人这么说，但他是南方人。还有一些俗谚，比如“朋友下绊、爱人使叛、父母添乱”，是什么方言中诅咒别人的狠话，也想不起听谁说过。只是今年，这三件事，他怎么还都遇上了？

饭后早早上床，比平日还早，竟然很快睡着。不知睡了多久，恍惚听见窗外噼里啪啦的声音。有人放烟火。他有些高兴自己不必看烟火。那种虚假的绚丽，不是他要的。但很快，他又不得不起床，因为那一瓶啤酒，他现在非得小便。他没开灯，眯着眼睛摸索，但屋内并不黑沉，米色窗帘没能挡住烟火的光。

从卫生间出来，他掀开窗帘一角，睡意和酒意就这样，瞬间都没了。

不是烟火，是火焰。

就在路对面。

他定定神，用手抹了下窗玻璃上的水汽。现在他确定，是清清画廊起火了。

房顶冒出小火苗，像一丛丛鸡冠花。绵延升腾的黑烟，也清晰可见。火焰并不大，也许燃烧都在室内，没能很快蔓延。房顶有几处，在不慌不忙燃烧。火苗似乎是静止的，像这个冬天一样。烟尘倒是活泼欢快，四处散开。烧过的残骸掉落，引燃地上一小堆不明物，可能是垃圾。

天啊！他愣了片刻，竟没想起打火警电话，他先想到白柔的那些画！不知道是不是在里面？他四处翻找羽绒服，想过去看。找到衣服那刻，又意识到，他不可能这样冲进火场。

他又回窗前，再看。画廊门窗紧闭，四周没有建筑，门前的树，也只剩个光秃秃的木桩。他判断这火灾并不危险。

他打火警电话。电话还没接通，先听见消防车的警报。很远的天空有烟火零星炸开，像撕开一道道伤口。除夕是消防队最忙的日子，那些虚假的、绚丽的烟火，总是给满怀期待迎接新年的人们造成伤害。

他开始感到热，酒意还没散，又穿上了羽绒服。他干脆开门走出去，虽然不知道自己想干什么。走到路中间，干燥的烟尘扑扑扫在脸上。他抹下脸，手上脸上都涩。

消防车仍没到，但从警报声判断，他认为它已经很近了，大概就在艺术区大门外。不知道是不是路太窄，所以消防车进不来？如果是那样，事情会很糟糕。

他站在路中央，往路东看，希望能看见消防车。

他的确看见，路东很远的地方、艺术区大门附近，似乎有警报灯在旋转闪烁。他扫视路面，估计消防车能通过。但入口处有停车收费闸口，消防车怕是无法通过。不过他们只要把闸口两边的活动栏杆挪开，就行了。只是那又会耽误时间。

燃烧还在继续，不断有什么东西掉落的声响，还有古怪的焦煳味。乔远没走近，也没回去。路上只有他一个人，竟然。

他突然意识到，在消防车到达前，他还有一些时间，来做一件事。他得尽可能迅速行动。

他分了三次，才把那些作废的画抱出来。那些失败的作品，被他卷成大卷，抱在胸前，像抱着一个轻飘飘的柱子——他曾赖以生存的东西，不过是这样一些轻飘飘的东西。

他不得不承认自己有点亢奋。他甚至想过，这样他是不是就算个纵火犯了？他很久都没这么亢奋过了，这毕竟是个沉闷无事的冬天，老天终究在最后导演了一场意外。

不，也许是白柔自己呢，白柔根本不想办遗作展，才在天上安排了这场火灾。甚至连那次在荷兰画廊的画展，也许他都开得不情不愿。

他一边这样胡思乱想，一边把那些宣纸扔进火里。他不敢走得太近，热浪让他害怕。他隔着自以为刚好的距离，把它们投过去，像投篮。前两次掌握得不是太好，第一个大卷落在那堆垃圾上，第二个大卷撞在墙上，最后一个命中了，直接穿过窗框，钻进火场。窗户玻璃呢？不知道，也许烧坏了吧。他现在不关心了。那些积攒已久的东西，就让它们都烧掉吧。一起化灰化烟的，还有他最喜欢的画家的遗作。这样一想，他认定这个除夕值得纪念。

消防车到了。他在工作室看他们救火。消防员好像对火灾已经麻木，反正看上去，他们只是在有条不紊地工作。火势变小，一点点地，世界重归黑暗。

他看看时间，夜里十一点多，用不了多久，就是来年了。

艺术区的人们后来说起清清画廊那年的火灾时，都异常惋惜。画廊付之一炬后，再没能东山再起。那地方后来是一家更明亮、宽敞和现代的雕塑工坊。

白柔的那些遗作，此后人们永远无缘瞻仰。火灾的起因，据官方说，是鞭炮引燃了老旧的电线。保险公司对火灾做了番调查，因为白柔那些画会让他们赔上很大一笔，他们希望调查出这是一起严重的骗保案件，只是调查来调查去也证据不足。最终结果不知为何一直没人知道。但即便如此，也足够人们唏嘘。何况再多的理赔款又如何啊，终究也换不回那些作品。

关于那场火灾，还有一些传闻。比如住在清清画廊对面的艺术家乔远。人们说他在火灾中烧了自己的画，这都因为那些画是他剽窃的，之前他的剽窃行为已经被发现，他趁着火灾毁尸灭迹；不过，那些画没烧彻底，还留下些残迹，直到被发现。

传闻经过漫长的传播，才被乔远知晓，那时已是新一年夏天。夏天与冬天根本就是两码事。

乔远想，那场火和那个冬天的一切，都已经过去太久，以至成为很难想起的回忆。但有一次，他突然明白，那次无端的剽窃事件，他仅告诉过于一龙一个人，然后，它就成为众人皆知的秘密。这样的事情，在艺术区，似乎也顺理成章。

“他跟那场火，你别说，没准儿还真脱不开关系啊……”人们多数时候都这样结束关于那场火灾的回忆。

跳　绳

向妈妈要来艺术区的消息，是乔远最先告诉大家的。他本来以为，那会是一个十分郑重的场合。但后来时间紧迫，向妈妈的火车第二天就要到北京了——她现在应该正在长途列车的车厢里，辗转难眠。乔远也就没有太多选择了。

这天晚上，他把大家都召集到自己的工作室，宣布向妈妈第二天就到了。他希望至少自己的语气，还是郑重的。虽然眼前这些人，都昏昏欲睡，打不起精神来——这些天，他们都过得不太容易。当然，最不容易的，一定是向妈妈了。她在电话里讲，一直睡不着。谁能不失眠呢，出了这样的事之后。

其实，所有人对向妈妈的出现，都有心理准备的，只是这里没有人见过她。如果她的儿子小向还在的话，事情会容易些。这些年，艺术区时常都会有亲友们从各地来造访。他们分享亲友相见的喜悦，让彼此的交往维系在一个热情而合适的分寸。但小向，现在已经不在了。当然，如果小向还在，向妈妈也不会千里迢迢从舟山到北京来的，那需要坐一天一夜的火车。

小向此前也很少说起他的家人。他一直有些腼腆，时常心事重重。这样的性格没什么问题，他们在艺术区毕竟已相处多年，小向顶多吝啬了一些，那是因为家境不好，他必须俭省。何况他在艺术区也不算混得很好的，只能斤斤计较着在首都生活的昂贵成本。

“我想，我们得做点什么吧？”乔远迟疑着，小心翼翼讲出这样的话。但大家都沉默，好像这是个太复杂的问题。乔远感觉自己的寒暄能力根本应付不了这个夜晚的全部谈话。

“有人去接她吗？”火车明天中午到北京站，他们可以查火车时刻表。“我去吧。”乔远说，向妈妈毕竟是先给他打电话的，乔远认为自己负有这样的责任。虽然他和小向在这些年的交往里，也不是格外亲密。

小向似乎没有特别紧密的朋友。他曾经和酋长共用一间工作室，一起生活了几年，后来酋长回了南方老家，小向便一个人住。他有过两个女朋友，但他们都还没弄清小向女朋友的名字，那两个女孩就消失了。如果小向有女朋友，他大概也不会出事。

向妈妈长什么样子？乔远不知道。但他可以写一块牌子，在出站口的地方等她。牌子上写什么呢？他不知道她的名字。可以写小向的名字，也许。但那肯定不合适，像是接小向了，而小向现在在哪里——一个幽灵，能在哪里呢？

乔远最后在牌子上写了“向妈妈”三个字。其实那牌子也只是一张画画的毛边纸，墨汁写的字看上去很一般，写字的时候乔远的手可能发抖了。

“小向的工作室，我们要不要去打扫一下？”有人问。

但立刻就有人反对，说还是等他妈妈来了打扫吧，那些东西，怎么处置，只有亲人才有发言权啊。其实工作室里已经不剩下什么东西了，也根本不需要“处置”，他们只是不愿再去那里。小向在那间工作室住了五年，然后死在那儿了。

小向出事后，他们倒都去那里看过。这些人在艺术区从未见过那样的恐怖场面。地板上堆满各种画材，没有落脚之地。陈年的颜料干涸了，像腐烂的各色水果，挤在一处，散发出也像烂水果一般的恶心气味。但颜料是不会有这种味道的，也许这难闻的气味里还有一些别的东西，“一定是尸体的味道了”——他们都这样想，但没人说出来。毕竟那是小向啊。

谁也不知道该怎么办。从事发到现在，好在已经过去一段时间了。他们正在日常的生活里平复，享受着终于降临的平和。他们也逐渐淡忘掉当初在小向的工作室见到的那些干裂的油画。每幅画的右下角，都有小向亲笔落款，是一个不太圆的向字，中间那个“口”，写得很小，宛如萎缩的句号——小向一直在给自己画句号，在每张作品的固定位置。最后，他给自己也画了个句号。但这个终结，也像他的签名一样，不圆满，算个椭圆，最多。

艺术家们当时被这样的问题困扰过——那些油画应该扔掉吗？如果不扔，应该怎么办？他们都一样，把大把的时间都用在类似的事情上，完成一张又一张作品，却并不知道它们有什么意义，但如果没有画出什么来，他们会觉得更没意思。

其实，小向那些油画中的多数，从诞生之日起，就没离开过那间工作室，没有多少人见过它们。它们自生自灭，没有买家，没有观众。有些画被刀子划开了。一道道明显的裂口，龇牙咧嘴，像是作者在毁灭它们时的愤怒表情。

他们那时还见到了小向的收藏品，是一些动漫游戏中的玩具人偶。每一个都只有钥匙扣大小，一律是长腿的美少女，穿着各色带小花边的小一号的比基尼，那种臀部饱满、长发如瀑的假人。乔远曾听说，这些小玩意儿价格不菲，他认为这不像小向的作风，因为他那么节省，从来没有办过 party，没给大家买过酒喝。艺术家们轮流买酒喝，轮到小向的时候，他拿出的是半瓶剩下的白酒，不知道什么时候大家聚会喝剩下的半瓶酒。

有人解释，那些玩偶的确值钱，如果成套的话。只是小向的收藏并不成套。但小向很珍爱它们。那些玩偶在塑料板拼接起来的简易床头柜上摆成了一种别有用心的场景——大胸的玩偶们把乳房骄傲地挤在一处，像绽放的花朵，每只乳房都是骄傲的花瓣。这间工作室曾经被盗过，在早年的一次艺术节期间。艺术节期间固然是人来人往、混乱不堪，但偷盗的事却并不常见，何况偷到小向这里。只是，那小偷一点儿都没挪动小向的收藏。那些大眼睛的小美女们，躲过一劫，继续安然陪伴着小向，又度过了这么些年，直到小向都离开了，它们却还在。

这不能怪这些艺术家们。毕竟，没人擅长处理这样的事，生存与死亡。乔远画国画，作品中最多的就是近似敦煌风格的佛像。画佛像让他心态笃定，自以为可以对很多事情泰然处之，但现实却一次次击穿他伪装出的强悍表象，他还不够强悍，至少在小向出事后的这段时间里，乔远意识到自己其实只是那种脆弱的个体，像一根纤弱的绳索，摇摇晃晃，稍不留意，便断开。只是现在，他并不为自己的脆弱难为情。他知道，事情总不在人们的掌控之内——这几乎是人们唯一能掌控的，就是没有什么事情可以掌控。

小向曾经借过乔远五千块钱，为的是交上拖延已久的房租。他们都拖欠过房租，没人觉得这是大事。后来有人被告上法庭，他们才陆陆续续去把房租补上。小向拖欠房租，也不是有意的，他只是没钱。后来乔远知道，小向再也不可能还钱了。这笔不大不小的债务，带给乔远不大不小的折磨，因为他在小向出事的两个星期后，才想起五千块钱的事。

向妈妈对艺术区各种古怪的雕塑都没有表示出惊讶，她第一次来北京，第一次到艺术区，这种稳重倒是十分反常的，显得格外刻意。她一直紧抿着嘴唇，像故意憋着很多话。她没带行李箱，只拎着两个不大的购物袋，不像出远门的样子。后来她从其中一只袋子里拿出了带鱼，说想分送给艺术家们，因为他们曾经都是“小向的朋友”。可是，他们对小向都了解太少，并不能算是“朋友”。小向总是他们欢饮之后那些笑谈的主人公。他们谈不上喜欢他，也没有不喜欢，只是有小向在的时候，他们还可以拿他说笑，气氛便会欢乐。小向对于众人的调侃，总是表现得很愤怒，气氛便更欢乐。但愤怒之后，下次聚会小向总是会出现的，即使没有人想起来要邀请小向。何况，在艺术区发生的这些聚会里，也从来都不存在“邀请”这回事，但他们总能聚到一起来，这或许也算是某种共同的感应。

乔远先替所有人暂时保管这些来自小向家乡舟山的特产，是晒干的带鱼，仍有猛烈的海腥气。同样出自大海的那些鲜活的鱼虾，是不可能带上开往北京的那趟耗时二十五个小时的火车的。乔远不喜欢带鱼，从没见过这种食物烹饪前失去水分、干瘪丑陋的样子——从新鲜的生命到失去所有水分，变得容易保存和携带，需要晒几天呢？

小向的尸体被发现的时候，已经是死掉几天后了。就算那时天气已经转凉，尸体也很难看。蛆虫已经滋生，苍蝇在之间狂欢。大约北京干燥的天气也帮了些忙，如果在小向家乡的海边，潮湿的空气里，他的尸体会更快腐败，变成比海腥气更难闻的一堆腐殖质。

从火车站回艺术区的一路上，向妈妈都避而不谈小向。于是乔远也只好谨慎地避免提到他，尽管那其实是他们之间唯一能谈的东西了。这样便无话。他不敢去看向妈妈的脸，那张脸上有太多小向的影子——一个比小向更瘦弱、更不堪一击的小向。

乔远紧盯着汽车前挡风玻璃，上面灰蒙蒙一片，用雨刷也刷不掉，灰色反而变得更深重了。或许是天色更灰暗了，这是初冬时节。

向妈妈说早想来北京了，但是走不开，家里的活计太多，小向的爸爸又不能走动——他去年被水里的某种东西咬过，又没及时处理，伤口吸了海水，胀大了，都撑破了裤子，远远看去就像一只脚踩进圆桶里。伤口腐败了，一直没好。现在，他左腿踝骨到膝盖之间的肌肉，全都坏死了。再然后，是今年的休渔期开始了，向妈妈才终于来了北京。她又说北京好冷，舟山还穿单衣呢。

乔远想问问小向的丧事，那大概已经过去两个月了。艺术家们本来还说过，大家一起去一趟舟山吧，去参加小向的丧事。但没人出面组织，小向的亲属也没有告诉过他们葬礼的具体日子。何况每个人心里，也许都有一万个理由让自己脱不开身，有人或多或少还提起小向的吝啬，偶尔几乎到了厚颜无耻的地步，但随后又有人说，“这么个人，就这么没了”。

到现在，他们这些人谁也没有去舟山。九月过去了，十月也过去了，艺术区进入繁忙的收获时节。那些喜庆开幕的展览和新近开张的艺术品商店，让日子变得丰富又急促。这种当下的丰富，更容易占据人们的精力，而小向，毕竟已经过去了。只在那些夜晚胡乱喝下各种酒的时候，他们会因为沉闷而感到气氛古怪。渐渐地，他们终于告别了北京的秋天。十一月初，北京早早下了这年第一场大雪，秋天就这样来去匆匆，像小向一样，急不可耐向肃杀的寒冬让步了。

向妈妈说了些感谢的话，声音和她在电话里一样，口音很重。那时乔远还没有习惯她的口音，他勉强分辨出来，她是感谢乔远来火车站接她，听起来很是客气和意外。

不过后来，她开始说别的。乔远也逐渐能听明白她的话了。她说自己从火车上下来，差点找不到出口。想不到，这里人那么多，多到她都找不到自己的儿子了。不对。她这才想起，儿子已经不在了。儿子在舟山的海里，海葬了。她一夜没睡，这当然是可能产生幻觉的。她的儿子在北京生活了九年。前四年，上大学，寒暑假的时候，还回家。她就给他带上一大包干鱼、干虾。他最喜欢那种最小的、最咸的干鱼。后五年，他在画画，当画家了，但再也没有回过家，因为儿子没了寒暑假。

向妈妈只以为小向是猝死的。没人告诉她小向真正的死因。

或许也算自杀吧，因为没有人该为他的死亡承担责任，除了他自己。但这肯定不会是小向的本意。自杀的人怎么会是小向呢？他是那么善于忍耐，总是可以为自己的各种不得已和窘迫找到借口，然后让自己解脱。比如家境不好，比如画商的眼光都有问题，或者女孩们都是爱慕虚荣和物质的……反正，小向生活窘迫，也没有爱情，他的画始终没有像他自己希望的那样，被某个眼光独到又财大气粗的画廊看中……而这些问题，自然都不是因为小向自身的原因。

他们对小向的了解，在小向的尸体被发现的那一刻，就变得单薄，至少不那么可信了。艺术区所有人那时都通过各种途径，迅速知道了小向那特殊的癖好。这样的消息总是流传得极快。

在小向的死因还未被公安机关完全确认的时候，应天和乔远讨论过，应天说："肯定不是上吊啊，因为他在床上躺着，绳索在脖子上套着，上吊的话，得找个地方把自己挂起来。"

"会不会是没地方捆绳子，所以把自己勒死了？"乔远问，过后又立刻自我解释道，"不可能，人不能勒死自己，就像人不能抓着自己的头发把自己提起来一样。"就是这样一个人，活着的时候让大家开开心心地玩笑，年纪轻轻又选了这样一个玩笑般的死法，搞得扑朔迷离的。或许也不对，小向没有选择死，而是死这件事，选择了他。

乔远想起了电视剧里总是会出现的那种场景：上吊的死者，笔直而僵硬地垂挂在幽暗的房间里，还有突然撞见死者的亲人，发出失声的尖叫和痛哭——人们对死亡的认识，其实多数都是这般，遥远而抽象，像那些电视剧演员干瘪的哭叫声。

"不是自杀，难道是他杀？"其实没人愿意往凶杀上联想——凶杀，真的吗？在艺术区，多让人不安。但似乎只有凶杀，才能解释小向脖子上那明显的勒痕，上面还套着小指粗的绳索——其实是一根跳绳，但这是大家后来才知道的。

大家都不约而同想起小向从前的某个女朋友——不知道是两个女孩中哪一个——黄昏时分总在艺术区绿化带中间的小路上跳跳绳，每天要跳一千下，一边跳一边小声数数。他们都记得那女孩跳绳的时候一上一下涌动的胸脯，像永不停歇的海浪。但也许就是那根跳绳，导致了小向的死亡。

向妈妈带来了一小块渔网。她在小向死去的卧室床上，铺开那一小块渔网。床只剩下黑色的床架。小向的床单什么的，当然已经被处理，烧掉了。

乔远在卧室外，看见卧室里的妇人，干瘪黝黑，却很有力量，她时常都会用这样的动作和力量撒开渔网。现在，她的一小块渔网网住了一张黑色的小铁架床。她的儿子一直睡这张床，后来又死在上面。

她说要把小向的魂给网回去。乔远感到恐惧，仿佛小向的魂灵真的还在这里停留、飘荡。那魂灵不情愿被一张干干净净的渔网网住，仍然在尽力挣扎。小向终究是不愿意回去的。他在艺术区画画，五年都没回去过，他甚至没怎么谈起过自己的家乡，不过大家也不觉得奇怪——没人关心那片遥远的渔场。小向的骨灰却终究回去了，被稀释在舟山的海里，他是渔民的后代，当地土地少，所以墓地很贵，海葬也许是他合理的去向。

那根跳绳跟小向的尸体一起火化了。跳绳的两个把手早就不知去向，白色的棉质绳索上缠绕着细细的红色花纹，像密密麻麻的血丝。

火化的时候，乔远他们没去。是小向的表哥来北京处理他的后事的。后事其实也很简单，公安那边很快就定了案，不是自杀，也不是凶杀，小向是猝死的。这样的结论似乎可以让人安心。

小向的表哥看上去很冷淡——跟他黝黑粗壮的外貌看上去很不合适的淡漠。他似乎还对艺术区这些人有隐隐的敌意，也拒绝跟所有人谈论小向的事。于是大家在小向的后事中，也就无能为力。不过他们如果再主动一些，还是可以帮上忙的，只是所有人似乎都认为没必要——小向不是有个表哥从舟山过来了吗？

表哥从火葬场直接带着小向的骨灰去了火车站，那正是捕鱼最忙的时节，表哥说他家还有半片渔场的事情需要打理。后来人们传说小向在火化炉里竟然又坐起来了——这话似乎是小向的房东最先说出来的，虽然房东当时根本没在现场。自从小向出事以后，艺术区这些人总是处于一种鬼怪的恐惧之中，房东的话更加让人烦闷。哪怕他们那时已经知道，小向是猝死的，而且应该死得并不痛苦，他毕竟是在最欢快的时候，死掉了，想想，多少算是种安慰。

房东传布小向在火化炉里又坐起来这样的事，也许是因为房东自己感到恐惧。毕竟小向是死在他名下的房子里的，又在两天之后才被人发现。准确说，小向是先被一条狗发现的。在尸体还没有大规模传出恶臭之前，狗先知先觉，闻出了异样的气味，便一直狂吠。人们叩门不应，又一天，还是如此，才去找来房东。房东开门进去，发现小向全身赤裸，已经硬在床上了，尸斑滋生、头部肿大，脸颊却塌陷了，看起来就像外星人。房东后来逢人又说，小向去火化前，据说身体又变软了，多诡异啊！他死得不明不白啊，也让他的房子变得不明不白了啊。总之，小向根本就是个祸害——生前总是拖欠房租，死后还留下这么多谜团阴影，好好的房子现在要降价出租了，只怕降价也租不出去啊。房东也因此拒绝见向妈妈，他把钥匙交给乔远，让乔远带着向妈妈去看小向生前住了五年的地方。

小向所有的东西，能烧掉的就烧掉了，不能烧掉的，他的表哥带走了一部分，包括那些大胸的橡胶玩偶。表哥有三个上小学的儿子，他说可以带回去给他们玩。他们都是在大海里讨生活的人，对这样的东西不忌讳，他们忌讳的是别的东西。剩下的，只是一些简易家具——玻璃板搁在箱子上当写字台，上面的笔记本电脑也被表哥带走了——仍放在工作室里。房东不打算清理它们，因为“工作室还得继续租给别人呢”。

“怎么会猝死呢？”向妈妈自言自语。其实，乔远他们都这么想过。小向毕竟那么年轻，还不到三十岁，心脏大脑应该都很健康。向妈妈是不会相信猝死的说法的。乔远更不知道怎么告诉她，小向的猝死，其实跟他隐秘的爱好有关——一个母亲，不应该听到这样的事。何况，小向的表哥曾那么严厉地告诫过他们，要对小向的死因保密。表哥的语气让大家意识到，这是丢人的死，严重程度已经超过了自杀。尽管大家并不认为这很丢人，只是觉得小向运气不好，死得这么离奇，够荒诞的。但表哥跟他们毕竟不是同样的人，在很多问题上看法是会不同的。“只说是猝死，公安给的结论就是猝死。”表哥接着训斥，“你们只是猜的，猜的就对吗？”当时没人跟小向的表哥争论，谁会跟死者的亲属争论呢。其实大家心里也都在想，小向的死因虽是猜的，但并不会错。

所有人还是都知道了小向是怎么死的，连初来艺术区的女孩们也不例外。小向生前就是他们的话题，死后也是。乔远一直觉得，她们都是喜欢小向的，至少没有女孩讨厌他。只是，她们的喜欢还没有深刻到让她们中的任何一个成为小向的女朋友。她们只是喜欢小向的讨好与奉承。小向在面对女孩的时候，未免太热情了些。正是这让小向时常被大家取笑。小向的两任女朋友都不是艺术区的常客，她们都在艺术区以外的地方，做某种让人总是会忘掉的工作。小向的两任女朋友似乎都不是太合群，在艺术区的日子也没有令她们格外快乐，尽管这里有大把随和的年轻人，她们也总是让自己格格不入。

乔远的女朋友娜娜，对小向也并不反感，哪怕她那天终于还是知道他如何让自己在高潮时刻猝死的荒唐事。她告诉乔远，那年第一次见小向，就感觉他怪怪的。“说不出来的感觉。”她说。那时，娜娜还不是乔远的女朋友，她和小向在一个饭局上见面，小向对她格外照顾，将生鱼片的调料一样一样地挪到她面前。“他说他擅长吃生鱼片，一直盯着我，要看着我把那些鱼片吃下去，吓死我了！”娜娜回忆当初，“我可不敢吃生鱼片！”

后来娜娜成为乔远的女朋友了，小向待她仍是好的，但总难免生疏。娜娜从小向态度的转变，意识到一个她无法改变的事实——“我只有你一个了。”娜娜对乔远说。从她的语气，乔远判断不出她是为这样的现状感到委屈，抑或伤怀，可能都有一些。乔远不喜欢她这样的表示，总以为自己需要为她不再被男人们普遍宠爱而承担责任。

娜娜因此对小向“有过一段误解”，她说以为小向是那种男人，“有机会要上，没机会创造机会也要上”。

乔远问：“其实呢？”

“其实，其实，的确是这样吧，如果他不是创造机会，也不会把自己‘爽’死。”乔远觉得她的说法很准确，他甚至想可不可以这样告诉向妈妈——小向其实是爽死的。但后来娜娜又说：“小向运气不好，他没遇上过什么机会。”她指的，也许是小向从来没有遇上过一个可以长久陪伴他的女孩。

娜娜第二次见小向的时候，距离他们第一次见面已经过去很久了。她说自己都没想到小向还能认出她来——尽管她已经穿着娴静的长裙，把头发的颜色又染回黑色，也不再穿紧身的黑皮衣了。“他拿出一张纸给我看，上面全是小五号的字，密密麻麻打印的，你猜是什么？都是手机号码啊。”娜娜多年之后说起那张纸，仍然觉得惊讶，“他为了表示他还有我的电话号码。”

“为什么？”

“他说是怕手机丢了，所以提前把电话都打印备份，这没什么，但关键是，嘿，他还每天随身带着那张纸呢。”娜娜说。过了一会儿，她又补充：“好像还是按姓氏首字母排序的呢！”

乔远从不知道小向有这么细的心思，但打印手机通讯录这样的事，想来总是有些不正常。如果小向还在，这自然还会被大家热闹地议论一番。

向妈妈说自己根本没必要来的，因为小向的骨灰已经回舟山了。她在乔远的工作室见到了小向的第二任女朋友，那个女孩这天不知为何出现在乔远的工作室。

乔远陪向妈妈进来的时候，女孩正和娜娜一起心不在焉地讨论指甲油颜色的问题，她胖乎乎的手拽着娜娜的细胳膊。乔远认出她就是从前那个经常跳绳的女孩——身量丰满，红色套头衫圆乎乎地裹在身上，像年画上观音娘娘身边的小娃娃，也像小向收藏的那些橡胶制电游玩偶。小向和她刚在一起的时候，对自己的爱情十分得意，尤其是她的丰满。小向形容她是那种“一晃一晃”的女孩——什么是“一晃一晃”，他没解释。但没多久，人们都看见那女孩在艺术区跳跳绳，硕大的乳房的确“一晃一晃”。不是所有丰满的女孩都能做到“一晃一晃”的，这难得的一个，让小向找到了。他们起初很恩爱，结伴去草原游玩的时候，两人共骑一匹马。小向当着所有人的面扶她上马，尽管看起来很费力，小向却是很辛苦地幸福着。只是没多久，他们就分开了。女孩还会来艺术区，但和小向再没话说。又过了几个月，小向就出事了。

但那女孩现在并没有提供关于小向的更多信息，她对向妈妈也只表达出有距离感的礼貌，她一直是个内向的姑娘。小向出事后，她被叫去问过话。她很恐惧，认为做口供这种事，无论如何不能再发生在自己身上。很多人都曾出于关心，在小向死后询问她和小向之间发生的事。但她痛恨他们，她一度把艺术区所有人的电话号码都从手机里删除了。她认为他们太冷酷——问她那些东西，现在还有什么意义呢？

她不需要为小向的死负责——在大家一致认同这一点之后，

他们的号码才重新出现在她的手机里。可是，她从来也没有拨打过这些手机号。

可是谁该为小向的死负责呢？小向自己吗？

女孩姓何，“何”和“向”字太像了，所以她从前也不在意被叫作小向，但现在，乔远只能叫她小何。他谨慎地提醒自己不要叫错。

小何问向妈妈好，尽管没人给她们做介绍。她大概是听说了向妈妈来北京的消息，才特意赶来艺术区的。现在是晚上五点半，天色正在一点点暗淡下去，眼前很多东西都模糊起来，像是墨色中隐匿不见的铅笔底稿。那些细微的线条还在，只是人们再也看不见了。向妈妈受宠若惊，一连讲了五个好。

小何现在在艺术区外的蛋糕店工作，“金凤呈祥”，她简洁地答复，一副“你懂的”表情。那是一家连锁蛋糕店的名字，“金凤呈祥”，在这样的时候说出来却格外不合适。向妈妈自然不懂什么是“金凤呈祥”，难免困惑。但向妈妈也没再问，她毕竟刚度过了疲倦的一天，这时看上去，脸色格外暗沉，高高的颧骨在脸上投下两片阴影。她说知道小何曾经是小向的女朋友，因为看过小向寄到家里去的照片，那时小向是多么兴奋啊。她又解释说，当时他们都很喜欢小何，只是隔得太远，所以，“我们也不知道怎么办”。

不知道怎么办的事还有很多，而眼前最难办的，就是向妈妈在北京的时间该怎么打发。她不懂艺术，是世代渔民——小向从前说过的。她在乔远的工作室站着，手足无措，就像荒野里意外突然出现的一棵树，并不高耸，却依然令人瞩目。她似乎也意识到这种难堪，四处闲逛了一番，于是又加重了气氛的不堪。小何已经离开了，她是一个不太合群的姑娘，更没有义务陪伴向妈妈度过一个漫长的黄昏。她总是这样突然出现，又突然离开了，和她在小向的生命里留下的痕迹一样，果断、坚决——而她竟然还认为是这些艺术家们太冷酷。她离开小向的时候，小向也没有特别难过，他认为女孩们总是不懂爱情，她们爱钱、爱好看的衣服和昂贵的化妆品，就是不爱那些值得爱的人。可是小何却是难过的，乔远认为自己从小何的神情上看出了这一点。小何不像那种爱慕虚荣的姑娘，她公开宣告的“分手理由”是——小向人挺好，就是有点变态。人们对此一笑了之，小向的确有他的变态之处，大家不奇怪。他斤斤计较，四处占便宜，在饭店总是找服务员要几盒火柴装进口袋，吃饭的时候忙着让自己的盘子永远装得满满的。还有他盯着女孩们的样子，全无骄傲，有的只是低贱的示好，反正这种示好又不需要花钱。但后来，人们才对小何所说的“变态”恍然大悟。小向原来比他们都深奥，至少在性爱上，他喜欢受虐的刺激——捆绑和鞭打，这些人们只能遥想一番的场面，小向却一直在身体力行。那些伴随着窒息而来的高潮体验，当然猥琐、神秘，却复杂、刺激。想来，小向的确比他们都懂得享受、活得高端啊。大家竟然还有些隐约的不甘——原来小向一直都在体验这样的刺激啊，可为什么是小向啊？

乔远问向妈妈，打算如何安排在北京的时间。她却惊恐起来，没有听懂一般地瞪大了眼睛。眼珠如两颗暗黄的果子正在腐败溃烂。乔远不敢直视她，他认为这足够奇怪。他想自己其实没必要心虚啊。

后来向妈妈叹气，说起自己其实并没有打算，原来想得很简单，就是想来看看，她以为来了就会知道该怎么办。但没想到，来了之后更不知道该怎么办，除了看看小向生前住的地方，也没什么紧要的事，早知道就不来了，来一趟这么辛苦。

来看看也好，小向常来我这里——乔远希望她喜欢听这样的话。

向妈妈问："这里真好，你们住得这么近，和我们村一样。小向来你这里，你们都做些什么啊？"她坐在一张高高的吧台椅上，那通常是娜娜坐的地方。娜娜喜欢这张可以旋转的椅子，墨绿色的皮质椅垫，有闪闪发光的银色脚垫、扇贝形状的金属靠背，就放在乔远那张三米长的白色画案旁边。娜娜时常在这张淘自旧货市场的吧台椅上端坐，以便居高临下地观赏乔远画画。但现在，娜娜蜷在沙发上，位置上从高转低，而她的兴致也是，反正这天她看起来很懒散，没有参与乔远和向妈妈的谈话。

"我们聊天，喝茶，有时喝点酒。"乔远回答。

"聊什么呢？"向妈妈问。

"聊，也没聊什么，就是……艺术……"乔远想起那些时光里，是否真正发生过关于艺术的谈话。他想不起来。他们的话题多是女孩，然后是身边这些人的乐事，还有不着边际的玩笑，小向也是他们说得很多的一个人、一个话题、一个玩笑。

"哦……我是不懂的。小向很喜欢画画，从小就喜欢。"向妈妈似乎陷入回忆。高高的、可以旋转的吧台椅上的她，让坐在画案前电脑椅上的乔远有仰视的感觉，他不喜欢这种感觉，除非高高坐着的那个人，是娜娜。

“是的，小向，画得挺好的。”乔远说。那些被割裂开的油画，后来去了哪里？这样的想法让乔远懊恼。他忘记了小向那些画，再没见过。它们消失了吗？他觉得，向妈妈应该留着小向的画的，可是现在去哪里找呢？

“他还喝酒？他原来不喝酒的。”向妈妈的身后，是一架落地灯，不知什么时候被娜娜打开了。光线在她的身后投下明亮的轮廓，她记忆中那个不喝酒的小向，应该是五年前、还是大学生的小向了。

“他……对，我们都喝酒，不喝醉，轮流买酒喝。”乔远勉强应付着。他不能说小向从来没有给大家买过酒。

“男人是该喝酒的。”向妈妈说。

“小向老是提起你，还有他爸爸。”乔远只是不愿意再说喝酒的事了。他对小向的大部分记忆，都是大家一起喝酒的时候。小向沾酒就脸红，但也许是那些嗤笑引发的愤怒让他脸红的。人们说小向“生得伟大，死在花下”，仿佛小向果然是怀才不遇一样，但他只是不遇，却并未怀才。他的画作，大家也是看不上的。小向从来没有卖出过一幅画。小向最终也没有死在花下，他死在自己手上了——谁能想到呢。

“真的？”向妈妈问得很奇怪，像是根本不相信她的儿子会向朋友们提到父母。“他对我们不满，因为他爸爸埋怨他不回来，就这么一个儿子。”

“他为什么不回去？”乔远问。他猜想是舟山太远，而小向喜欢艺术区。

"他爸爸希望他去县里的小学教书，好不容易打通关系，他死活不去，我知道，他想在北京，跟你们一起。"向妈妈说完又用手擦脸上的汗，可现在是冬天，她不应该出汗。"那工作很好，他可以教美术课，一个月的工资抵得上我们全家干三个月。"——可是，这都因为小向要跟他的"朋友们"在一起，这一切才没法实现，乔远想。

小向在艺术区的生活基本是东拼西凑的。他在一家美术高考辅导班教课。这种辅导班在艺术区有几家，都是每年春节后开学，高考后结业。于是每到下半年，小向便季节性失业。但小向在北京好歹也是靠当老师为生的。不知道向妈妈会不会因此感到宽慰。小向教过不少女学生，她们中有人后来考上了中央美院，这是小向最骄傲的事——"我虽然上的普通师范，但我的学生上了美院"。女学生和小向喝咖啡，从来都是学生付账。小向并不在意，因为他教课很认真，可以作为咖啡的补偿。他为学生改素描，改得气急败坏，对女学生也不留情面，把她们训到流泪。这些学生都是从各地来北京专为上考前辅导班的，这样的行为需要良好的家境做基础，所以那些孩子通常也是娇养惯的。她们向校方投诉过这个"有暴力倾向"的艺术家老师，"他当真以为自己是个老师呢"！她们在学校位于艺术区的那间临时办公室里挤在一起，叽叽喳喳地投诉。事情看上去闹大了，于是消息很快传开，艺术区所有人都不相信小向的"暴力倾向"。他们问小向："是不是对男生女生一视同仁？"小向认为受到侮辱，红着脸又尖声争辩："严师出高徒！严师出高徒！"小向终究也没有受到过培训学校的处罚，他是一名尽职的老师，关键，他还是一名廉价的老师。所以来年他依然在辅导班上课，依然接受学生赠送的礼品——各地特产或者一些无用的卡片，写着“感谢师恩”之类老套的话，也依然和学生在艺术区喝咖啡，结账的时候极力暗示服务员：学生非要表示下心意，就让学生买单吧。在这一点上，小向对男生和女生的确做到了一视同仁。

向妈妈提前就订好了旅馆，“在携程网上订的，都说便宜些。四人间，一晚五十块钱。”她解释着，然后她就准备离开艺术区了。这让乔远觉得，她所在的渔村其实并非人们想象中那般落后——那毕竟是东部沿海，又出产海鲜，应该并不贫瘠，只是那里的生活会辛苦些，小向才打死也不回家乡，可是哪里的生活又容易呢？小向如果回去了，他的命运、死亡，会不会有所不同？人其实根本回答不了以“如果”开头的所有问题。

乔远提出送她去旅馆，但向妈妈拒绝了。乔远想如果是小向，他肯定不会拒绝。小向不会放过任何机会的，连死亡也不例外。

乔远送向妈妈去艺术区外坐公交车，并为自己未能陪伴她感到一些歉意。或者这歉意也并非仅此原因。他们走出艺术区的时候，两旁行道树金黄的树叶正在上演一场声势浩大的集体下落表演，无可挽回的集体自杀。要是乔远从前对小向有更多了解的话，他现在也许会更释然一些，不过也许会更难过一些。可是，无论如何，都是无可挽回的事了。

向妈妈也许把乔远的沉默理解为对自己的应付，而乔远也的确没有表现出热情的样子。她对小向的了解说不定还不及乔远多。她在乔远的帮助下上了公交车。几乎刚到公交车站，那辆开往望京的公交车就到站了。她拎着一只黑色购物袋，慌忙上车，好像生怕在这样的时候多做停留，给乔远带来更多的麻烦。尽管乔远从未感到向妈妈的出现是一种麻烦，只是，这不是他能够应付的局面。

乔远甚至还未来得及与向妈妈告别，问问她明天或者后天是否还会来艺术区。但乔远明白，就算她再来艺术区，又能做些什么呢？情形不会比今天更好，也许还会更糟。艺术家们仿佛已经默认把向妈妈的事情交托给乔远去应对。那些混蛋们这天都没有如平常那样在路过乔远工作室的时候进来抽支烟，而他们一般总是能把这样的路过处理得极为自然。对于小向的死亡，还有小向的为人处世，他们知道的和乔远一样多，但他们不愿意让已经过去了的小向在一个陌生妇人的脸上再现。而那些被忽略的真相，还是让它继续被忽略吧。

乔远朝公交车挥手，但他根本看不清向妈妈在车厢里的位置，车厢里只见黑压压的一片人影。壮硕的穿蓝色棉大衣的售票员把半个身子都探出车窗，用扩音器喊着“让一让，让一让”。沉重的车辆就这样缓慢移动，战战兢兢地驶入这座城市的苍茫夜色中。

乔远回到自己的工作室，看见娜娜依然意兴阑珊的样子。她很少有这般沉默的时候。她蜷缩在沙发的一角，朝他伸出双手，这是他们都熟悉的动作，暗示着一个紧密贴合的拥抱。乔远疲倦地坐在她身边，伸手将她揽入怀里。他希望她的反常并不是因为向妈妈的出现，但他也想不出还有别的什么事，会让她没精打采。娜娜靠在他胸前，头枕在胸前口袋的位置。她问他是不是已经把向妈妈送走了？他还没有回答，她又说，感觉很古怪，因为“她为什么现在来这里”？

“她想来看看，可以理解的。”

“那时她为什么不来？”

“我听说是太伤心了，小向的表哥不让她来，怕她受不了刺激。”乔远说。

“可是，我好不容易才暂时忘掉小向的死，可是现在又勾起我去想，那些事。还有啊，小何今天也是这样说的。”娜娜小声地、断断续续地说着话。乔远以为她只是疲倦。连日来弥散在艺术区的沉闷，的确很容易让所有人都疲倦，但她却是难过。

“小何说什么了？”乔远问，一只手轻轻理着她的马尾。

“她说，她觉得，来见向妈妈也不是，不见也不是。”娜娜说，“她是个善良的姑娘，因为她还是来见她了，其实，她不来也能理解的。”

“是的，遇上这样的事，唉……”乔远感到自己唯一能说的，大概只是这样的一声叹气了。

“毕竟，小向吓着她了，他们分手，主要还是那方面的问题。”娜娜说。

这天晚上，乔远和娜娜遇到了从未有过的问题。他们在沙发上的拥抱和亲吻，无论如何激烈持久，也无法令他们走向那最终的步骤。性爱的微妙犹如艺术，得与不得之间的界限仅是分毫。

娜娜于是更加难过，她说她很想，但是感到自己失控了，她控制不了自己。乔远也是，娜娜的难过又让他的难过加倍。小向喜欢刺激的游戏，没有女朋友的时候也依然要向愉悦的高峰冲击。他不放过自己，于是结果了自己。极度的快感与极度的死亡，从来都离得那么近。小向也控制不了自己的身体，还有生命。这样的想法，让乔远感觉自己脆弱又无力。乔远想人终究是要放过自己的，不然迟早会结果自己。乔远还感到眼前一直晃动着那根跳绳，小向用来捆绑自己的不太干净的白色跳绳。小向离开以后，那跳绳似乎一直勒在他们每个人的喉咙处。他们残喘着继续生活，但再也无法忽略掉那种让人窒息的不适。

乔远和娜娜最终放弃了努力。“真希望从前能对他好一点，哪怕他其实并不那么讨人喜欢。”然后他们都喝了一点酒，喝酒的时候，乔远是这样告诉娜娜的。这意外降临的失败足以让他们惊惶无措，毕竟这样的体验在他们而言，是第一次。他们无能为力，除了紧紧握住手心的玻璃杯，颤抖着喝下冰冷的威士忌。乔远默默祈祷着，希望这只是暂时的问题，而明天，明天也许一切都会好起来的。

很多天以后，一场画展在年与时空画廊开幕了。乔远在开幕当天才发现，展出的竟然是小向的那些画。

画展规模不大，占用了年与时空画廊的一半空间。二十余幅油画被完美安置在墙上。液晶电视里也滚动着那些油画的图片。画廊外有铜版纸印刷的大幅海报。海报上的字是黑白两色斑马纹的——艺术家向历平遗作展。海报上还有小向的大幅头像照片，也是黑白的。乔远认出是从某次聚会的合影中裁剪出来的，又经过美工处理。小向干瘦的脸、深陷的眼窝和薄薄的嘴唇，都显得格外陌生。海报上小向的眼睛似乎眯起来了——对画家的海报来说，这并不是太合适，因为眼睛里没有光，缺少力量，有的只是一团死去的阴影。组织者找不到小向更好的照片了吗？或者只是没有尽力去找。还有小向的画，这段时间都存放在哪里？谁组织了这次画展？为什么所有的一切在没有秘密的艺术区都成了秘密？

乔远看着海报上那些明黄色的字眼：坚守、不幸、价值、发现……这些词仿佛在他眼前闪烁和跳动着，它们宏大而空洞地企图诠释小向的艺术。那是不可能的，任何一个人都无法被一张海报诠释。

乔远走进画廊，开幕式正在进行。进门右侧的自助餐台上有精美的西点、果盘、咖啡和香槟。这曾是小向最喜欢的部分，在艺术区的画展开幕式上，小向可以随心所欲地吃那些装在小杯子里的蛋糕，熟练使用着一次性的小叉子，小向还可以点头暗示服务生他需要一杯摩卡，是的，从庞大的咖啡机里刚打出来的咖啡，加很多巧克力的、泡沫丰富的摩卡。

画廊老板吴勇，此时正拿话筒对场地中间稀疏的十几个人，讲述着“一位英年早逝的艺术家的追求”。他身后的投影墙，此时是一块方形的暗蓝的光，是大海的颜色，衬托出吴勇在神情和语气上的肃穆。

场地中间站着的那些人中，有曾经时常和小向、乔远他们一起喝酒的，也有一些人是乔远并不认识的，还有一些显而易见是记者。毫不相干的人们都凑在一起，而他们对正被谈论的故去的艺术家的印象也并不一致，气氛总是有些怪异。

乔远站在人群后，听吴勇侃侃而谈——他竟然还提到了同样英年早逝的梵高。后来又有一些人发言，分别说了些与小向无关的话。吴勇这时过来招呼乔远。他们认识多年，一直彼此提防。

吴勇仿佛知道乔远要问什么，于是抢先说："是小向的房东收起他这些画的，觉得可以炒作炒作，没准儿能成。"

乔远不知道什么是吴勇所说的"成"？小向生前肯定是希望办画展的，这样来说，也许房东做了件好事。可是现在，小向已经不在了，向妈妈也再没在艺术区出现过。眼前这些人，都是小向的陌生人——小向会期待一场这样的画展吗？

吴勇似乎并没有意识到乔远沉默中的心事，他接着说："我觉得是件好事吧，人都没了，能完成他的心愿，总是积德的。"

乔远也说是，吴勇的话并没有留下让人反驳的缝隙，况且，反驳和争论其实都没有什么用处。于是乔远又补充说："祝贺啊！"

"得卖个好价钱！"吴勇笑得很灿烂，像此时他身后墙上那些画上的紫云英。乔远掠过吴勇的头顶，去看那些画。他知道，那只是很一般很一般的习作。大片的花朵，美术学院任何一个学生都可以画出来的习作，但他不能说出这样的判断。

小向的画展持续了十天，比一般的画展要短一些，因为那些画卖得很好，价格也适中。吴勇当机立断地决定停止展出和售卖，然后把剩下的画都留了下来——限制销售，这也是画廊常用的提价办法。

七 年

辛迪·克劳馥到艺术区来的那天，是个意外的晴天。娜娜当服务员的爱特咖啡馆从未那么拥挤。女人们亮晶晶的长裙，在闪光灯扑闪扑闪的光照下，宛如波光粼粼的大片水面。红酒杯里装着真正的红酒，爱特咖啡馆已经不再用康师傅葡萄汁替代它们了。

“谁是辛迪·克劳馥？”娜娜认真地问乔远。她的服务员制服是黑色的。半截的白色小围裙有夸张的花边，像那些维多利亚时期风格的装饰。现在，那些宽大的白色花边正紧裹着她平坦的小腹，还有小腹下那道诱人的“比基尼桥”。

乔远也是刚知道这说法，“比基尼桥，就是穿上比基尼小裤子后，从上面看下去，裤边和腹部之间，有一道明显的空隙”。娜娜认真念着“百度百科”来的答案。那时她刚刚平躺下、低头费力地研究过自己的小腹。她为此得意，因为她是有这道“比基尼桥”的！她当然会有，在乔远工作室水泥地面那张瑜伽垫上，她可是时常要做做平板支撑的——一般都是在那些聚会的饕餮之后，她感到自己“胖得像个俄罗斯大妈”的时候。她做平板支撑，并不能坚持太长时间，而且这种奇怪的锻炼方式让她看起来就像一条刚从冰箱里拿出来的秋刀鱼，硬邦邦的、毫无生气。可是，这毕竟会减弱她的焦虑。她不愿意像俄罗斯大妈，她应该是一个有“比基尼桥”的女孩。

“影星吧？大概，不知道演过什么。”乔远从来没法把外国明星的脸和名字对上号。他觉得也许看到她本人的时候，可能会想起来到底在哪部电影里见过。

“哦，你不知道？那还来这里做什么啊？”娜娜这天有些忙，爱特咖啡馆的客人实在太多。现在，她躲在咖啡馆外墙的拐角处，面前是平时开设周末跳蚤市场的艺术广场。不过这个周末没有跳蚤市场，也是因为辛迪·克劳馥要来。现在是下午两点，广场上熙熙攘攘，挤满了人，随处可见陌生的新奇的面孔。

“看热闹呗。”确实啊，明星来艺术区，他们无所事事的艺术家们都来看热闹。乔远是和油画家于一龙一起来的。于一龙现在在咖啡馆里，也许正在给那些来艺术区游玩的女大学生们讲爱尔兰咖啡里是应该加威士忌的！

“有什么热闹好看的，一个女的！”娜娜明显烦躁起来，大概这天她的确太累，端着沉重的实木托盘在密密匝匝的咖啡桌之间挤来挤去，“这可没你想象得那么容易！”——每天下班后，她都会这么说。她认为自己做着这个世界上最不容易的工作——在艺术区的咖啡馆当服务员，穿难看又难受的黑色制服，何况，还有一双细带的黑色半高跟皮鞋。她讨厌这鞋子——“要么就高跟，要么就平跟。半高跟？谁发明的这鬼东西？艺术家！你告诉我？”娜娜曾这样问乔远。乔远没法回答，他画国画，可国画里从来也不会出现半高跟鞋这种东西。

“是没什么好看的。”乔远也烦躁起来。他们靠着墙，并排站着说话。这里刚好有一小块阴凉，但没人站在阴凉处，除了他们。

广场上那些人，看起来都穿得乱七八糟。为一个更适合观看的位置，他们挤破了头。乔远觉得那些人也不一定知道谁是辛迪·克劳馥——一个明星，为什么要来艺术区？

“吴勇怎么样？”娜娜问。吴勇是年与时空画廊的老板，其实这间爱特咖啡馆也有吴勇的股份。但最近他走霉运，跟艺术区的物业打官司，正焦头烂额的时候，被人莫名其妙揍了一顿。

吴勇说，那天他刚停好车，走出来，有人从后面把一个黑色垃圾袋套在他头上，然后他就什么也看不见了。但那些落在肚子上的拳头，也许还有脚，他却感受得更清楚，很久以后都忘不掉。

“有两个人，我确定。”乔远去酒仙桥医院看吴勇的时候，吴勇躺在那里，像个复活了的木乃伊，很肯定地说。

“好了一点儿吧，我想。但还是不行，需要时间。”乔远告诉娜娜。这天上午，乔远又去了酒仙桥医院，也是和于一龙一起去的。吴勇看上去的确好了些，至少脸上的瘀青，不注意的话，几乎看不出来了。他说：“没劲死了，不知道干什么好。”好像他最麻烦的事情不是走在路上突然被暴打了一顿，而是医院的日子“没劲死了”。

病房里没有电视，一共六张床，两张空着，白色床单上有淡黄色的不规则印迹。“这地方还不错。”乔远违心地说。他觉得换作自己的话，肯定做不到，在六人间的病房住了一个星期！可能他还得接着住下去，因为吴勇坚决不出院。吴勇说都是因为他的“内伤还没好”。

“太倒霉了，吴勇这个人，怎么什么坏事都找上他呢？”娜娜显得并不在意。她只是有些烦躁。这天的太阳太直白，让一点点情绪都没地方躲藏。

“一开始是房租的问题，后来，我觉得后来他们都已经不知道到底是为什么了。”乔远有一搭没一搭地说话。他想起第一次见到吴勇那天，二〇〇三年“非典”时期，也是这样一个日光惨白的天气。十年过去，艺术区的画廊和工作室换了一批又一批。“铁打的艺术，流水的艺术区。”吴勇这样说过。但吴勇还在，他的年与时空画廊挪了两次地方，但好歹保存下来了。二〇〇八年之后，很多画廊都关张了，因为金融危机、租金太贵、政府插手干预种种原因，他们去了更远一些的草场地、黑桥之类的地方，或者干脆离开了这行当，去做房地产之类更实际的生意。现在，吴勇的年与时空画廊也已经关门三个月了，因为主人官司缠身，又住进了医院，风波不断，画廊暂时没法正常营业。

“哦，我觉得肯定还是有原因的吧？”娜娜说，“他们没拿他的钱包，拿走了手机，是怕他报警，但肯定不是抢劫，是吧？”

“肯定不是抢劫。”乔远侧过头去看娜娜，觉得她从未如此可爱，一缕软塌塌的头发被汗水黏在脸颊侧面，刚好形成一个小小的问号，像古代仕女鬓角处那一道弯曲的黑丝。

“对啊，我琢磨，不是为钱。按理说，吴勇拖欠了房租，可是那有合同的呀，对吧？喂，我们的工作室，是不是签过合同了？”娜娜突然担忧起来。

乔远的工作室离爱特咖啡馆并不远，从艺术区广场前的这条路一直向东，到路的尽头，就是了。乔远八年前租下它，那时他并不知道，有一天它会被一个可爱的女孩称为“我们的工作室”。也许这才是值得他欣慰的地方，跟这些年来他办的三次画展、卖出的八十七幅画相比的话。

“我们的工作室？对，有合同。”他爽快地答道。但他不确定，那张纸现在在哪里？他记得合同的有效期是两年，可两年之后他再也没有和这里的物业续签过。那么，其实是没有合同的了？那么，他对她没说实话了？

“哦，那我放心多了，我可不希望下班路上被人扣一个垃圾袋在头上，然后一顿暴揍……”娜娜说着，自己先笑了起来。

眼前就是她每天下班会走的路，只需要五分钟，她就能从爱特咖啡馆回到他们的工作室。沿途她会经过油画家于一龙的工作室，那跟乔远工作室的风格，完全不一样，“于一龙看上去是个挺干净的人，但为什么他的工作室那么脏呢？”娜娜不喜欢去于一龙的工作室，她爱干净。“画油画的，就是这样。”于一龙解释起来的口气，就好像在说自己是一个油漆工一样。娜娜有一次喝醉了，去于一龙的工作室，但他不在，或者他装作不在，反正娜娜没能进去。她说：“他就是故意的，我觉得他不是好人。”她还喜欢用好人、坏人来区分别人。

乔远决定一会儿回工作室之后，先去找那张合同。可是他不确定应该去哪里找，完全没有思路。

“他们也太能下手了！揍人……”娜娜叹息着，“我听说吴勇不是没有交房租，他是没按他们说的价格交房租。”

“你怎么知道这些的？”

“咖啡馆里的客人说的，我顺便听的。这些天这些人老说这个，网上流言特别多。”娜娜说。

“还说什么了？”

“没什么了。乔远，我感觉不好。”

“没事的，宝贝，我们又没有得罪他们，那些人，虽然不知道到底是哪些人，可能只是两个醉鬼呢，或者只是嗑药了，发神经揍人而已，我们不欠房租，连物业费、水电费，也都交过了。”

“是吧？我想，是的。”她自言自语着。

“吴勇跟我们不一样。”乔远说。

“你说什么？”她转头看着他。

“他是开画廊的，我们是画画的，我是说，我们还是不一样的。”

“可是，他不是跟我们一样都住在这里吗？这一点，你们，还有我，我们都一样。”娜娜说，“哦，出了这样的事，你还这么说，这太不好了，乔远，你不该这么说。”

“我没说什么，我只是说，他是商人，而我们画画。这没什么啊！”乔远越说越烦躁，像走进了永远也绕不出去的那种地方。

“是没什么，因为事情还没有落到你头上！你们都这样，只要这一回没轮到自己，就说没事的没事的天下太平！可是每个人都这样，下回轮到你的时候，就来不及了。”娜娜声音大起来。

“算了，我们不说这个了。我不想说。”乔远说。他看见广场另一头，几张长椅上面坐着几个粗壮的男人。

“那我们怎么办？”

“什么我们怎么办？我们什么也不办。”他开始推算她是否正处在生理期，才会这样无理取闹。

“我们的朋友被无缘无故揍了！我们什么也不办？天啊！”娜娜几乎是叫起来。

“那你说，我们怎么办？”乔远突然觉得娜娜并不是平白无故地问起吴勇的。毕竟，这件事已经发生了一个星期，似乎早就过了被讨论的时效。但其实并没有，有些问题从来也没有时效。

“我不知道，所以我才问你，我以为你，还有于一龙，你们这些天至少会做点什么的。但是你现在告诉我，什么也不办。”娜娜摇着头，眼泪就流下来了。

“嘿，嘿，宝贝，你怎么哭了？”乔远永远弄不懂女孩们的状况。娜娜哭了，就因为他打算“什么也不办”？

他的确是这样打算的。因为其实他现在什么也做不了。打人的那些人，只是台前的演员。幕后那些人，才应该为这件事负责。可是那些人到底是谁呢？他们都不知道。吴勇也许知道，但他说自己“不确定”，因为“不可能是物业公司那些人，我跟他们打官司，然后我被打了，这太明显，”吴勇认为，也许是有人栽赃给作为原告方的艺术区物业公司，“也不一定呢？一举两得的事儿，把原告被告都教训了，这计划，多漂亮啊！”吴勇那时胳臂上还有绷带，他躺在病床上，艰难地、小幅度地挥着手臂。

娜娜没有擦眼泪，因为她“卸妆之前是绝对不能擦眼泪的，除非想花一个小时补妆的话”，所以，为了眼睫毛和眼影的效果，她只能让两滴眼泪自行流下、滴在她的黑色制服上。

她摇着头，坚定地说：“我没事，但是我不喜欢这样。”乔远觉得她可能在说眼泪会弄花眼线——她不喜欢这样。

“没有人喜欢这样。”他真的不想再讨论下去了。

“你记得原来吗？那时候，这里没有辛迪·克劳馥来，也没有这些人，除非是每年大山子艺术节的时候，才会稍微多一些人。房租还没涨起来，我们也不用担心走在路上被人套个垃圾袋在脑袋上。”娜娜说，她眯起眼睛，似乎也在看着广场长椅上那几个男人。

广场上的人群骚动起来，大概有人得到消息，她快到了，那个国际女明星。

“哦，那是好久以前的事了。”乔远没有告诉娜娜，其实以前也有这样的事，最早一届大山子艺术节没开成，因为艺术家没获得批准，要开这种艺术节，总得是经过批准的才行。所以开幕那天，一些穿制服的人来了，砸了些东西，把横幅、海报之类的东西都撕了下来，扔得到处都是。后来就打起来了，先是穿制服的跟没穿制服的打，然后是没穿制服的跟穿制服的打。那一年被打伤的人，可不止一个。

“是啊，我不喜欢这样，你知道吗？今天一个上午，一直到刚刚，你来找我的时候，我一共端了一百一十九杯咖啡，我们可是十点钟才开门的呀！”

“你还数着数啊？”乔远说，他不觉得娜娜真的能数清楚到底端了多少杯咖啡，但他明白她的意思了。

“是的，我对自己说，再坚持一下，坚持到乔远来看我。可是其实我一点儿都不觉得累。我只是不知道，之后又能怎么样？你去看吴勇了。我老想这事儿，然后我看这里的人，都像是凶手。”

“哦，宝贝，我不知道这件事让你这么难过。”

“可是偏偏今天人特多，是不是北京所有没事干的人都到齐了啊？不就是一个辛迪·克劳馥吗？”

“你累了。”

“不，我不累。”

可是乔远累了。他突然想回工作室去了，辛迪·克劳馥对他并没什么吸引力。

“你看那几个人！”娜娜抬了抬下巴，暗示长椅上的那三个男人，都穿着同样款式的深色夹克，颜色略有不同。“是便衣吗？还是打手？”娜娜的声音听起来很紧张。

“你不要疑神疑鬼了。”乔远决定留下来，也许现在正是她需要他的时候呢。

“我觉得可能是打手，你看他们，三个男人为什么要坐在同一张长椅上？这太奇怪了。”

“可能只是没有别的地方可以坐了。”

“吴勇有没有说过，那些打手长什么样子？穿什么衣服？”娜娜似乎很坚持。

乔远摇头。那是一个黄昏，能见度不好，吴勇被黑色垃圾袋套住了头，他什么也没看见，“就像个沙包”，吴勇形容自己。他个子不高，又有些胖，很适合当沙包。那些人，也许是两个，也许还有更多的人，也许还有一辆接应他们的车。

吴勇说他躺在那里，扯下垃圾袋呼呼喘气的时候，无论如何也爬不起来，他觉得眼前漆黑一片，“大概死亡了几秒钟”。他没有流血，但后来发现其实是“内出血”。

“还不如流血呢！内出血？”在吴勇已经可以笑着说这件事的时候，他是这么讲的。吴勇没有报警，不知道什么原因，也许也是因为“内出血”？那些伤害，只属于自己，别人看不见，警察也看不见。

“不是的，他不敢报警，怕自己的事也被查出来，毕竟是经济官司。”他们离开医院后，于一龙说。

“自己的事？”

于一龙说：“吴勇在艺术区这么多年，几乎是年头最长的人了，难免得罪人，当然，也怪他自己做事太狠了一些。”

“他做什么了？”

“乔远，你真的不知道吗？难道吴勇没有找过你模仿一些画？为什么日本和爱尔兰的画廊都撤走了，吴勇的画廊还能坚持下来，你以为他真的只是卖画吗？”

乔远听说过一些，在艺术区有过这样的传闻，吴勇让年轻的艺术家炮制大师风格的画，那些仿制品都使用琉璃厂找来的古旧的宣纸和颜料，完成后再经过工艺做旧处理。

但乔远从不相信这些传闻，卖赝品？对于吴勇的年与时空这种老牌画廊来说，其实是得不偿失的。精明的吴勇不至于走这条路。而且吴勇也从没找自己“模仿一些画”。

倒是于一龙自己，成立了工作室，有三个年轻的助手专门为他打底稿、上色……但于一龙不以为这有任何不道德之处，那些波普风格的傻笑的人面，在署上于一龙的名字后，确实极有市场。

“吴勇以为打官司能有用，因为他很早就签了长期合同，后来租金涨了，他认为他们违约。不过也只是一点小钱的问题，他们不至于下黑手的。我觉得，肯定是那些假画被发现了。”于一龙说，听起来很有把握。“不做亏心事，怕什么鬼敲门。”他又强调了一遍。

他们没再接着说下去。这些事情，乔远没有告诉娜娜。他没有告诉娜娜的，还有他们去抗议的那次。乔远是为了支持吴勇，才写了条幅，又带着条幅去七星物业的办公室闹事，那是一个月以前了。那天乔远告诉娜娜，他要去宋庄看画展，其实他是去抗议了。如果打吴勇的人真的是物业找来的，那么乔远自己，也许也在他们的黑名单里——他假设他们手上，有这样一份黑名单。

现在想来，乔远认为这确实不是太明智的做法——倒不是因为抗议本身还有因之带来的可能挨打的威胁，而是因为隐瞒——他隐瞒了她，尽管这种隐瞒，不过是出于善心。但她或许还是会知道的，如果事情真的闹大的话。

乔远想，要不要现在告诉娜娜，关于那次在七星物业办公室的抗议活动。那其实值得一说，因为他们大获全胜，几乎可以算是的。七星物业对艺术家们的到来没有预期，而吴勇带领的这些艺术家房客们又使出了撒手锏——想想吧，如果艺术家们都退租，这里会变成什么样？

物业那边的头头们没有出现，穿保安制服的那个年轻人只是一个传声筒。他可能这天忘记刮胡子了，鼻子下嘴唇上的地方有青青的一块，像是肿了起来，他说："有什么问题都可以解决的，但不要说退租这种没用的话。"事实上，"退租"的话，是有用的。如果艺术家们都离开了，"艺术区"还存在吗？乔远当时认为这是显而易见的事情，所以他们也自认为胜券在握。

年轻人并不像真正的保安，因为他随即告诉他们："有什么要求告诉我，是一样的，我可以保证。"

他太年轻了，乔远疑心他根本还不知道“保证”两个字的意义。

乔远自己，也向娜娜做过“保证”，在她感到恐惧的那些时候。她说自己随时都可能窒息，“大概像是在水里一样”，她认为他不会懂。

他说不是的，他懂，“你只是没有安全感”。

女孩们都没有安全感。乔远这年三十多岁，他在自己经历过又记忆深刻的不多的几个女孩身上，总结出这一点。她们一开始总是无所畏惧的，根本不相信这世界上还有什么东西比糟糕的指甲油或者凌乱的刘海更令人恐惧。但时过境迁，她们会改变，这种改变倒也不全是因为年龄。只是相处的时间越长，她们越不安。生活中那些微不足道的信息，也足以乱了她们的方寸。这种变化因何而来？乔远问自己。他希望是因为——爱情。是的，爱情让她们患得患失。他希望是。

所以你得哄着她们，哪怕必要的时候加以隐瞒，或者欺骗。但这并不容易，因为事实的真相总是更加强大，会在你意识不到的某一天，突然现身，揭露真相。其实所有的真相只有一个，那就是你欺骗了她们。哪怕你的用意，真的是为她们考虑，这不重要。重要的是，她们感到威胁，不再觉得安全。这就足以颠覆一个女人的世界。当然也包括与她相关的那个男人的世界。

娜娜说：“你确定我都知道了？”

“知道什么？”

她轻叹一口气："我也不知道，但我应该知道的东西，我都知道了吗？"

"是的吧，我想。"乔远说。

"不要'吧'，不要'你想'，老天，你为什么不能明确告诉我呢？"她嚷起来。一滴汗珠在她鬓角，迟疑着，终究没有落下来。然后，广场上的人群喧闹起来，大概那个明星马上就会出现了。

乔远说："是的。"但他的声音被淹没了，她没有听见。她兀自摇着头，一脸失望的表情。

她大声说着——女孩的声音总是更有穿透力——"你记得从前吗？从前，你总说没事。"

他不确定何时才是她口中的"从前"。他倒是想起很多"从前"的事。从前，她是喜欢热闹的女孩，最喜欢的便是艺术区人多到几乎密不透风的艺术节，就像今天一样。从前，她充满勇气，不会开车的时候先自学骑摩托车，她认为自己有这样的天赋。她喜欢见义勇为，必要的时候再展示出女孩的柔弱，以寻求男人们的谅解。从前，她还不是他的女孩，那时她在后海亮闪闪的水面上的小船里蹦跳，扬言要去环游世界。她酩酊大醉的时候也依然妩媚动人。这都是从前的事。

他还知道更多的"从前"。关于他自己，还有娜娜，在他们各自来到艺术区、来到北京以前。这些年里，他们花了很多时间彼此倾诉那些遥远的、从前的事，就像讲述另外一些陌生的人生。他们总是用那样的语气，为避免对方厌倦。他的"从前"，没有太多值得提及的内容，无非是乏味的美术练习和永远也无法自如应付的县城社交。而她的“从前”，听起来更有趣，是一个他所陌生的小女孩的世界：在山上骑马、骑羊——年龄更小的孩子才能骑羊。她溺过水，两次，所以她最怕水。还有那些女孩的小团体的事情，她们如何让那些讨人厌的女孩“吃苦果”，用尽各种花样百出的计谋。她们还偷过文具店的贴纸，上面印着《新白娘子传奇》中的白素贞和小青，当然后来还是付钱了。她们只是想知道文具店的老板，一个永远眯着眼的胖男人，是否真的在睡觉。这些事件里，娜娜是领袖，至少按照她自己的说法是的。这意味着她可以自如游走在那些日子里，身边不乏男孩女孩的陪伴。她从不担心，无论是其他女孩的报复，或者意外的打手。

她问起的“从前”，属于哪一部分，他不确定。无论哪一部分，他都记忆深刻，甚至怀念。只是，那时她还不爱他，他们甚至还未结识。但他们再也回不去了，爱情是处处标满警示牌的单行车道，那些美妙的风景里，慑人的警示不论真假也会让人惊惶。

她呢喃着，问他：“我们怎么办？”

他摇着头，没有说出那个重复了多次的回答——我们什么也不办。

他觉得他们谈论的，已经不是吴勇的事了，而是“我们”，他和她，他们怎么办？

她后来说起不久之前的事。

去年，他们去张北音乐节。乔远开车，车上有娜娜，后座上还坐着一个男模和他的女朋友。他们并不熟悉，只是在网上联络好，然后拼车，一起去张北。几百公里的路，男模认为彼此做伴更重要。乔远也这么想，他不在乎几百块钱的拼车费。

但后来堵车了，张北草原下了雨，高速路面因为天气暂时封闭，路面湿滑，广播里一直播放着雷电冰雹的预警。

他们下车来，在闷热的夏季里想找到可以买冷饮的地方。但这只是美好的愿望。他们在北京北面这条燕山山脉之间，一路向北，山势越来越高。这地方不可能有冷饮店，倒是零星出现沿路兜售香瓜的小贩。

四个人都感到沮丧。娜娜想翻出高速公路的护栏。那些夏季的灌木丛，让她想起童年的四川山地。

这是冒险的事情，乔远不会同意。但那个男模也觉得他们可以一试——不是吗，反正堵车了，看起来还会堵很久的样子。

乔远不知道这个看起来像柔弱的芦苇般的男模，竟会赞同这个冒险的提议。那时乔远认为他实在是有些猥琐，但他竟然还有个女朋友——他难道不应该是同性恋吗？

娜娜和男模翻出了高速公路的护栏，向丛林里去了。娜娜穿了不利索的长裙。乔远不知道，她是如何让那些波西米亚式的流苏不惹上那些灌木生出的小刺的。

几道不明显的闪电，在山顶的地方一晃而过，像《西游记》里观世音即将出场的景象。但观音没有现身，一滴雨也没有来。

乔远和男模的女朋友——一个更像男孩的短发女孩——在车上等他们。

“他们去探险了。”那女孩怪腔怪调地说，乔远不明确她是否和自己一样对这件事情感到憎恶，而且不仅仅是出于嫉妒。

后来乔远知道，男模和短发女孩不过刚刚认识而已，他们不会为彼此的冒险行为提心吊胆，但乔远会。

这实在不公平。

事实上，什么也没有发生。娜娜和那个男模很快就回来了。他们不擅长在山间行走，而且那里也根本没有他们想象中的那种砍柴人走的小道。他们自以为探索了一番，然后就放弃了。但这足以让人兴高采烈。

男模的衬衣看上去很脏，也许这次探险并不顺利。他后来脱掉衬衣，毫不在意裸露自己均匀的肌肉和肤色。这也是整件事情中让乔远厌恶的部分。

好在，娜娜看上去意兴阑珊，也许是因为漫长的堵车。

唯一发生状况的是乔远，尽管他一直宣称“没事”。但这种假装出的“没事”，并没有持续多久。他很快就让所有人知道了，他“有事”——他只是不说，也不承认。

那是一次失败的旅行。张北音乐节期间，他们四人没有一起活动。乔远和娜娜租了帐篷，度过一个肮脏、潮湿、寒冷的草原之夜，没有谈话，所以一点儿也不温情，这都是因为他“有事”。可他认为自己没错，错在她，她不应该让他担心。

但她沉默着，不谈这件事。第二天，他们看完了痛仰乐队的演出，又看过了谢天笑，但没有等到最后才上场的崔健，尽管乔远很想听崔健的开场曲目《一无所有》。几乎已经天黑的时候，他们开车回北京。男模和女朋友没有跟他们一起回来，他们会等崔健上场，然后再找其他人拼车。

回程路上，娜娜问乔远："那句歌词，就是痛仰乐队唱的《公路之歌》里面有句歌词，其实是'一直往南方开'。"

"怎么？"

"我以前一直认为是，'你就难放开'，听起来特别像。"娜娜唱了一遍。

"哦。"乔远打开车灯，他犹豫着这会儿要不要开始跟她说话。

"其实这句更好，'你就难放开'，是吧？比起'一直往南方开'来说。你觉得哪句更好？"她哼了这句歌词，她喜欢的《公路之歌》。

"哦。"他简短地答复，心想他们此时也正在"一直往南方开"。

他们再也没谈论过这件事，就这样一直往南方开，就把来时的不快甩在身后了。

"是的，'没事'，那次你说得最多的，就是这话，'没事'，'没事'。"现在，娜娜皱着眉头，两手在自己白色的小围裙上来回抹，可是她的手上和围裙上，都并没有要抹去的脏东西。"明明有事，你只是不承认，也不面对。我们也有事，可能会有很大的事，但你根本没想过这个问题，我们怎么办？"

乔远解释说，那不一样，那次和现在，根本是完全不一样的状况啊，不是吗？

"其实是一样的。你听我说，我问你，我们在一起几年了？七年，还是八年？我们眼看着艺术区热闹成现在这样子。"她像领袖一样，朝广场的方向挥了挥手，“但我们怎么办呢？我们从来没想过，以后怎么办？”

“我不明白你的意思。”他说。

“我自己也不明白，我只是，不知道怎么回事，这么说吧，我们难道一直这样过下去吗？”

他转头看她，像这些年的每一次凝视一样，希望从她细微的表情里，读出某些她自己也未必了然的含义。

但她只是说：“我要走了，不能待得太久，客人太多。”她停止手上的小动作，准备结束他们的谈话，因为她得接着回去工作，端出第一百二十杯咖啡。这种琐碎、重复的事务，总是让人厌倦，进而焦躁，就像每一天的生活一样。他似乎有些领悟，她只是为多年来这种重叠了又重叠的相似生活而困惑，就像一杯一杯的咖啡——日子是永远不会空掉的杯子，即便喝光了也会被立刻重新满上。

“等等，宝贝，我想，我明白了。”但他暂时还没想好如何把某些思路组织成语言。

“你明白什么了？”她没走，看上去也没有要走的打算。

“我们在一起这么久了，是很好的，对不对？”他慢慢说着。

“是的，久到我都以为我们会一直这样好下去。真不可思议，七年，我这辈子一共还没有过几个七年呢！”她轻轻地笑起来。

“但吴勇被打了，这是个意外。所以你意识到，这个世界上还有意外。意外，是的，这种东西让人不安。”他慢慢地说着，每说一个词，便忍不住去看她的表情，好像等待她的认同。她似乎没有否定他——那她应该是认可他了?“然后，你不知道怎么办了?所以，你一直问我，问我打算怎么办?”

“有一些道理，听起来。但不全是这样的。你先说，你打算怎么办?”

“娜娜，我们可以结婚啊。”

“什么?”

“结婚啊!”他想过很多次如何向她求婚的场面，但从来不是眼前这样，似乎在迷雾重重的天气里寻找一块干燥的空间——只是为了缓解闷热的迷障带来的不适，只是一种被动的解决途径而已。他为自己如此不慎重地说出“结婚”的提议而不好意思，但他也随之意识到，这种“不慎重”并不会冒犯她，因为他们彼此熟悉、相爱，而他的愿望，通常也会是她的愿望。

“为什么?”她的语气里没有情绪。她仍然只是困惑，似乎没听懂他的话。

“为什么不结婚呢?”他觉得自己说得没什么底气。她的反应让他意外，让他以为自己已经失掉了信心。

“不，不是这样的，你还是不明白。你怎么还不明白呢?我不是要结婚，当然，我也没有说我不和你结婚。但结婚不是我们现在要讨论的事情。哦，你还是没明白。这样吧，我问你，如果我们结婚了，那之后呢?我们的生活，跟现在有什么区别吗?不也还是这样吗?我会每天上班、端咖啡，你会接着画你的画。可能有一天，我们还是会碰上意外，就像吴勇一样，被揍到住进医院。这都有可能。但你说什么也不办。我就要疯了。你知道你现在只有两张床垫，连个床架都没有吗?没有床架，我们怎么办?我们没救了，我们只能这样，就像这七年一样，接着过下一个七年，再下一个七年，再下一个七年，直到意外发生，直到我们进医院。天啊，我觉得不敢想象，我马上要三十岁了。我不知道自己还有几个七年，但我又觉得其实都没意义，因为所有人都是这样，一个七年又一个七年，反正都是一样的，没什么区别，没意思透了。哪怕有了床架，还有衣柜——不是一个大木箱子，而是衣柜——这些都有了，但我们还是会这样，七年又七年地过下去……”

她还说了些什么，但乔远已经听不见了。他看见她白色围裙下的小腹，在她激动的语气中起伏，显出突起的小腹形状，并不明显，所以他一直凝视她的肚子，似乎要看穿她围裙下面那道白皙的“比基尼桥”。他想起她向他炫耀“比基尼桥”的时候，那种轻松的骄傲，感到自己正在这座名为“比基尼”的桥上，失去她。

他忍不住伸手，想去抚平她因为激动而显现的小肚腩。

她迅速拨开他的手，不可思议地看着他：“天啊，我不能理解，你有没有听我说话，你在干什么？”

之后，他看她走进咖啡馆，带着鼎盛至极的怒气，留给他一个娇小却桀骜的背影，跟从前一样，时间似乎并不曾改变什么。但是那些细小的皱纹，也许正在她后脖颈的地方生长，没有人会发现。

乔远不想再在这里停留了，但他也不想立刻回工作室去。他发现自己陷入一种可笑的境遇里——偌大的艺术区，他无处容身。

广场上的人声，逐渐安静下来，像是不约而同得到某种指令。黑色轿车，一共两辆，似乎正在不远处进入艺术区的闸口处停留。也许是林肯汽车。

乔远开始跟自己打赌，如果是林肯车，他就回工作室去，辛迪·克劳馥——一个名模，他终于想起来了，不是影星，天啊，他从一开始就错了——并不比娜娜更能令他继续在这里守候下去。但如果不是林肯汽车，他就留下来，等娜娜下班。距离她下班的时间，已经不会太久了，这天她上白班，下午四点便可以离开。然后，他们也许可以进城，去吃比萨或者别的什么她喜欢的、能够令彼此放松的美味。他们现在都需要放松。

将无所谓的决定寄托给偶然的事实——这是赌博的本质。或许也是一种逃避，当无从决定的时候，把决定权交出去。

去年，在从张北草原回北京的路上，乔远也是这样做的。下一次看汽车里程数的时候，如果是单数，就原谅她；如果是偶数，他就继续耿耿于怀下去。他疑心自己那时其实已经释怀了，但只是需要一些别的力量，让自己面对这样的现实。

娜娜不听劝阻，去做危险的事，翻出高速公路的护栏，完全不在乎自己的性命，何况，她和一个刚认识的男模一起去冒险，把乔远和那个短发女孩尴尬地留在车上。他们离开了多久？乔远始终认为有半个小时那么久。但后来娜娜说没有，不过五分钟。她说："我们只看了一眼，有点失望，北方的山，没什么意思，就回来了。"

乔远终究原谅了她，尽管她从未就此道歉，她倒是认为道歉的不应该是自己。"你怎么放心让我跟男模走呢？"她同样不能释怀，"你根本不在乎我的安全。"

里程表是单数，显示八万多公里。于是乔远听从这似是而非的天意，没再装出冷漠的表情。他们没事了，继续朝夕相处的生活。劫后余生，然后风平浪静，生活美好得就像一种假象。他无端觉得，眼下他们也会这样，任何时候，人们都是这样的，因为任何问题其实终究都会过去的。

汽车是林肯——乔远看见了发动机盖上那几个招摇的字母，但很快，那些字母连同两辆汽车，都消失在人群里。他再也没有看见它们。

长椅上的三个男人，也不见了，不知道他们是什么时候离开的。

乔远也没能在人群中发现那三个男人的身影，他们深色的夹克，在艳阳下不知何处折射出的反光里，是一种低调而完美的伪装，就像变色龙的保护色。他们也许隐藏在围观的人堆里，表情和众人一般麻木。打手，是否必须具备这样的素养？

乔远决定离开，眼前热闹的幻觉与他无关。他决定先回自己的工作室去，找到那张过期的租赁合同。那张纸在今天突然变得如此重要，仿佛是他们人身安全的唯一保障。

他又回到咖啡馆里，临走之前他得跟娜娜道歉，至少告诉她他的去向。

咖啡馆里已经没什么人了，大部分客人都离开座位，去到广场上。娜娜也不在咖啡馆，至少乔远没有立刻发现她。

于一龙坐在吧台前的高脚凳上，跟两个高个子姑娘说笑着。他看见乔远，向他抬了下胳臂，动作利落，不懈的高尔夫练习培养了他的臂部肌肉。

乔远走过去，问于一龙有没有看见娜娜。

“她好像跟几个男人走了。”于一龙轻描淡写，一边转头去看那两个姑娘，都戴着美瞳，眼珠是暧昧的橘色。她们咬着冷饮杯里的彩色吸管，抿嘴笑起来。她们在嘲笑自己——乔远突然有了这样的直觉。

“几个男人？”乔远不知道哪个词更严重，是“几个”，还是“男人”？

“是的，都穿着夹克，这么热的天穿夹克？长得像三胞胎，对，是三个。”于一龙可能刚喝过加了威士忌的爱尔兰咖啡，呼吸里有醇厚的怪味。

“他们认识娜娜？”乔远问。

“我怎么知道。”

“看上去呢？”

“看上去，我觉得，不认识，但他们好像在做什么交易，嘿，娜娜是不是在做非法的事情啊？”于一龙鬼魅地笑起来。

“是的，她可能在买凶杀人吧！”乔远愤怒起来。于是于一龙又为自己的玩笑道歉。

乔远离开咖啡馆，一边走，一边给娜娜打电话。那三个打手，他们绑架了娜娜，威胁她，做出可怕的事，因为她的男朋友乔远，在他们需要对付的那份黑名单里。

他立刻就相信了自己想象出来的场面，正在艺术区修建中的停车楼里发生。那些水泥和砖瓦之间，多么适合绑架或者下手。

也是在这时，他意识到，自己正在不自觉向停车楼的方向走去。

娜娜的电话，始终没有接通，不知道是什么原因，也许她现在不想接他的电话。不过，他安慰自己，其实女孩们的电话总是很难接通的，她们会设定各种古怪、好听的电话铃声，然后在来电的时候忽略掉它们。

乔远已经来到停车楼前。四层的停车楼还未完工，但外立面那些墨绿色的防护网已经拆除了。砖石、水泥、粗糙的墙面，像简陋的积木，搭建成他面前这座四层的、镂空的楼。乔远可以透过挑高的层高，看见停车楼另一侧的灰色房屋，还有天空中云朵形成的浅色斑纹，就像那种淡蓝色衬衣上的格纹。艺术区什么时候会需要一座这么大的停车楼呢？它什么时候出现的？

他接着打娜娜的手机，但是没有用，无人接听。

眼前一个人也没有。未完工的建筑，也像某种无辜的受害者，被冷落和遗忘了。

然后他的手机就响了起来，几乎惊吓到他。是娜娜。

她很平安，但没有解释自己为什么失踪。她只问他，是不是没事？

“我当然没事。”乔远急忙应答，同时又为自己又说了“没事”这两个字而感到抱歉。但他的确为她担心了，尽管她也许不会相信。

“那就好，你快回工作室吧，原谅我吧，我只是，你知道我们到了一个关键的时候了，七年。”他刚听出她声音里的紧张，但他疑心这不过是因为自己太过紧张罢了。

“我这就回去。”他说，“放心。”

“乔远！”她在他挂上电话之前叫他。

“什么？”

“你担心我吗？”

“我担心死了。”

“哦，我想，那没事了。”她也这么说，在明显有事的时候说自己“没事”，但乔远没有深究下去。

他疑心重重地往工作室走，猜度着娜娜可能去了哪里。她是想要分手吗？或者她已经爱上了其他人？她刚才说过：“我不是要结婚，当然，我也没有说我不和你结婚。但结婚不是我们现在要讨论的事情……”他感到从未像现在这般对娜娜感到陌生。

此时，节奏感十足的音乐从广场方向传来，他恍惚回到那年张北音乐节的草原上。大概辛迪·克劳馥已经出场了。远处有喧闹的叫好声，隐隐约约，如同来自另一个世界。后来，音乐和别的声音都听不见了。他回到工作室，从热闹的外部世界隐退。

他在这里住了八年，他刚才仔细算过。而娜娜在这里住了七年。对两人的关系来说，七年，似乎是一段不祥的时间。他们有过彼此疏离并放纵的时期，但终究是过去了。他以为，信任与坚持，也会随着时间的迅速流逝而累积，就像所有会随时光沉淀并坚固的事物一样。但事实上，却刚好相反，时光消磨掉了它们，就像那张他再也找不到的租房合同一样，消失不见。

很多天以后，乔远终于知道那其实是如何不同寻常的一天。

他几乎是无意间说到那天的经历。他在未完工的停车楼外，凛冽的阳光下，以为自己看见了类似于电影中的那种血腥暴力的绑架场面。他使用了一种平常不太会用的口吻，举重若轻的，带着轻微的自嘲。

他告诉她："那天我还担心你会跟我分手呢，你看，你刚刚拒绝我的求婚，然后又失踪了，虽然只是一小会儿。"

但娜娜摇头，说："为什么要分手，我们在一起很好，我们离不开对方。"她的回答并没有让他意外，因为这其实是他们早已心照不宣的事实。

她随后又告诉他事情如何发生，又如何终结。不知道她是不是有意沿袭了他的口吻，以便在谈话中佯装出一种轻松愉悦的气氛。

她说那天，那三个穿夹克的男人，确实是"打手"——是她找来了他们——她的三个同乡，在厨师学校上学。她让他们去"教训一下"乔远。

但她很快又后悔了，她明白，这是"不好的事"。于是她打电话，让他们"停止行动"，尽管她也不知道是不是还来得及让他们"停止"。好在，他们答应立即"停止行动"。但放下电话后，她仍然忐忑，还有内疚。她希望乔远能躲过那三个男人的"教训"。

在知道他安然无恙之后，她迟疑了一会儿才平复。后来，她决定忘记这件事，不必告诉乔远，也不必告诉任何人——她说，这终究只是内心的恐惧作祟，蛊惑她做出了冒险又极端的行为。

她需要的，并不是让那三个同乡的男人假装成打手去吓唬自己的男朋友，以便让他在后来的日子里谨慎行事，至少要让乔远意识到，他应该在乎她的安全，在乎他们共同的生活。

她需要的，只是忽略掉自己内心的恐惧，像从前，那个无所畏惧的女孩一样，从不为并未发生过的事情而忧虑。

但娜娜现在为什么要告诉乔远这件事？他不知道。她总是把什么事情都告诉他，她对他从未有过隐瞒。所以任何时候他都根本无法怪罪她，哪怕她会不时做出跟男模去探险这种事情。因为她终究会坦白，所有的一切。坦白，意味着她放下了，她“一直往南方开”，而他自己，却是“你就难放开”。

他永远也不会告诉她，他已经得到了教训。因为在那天之后不久，他被几个说东北话的男人在艺术区外的新疆餐馆门口围住，他们倒是没有动手，也没有穿着深色夹克，而是穿着干干净净的浅色衬衣。他们很有礼貌地让乔远“少管闲事”。乔远记得那种感觉，并不完全是恐惧，但总是有一些恐惧存在的。他想起娜娜说过，“像溺水，随时都可能窒息”，他终于对此感同身受。

吴勇那时已经出院了，他将接着把那些漫长的官司进行下去。年与时空画廊终究又开始营业，不知道吴勇是否交上了足够的房租？不过，年与时空画廊很快入选了政府的文化创意产业扶持项目，也许不再需要为房租这种事担忧了。

画廊重新开业那天，乔远和娜娜都去了。吴勇看上去脸色红润，很健康。但乔远觉得，吴勇还是有一些变化的，他只是不能确定，在吴勇身上到底发生了什么样的改变。“内出血”的伤害，竟像是发生在他们每个人身上。那些人们不曾期待过的意外，还是会些微地改变一些什么的——乔远最终这样告诉自己。因为，他业已意识到自己的变化，自从被东北男人告诫“少管闲事”后，自从那天娜娜意图找三个打手来“吓唬”他后。

乔远没有把那几个东北男人来威胁自己的事情告诉吴勇和娜娜，但他确实找到物业，重新签了租房合同，又预付了半年的房租。

他们没有再讨论过“七年”或“结婚”的事，仿佛一个再也不会痊愈的伤口，谁也没勇气去触碰。但他们知道如何让伤口尽快痊愈，比如让自己麻木一些，忽略掉伤口结痂时那些恼人的酥痒；比如好好地保护自己，不要再受伤害。乔远相信，那张正式的租房合同便是一种保护措施，或许也不是，但这些问题不能细想，因为一张纸对生活的改变，其实微乎其微。租房合同，这东西其实和结婚证本质上是一样的，它从不会真正给予他们稳定和安全——没有任何东西可以确保稳定和安全——但有了它，总比没有好一点。

有一次，他们倒是又说起了《公路之歌》里的那句歌词，他说，他现在觉得“一直往南方开”更好些，比起“你就难放开”来说。

她说，可能吧，一直往南方开。

签合同那天，那个胡须仍然没有刮干净的年轻人似乎认出了乔远，于是乔远朝他点头示意，年轻人竟然也点头回应。后来他们在物业办公楼的安全通道里，一起抽烟，抱怨着艺术区四处散发、屡禁不止的小广告和北京阴霾重重的天色，但乔远知道，在这些无关痛痒的谈话里，自己传递出了重要的信息——他们喜欢这里，在乎这里，想要在这里生活下去，所以，他们会为此努力。尽管这一点，乔远其实也不过才刚刚意识到。

世间无限丹青手，一片伤心画不成

这些年为我的主人公乔远写了十来篇小说，故事从“非典”那年写到北京奥运后，笼统算成“艺术区”系列。故事大意是，乔远逃离体制，以为到艺术区能拥抱自由——我把乔远称为“另存者”。不过，艺术区亦非桃花源，乔远不可能就此逍遥。艺术区这种城市边缘地带，看似自由，实则也失落。乔远会遇到一些事，见识几个人，他将明白艺术区和所有江湖一样，是圈子、有座次，权势者运筹帷幄、呼风唤雨。乔远在边缘之边缘一次次失落失重失掉方向——这是“另存者”的宿命。

不能说乔远清高，不同流合污才主动隐遁。我觉得他并不拒绝名利。他只是软弱，又没法超脱，习惯半推半就，还有些幻想，以为不走寻常路就能找个不寻常的出口。毕竟聚光灯有多明亮，背后的黑暗就有多深重——乔远都消受不起。金字塔顶只属于这世界上极小撮强势分子，他们特别能战斗，信奉“一将功成万骨枯”，必要的代价该付还得付。而剩下的极大撮普通人，散落在无可无不可的灰色地带——既做不到超脱世外拉开距离全身而退，也没法跻身舞台中央做自己的导演。因为导演不是你，你的努力或抗争很难影响剧情，一不留神还会让剧情更惨烈。

“另存者”看起来没有不合时宜，不像“多余的人”多余得心安理得；但他们追名逐利的姿态也不急迫，甚至反应过于迟缓，因为早知道是这样，如梦一场。作为不入正册的副本、非风云人物，“另存者”们其实可有可无，离得不远，靠得也不近。“另存者”似乎随处可见，他们让我难过。

此外，艺术家的日常生活，可能才是这些小说的主要组成部分。因为在作家协会工作的关系，我接触最多的人，其实是作家。但我又不能直接写作家，况且我们已经有太多小说都是作家当主角了。我的主人公，就这样变成了画家。艺术家(或作家)是否拥有日常生活？答案似乎是肯定的。不然他怎么活下去呢？那么，艺术家——我就不每次加括弧了，你应该理解，在这里“艺术家”也包括“作家”——是否也该像其他人一样，过着有正当职业、朝九晚五的日常生活呢？

这是个老话题。很多人都扬言过要辞职去写作、去画画、去拍电影。我们也知道，多年来有不少人真这么做了，而且做得不错；多年来也有不少人真这么做了，但状况就很糟糕。所以，这问题其实不是问题，因为答案不过是具体情况具体分析。

我想我一定要写个辞职去搞艺术的人，我还要让他做得不错。因为我私心里还是偏向认为：艺术家不应该消耗在朝九晚五的正常生活中。他们时常被某种不可知的疯狂想法困扰，时常向不可捉摸的某处纵身沉潜，因此他们与尘世的联系，应该若即若离、摇摆不定，淡如游丝且时断时续。他们应该孤独，也注定孤独——让我写得伤感的，也是这部分。因为，去和留其实从来都不是问题。真正的问题是，你因为不想过“一眼看到老”的日子，才寻求改变，而到了连明天都看不到一眼的时候，你是否有足够的力量去应对那种因未知而生的茫然？以及随之而来的种种：焦灼、怀疑、绝望、忧虑、无措。

乔远在这样一段迷惘时期，认识了两个姑娘。当他以为自己会和其中一个姑娘发生故事的时候，莫名其妙与另一个姑娘发生了关系。多年后，他在飞机上与那个没有和自己发生故事的姑娘偶遇。然后飞机落地，乔远下飞机，再也没有见到她。这是《回旋》的故事。一切的起点，是一次次偶然与巧合——惜繁华正好，恨无常又到。一个个不可预知的“无常”，累积成人生。当然，你可以说这只是小说，是一厢情愿的虚构。这就又得回到前面的话了。艺术家为什么应该与现实保持若即若离的暧昧距离？因为正是他们，在窥探这些“无常”的人。很简单，距离太近了，就看不到了。北岛这样形容艾伦·金斯堡：“眼睛里有一种真正的疯狂……他用一只眼睛看你，用另一只眼睛想心事。”这是对艺术家与现实之间关系的最好隐喻。我如果不用一只眼睛看你，如何会有另一只眼睛里的心事？我如果不用一只眼睛想心事，我另一只眼睛看你还有什么用？

大学毕业后我在北京艺术区生活了几年，也算是“一只眼睛看艺术区，另一只眼睛想心事”。但细想这些小说，其实并不出自记忆的河床。也总有人问，娜娜是我吗？我辩解道，乔远才是我。其实答案没这么简单。我倒更愿意认定，乔远是我，娜娜也是。我可能把自己身上矛盾的部分，分别寄托在他们身上了。

故事总是简单的，复杂的是人。《另存》的故事就很简单。有件烈火烹油、鲜花着锦的好事儿要来了，人们都想从中沾点儿好处，一阵乱哄哄。最终尘埃落定，自然是几家欢喜几家愁——那些欢喜的，不过是做了棋子；那些愁的，也只得独自无奈。但《另存》中的人，心情很复杂。在《另存》的结尾，乔远独坐在人去屋空的艺术区，一种萧瑟、两处闲愁。那些热闹，都是别人家的。他从未像那刻认清自我，以及自当归处。乔远此时的心境也许适用里尔克那首《秋日》："主啊！是时候了。夏日曾经很盛大……谁这时没有房屋，就不必建筑，谁这时孤独，就永远孤独，就醒着，读着，写着长信，在林荫道上来回，不安地游荡，当着落叶纷飞。"我偏爱这种与盛大炙热无关的、失意的一切：无材补苍天的最后一块五彩石、五指山下被压五百年的齐天大圣、五丈原上迎秋风洒泪的诸葛孔明……还有，画不出五幅"命题画作"与欧洲失之交臂的乔远。很悲观吧？是的，我想文学这东西如果没有流些"悲"及"观"的血液，也难是好的文学。

当然，乔远其实也没有逃出那个"它"的强悍控制，他也想沾点儿好处，也努力过，就像我们努力生活的每个人一样。我们都没错，在现实的长鞭驱策下，我们都是被鞭笞的牲口——眼见得多少的烈焰锋芒，钝化为一团暧昧的微光。文学、艺术……这些东西的存在，是否正为抚慰人们被击打而麻木结痂的伤痕呢？让我们持续携有敏锐的痛感，回望最初。如海子说的，"当众人齐集河畔，高声歌唱生活/我定会孤独返回空无一人的山峦"。但你我都清楚，那有多么难——事实上，俗世中的我们，谁又能孤独返回空无一人的山峦？

还有复杂的小向，他在《跳绳》的一开始，就死了，是被“意外”选择的那种死亡。他周围的人发现，哦，并不，原来我们并不了解小向，因为他居然会玩捆绑式的自慰？我不知道这种意外死亡带来的意外发现，会如何影响活着的人？我想写个小说探讨一下。这就是《跳绳》。《跳绳》一开始叫《绳索》，我以为“绳索”更抽象，很玄妙。后来觉得“跳绳”才更玄妙，因为它很具象。你看，它本该是用来健身的啊。当然，你也可以说，自慰也能粗略算成“健身活动”吧？没错。但因此赔上性命的话，就不太好了。《红楼梦》里的贾瑞是我知道的第一个自慰身亡的人。贾瑞用情专一又情商不高，对人毫无防备，他的死非常可怜，非常悲剧。当然小向也很可怜，但我希望小向跟贾瑞不一样，小向并非死于情欲。因为在《跳绳》里，我并不想探讨情欲。情欲是另一类小说的话题，《跳绳》只是涉及一点而已，《跳绳》应该关注另外的东西。小向的性格不讨人喜欢。艺术区的这些人对小向的死亡，表现也有点冷漠。这种冷漠，我觉得有复杂的原因，不仅仅是因为现代社会中人群惯常的冷漠，它还包含着恐惧，包含着震惊，包含着死亡对人们造成的诸多内心波澜。而恐惧和震惊等等这些，都是因为，在死亡意外打开隐秘之门的时候，他们突然意识到：了解一个人有多么艰难。

人与人之间几乎不可能实现的沟通与理解——我回到了我一直书写的命题。乔远和娜娜因为小向的死，不得不面临他们力不从心的性爱，而这，也还是因为他们内心产生了变化。我承认《跳绳》中“画作大卖”的结局是个意外，我只是写到那里的时候，突然想我得为小向做点儿什么吧？梵高、海子乃至曹雪芹，他们对自己身后作品的荣光，都无法预期。他们一把辛酸泪地痴傻于作品的生平经历，几乎和他们的作品一同，成了传奇。我有时候会拿他们的例子自我鼓舞，虽然事实上，都没什么用。所以就让我在小说中成全小向吧。至少，他们生为有机物的一切都烟消云散之后，世间还有他们的作品留下来了。说到底，人的心业魔障都在心里，即使一切都被毁去，也毁不去那些“忍不住”的东西。

无论画家或作家，其实对这些“忍不住”的东西，本质上都是束手无策的。那些东西，大部分时候都隐遁了，缥缈虚无，只会令你欲说还休，所以我们才会读到“试问闲愁都几许，一川烟草，满城风絮，梅子黄时雨”这种准确而优美的答非所问，这也是欲说还休啊。我念念不忘的一句诗是“世间无限丹青手，一片伤心画不成”，不如，就以《丹青手》为名，管它画成画不成呢。

图书在版编目（CIP）数据

丹青手 / 周李立著. —南京：译林出版社，2023.9

（窈窕文丛）

ISBN 978-7-5447-9723-8

Ⅰ.①丹… Ⅱ.①周… Ⅲ.①短篇小说 - 小说集 - 中国 - 当代 Ⅳ.①I247.7

中国国家版本馆CIP数据核字（2023）第 084527 号

丹青手　周李立 / 著

责任编辑　竺文治
装帧设计　孙逸桐
校　　对　孙玉兰
责任印制　颜　亮

出版发行　译林出版社
地　　址　南京市湖南路 1 号 A 楼
邮　　箱　yilin@yilin.com
网　　址　www.yilin.com
市场热线　025-86633278
排　　版　南京展望文化发展有限公司
印　　刷　苏州市越洋印刷有限公司
开　　本　850 毫米 × 1168 毫米　1/32
印　　张　9.625
插　　页　4
版　　次　2023 年 9 月第 1 版
印　　次　2023 年 9 月第 1 次印刷
书　　号　ISBN 978-7-5447-9723-8
定　　价　59.00 元